仮借なき明日

佐々木　譲

仮借なき明日

プロローグ　一九八六年一月　マニラ

その瞬間、ホセ・マクティガスは苦笑していた。戦慄《せんりつ》も恐怖もなかった。痛みすら覚えなかった。ただ、自分の油断が悔やまれた。こいつは起こるべくして起こったことだ。

襲ったふたりの男たちは、すぐにそばの乗用車に飛び乗った。ドアが閉じられるよりも早く、乗用車は砂利をかきあげて急発進した。排気管から白い煙が吐き出されて散った。

ホセは苦笑を顔に張りつけたまま、路上に膝《ひざ》を折った。

失策だった、とあらためてホセは思った。

事務所をひとりで出たこと。いつもと同じ道を通り、同じジプニーに乗り、同じ停留所で降りたこと。みなミスだった。

そろそろ住処《すみか》を移したほうがいい、とは何度も勧められていたのだ。同志たちが多く住むサント・トーマス街か、あるいはパサイ地区の建てこんだアパート街に。いずれにせよ、パンダカンのこのアパートには長く住みすぎた。事態があらゆる意味で動きだしてきたいま、とうぜん当局による連行・勾留《こうりゅう》も予想されたし、テロルも警戒せねばならなかった。地下に潜ることまではせずとも、いくらか身の危険を回避するだけの対策はとっておいてよかった。

しかしホセにとっては、忙しすぎてそれどころではないというのが正直なところだった。家には女房と二歳になる娘、それに女房の弟がいる。身ひとつならいつでも引っ越しや潜行は可能だが、家族持ちともなればそうはいかない。手続きやら準備やら、なにやかやと片づけねばならないことは多いのだ。たとえ引っ越しの家財道具はわずかであったにせよ、だ。

それに身の危険なら、ファーイースタン大学の学生時代、大学新聞で大統領批判を始めたときからつねにつきまとっていたことだ。きのうきょう始まったことではない。現に大統領支持派の学生に暴行を受けて、手首の骨を折った経験さえあるのだ。

せめて短銃くらいは持っていたらどうだ、と忠告してくれた同志もいた。初めてサンビセンテの町へ派遣される直前のことだ。あそこはよそ者にはひどく冷たい町だ、と教えられた。ホセは断った。組織化工作には、銃器は不要だった。

そうやって同志の忠告に耳を貸さずに数カ月、その挙句がこれだった。とうぜん予期せねばならなかったことだ。

ホセは胸を押さえたまま、あたりを見渡した。通行人たちは棒立ちになったまま、ホセを遠巻きにしている。まるでホセが爆弾でも抱えこんでいるかのようだ。あとじさりしている者さえいる。もう襲撃者たちの乗った乗用車は消えていた。午後六時すぎ、マニラ市パンダカン地区の住宅街に、そこだけ大きな穴が空いている。

「ホセ！」

女の声がする。誰かが自分の名を呼んでいる。

振り返ろうとしたが、力が入らなかった。ホセは首を少しだけ左に向けた。

「ホセ！」とまた女が叫んだ。悲鳴に近い声だ。「あなた！」

思い出した。まったくどうかしている。あれはおれには聞き慣れたはずの、女房の声だ。女房の、アリシアの声だ。

もう一度ホセは振り返ろうとした。振り返って、大丈夫だと伝えようとした。

「アリシア、おれは」

言おうとして、ホセは激しく咳《せ》きこんだ。声の代わりに、口から血を噴き出した。ホセは身体を半分ひねったまま、ゆっくり前へと倒れこんだ。

第一章

国立競技場の空をカラスの群れが舞っていた。

空はいかにも一月らしくさえざえと晴れ渡っている。寒気の張りつめた、透明な結晶質を想像させる空だ。ただ時刻はそろそろ日没、空の光からは熱も力もそろそろ失せようとしていた。

原田亮平《はらだりょうへい》は競技場のトラックを十周ほどしていたところだった。ゴムを細かく砕いて固めた、足に負担のかからない走路だ。アマチュアのエクササイズにはぜいたくすぎるほどの施設。真冬のウイークデイの夕刻、とくに公式競技が行われているわけでもなく、この日走路を使っているのは、競技場付属トレーニング・センターのメンバーたちだけだ。四十人ほどもいるだろうか。

十一周目に入って、ちょうど電光掲示板側、トレーニング・センターの出入り口のある位置まで走ってきたときだ、亮平は真正面に場ちがいなコート姿の男を認めた。コートのポケットに両手をつっこみ、黒い革靴のままトラックの外側に立っている。白い髪の、小柄な中年男だった。

男の前をそのまま通りすぎようとして、亮平は中年男が倉持健三《くらもちけんぞう》であることに気づいた。勤め先の役員。何度か亮平を直接使ったことのある男だ。走る亮平を目で追ってくる。まさか彼がこの場にジョギングにきたとは思えない。たぶん亮平に用なのだろう。亮平は足をゆるめ、トラックを出て小さなストライドで倉持に向かった。倉持が小さく首を縦に動かした。亮平は倉持の周囲をゆっくりまわりながら、身体をクールダウンさせた。

「何が楽しくて、そうむきになって走っているんだ?」倉持が言った。「喧嘩《けんか》でもはじめかねない目の色だぞ」

「きっとその代わりなんでしょう」亮平は呼吸を整えながら答えた。「殴る相手が簡単に見つかるなら、ここで毎日走っていないかもしれません」

「あれ以来、ずっとか」

「ひとは何かしていなくちゃならないのですよ。辞表を出したあとでも」

「辞表は受理されていない。お前は休職中なんだ」

「わかっています。時間をおいて頭を冷やせと説得されたことを、後悔しているんです」

「あまり冷えてはいないようだな」

「熱くなる一方です」

「話ができる状態かな」

「休職明けにしてはもらえませんか」

「緊急の、しかも重要な用件なんだ。お前に向いた仕事だと思っている」

「また新しい進出先のリスク評価ですか」亮平は鼻から荒く息を吐いて首を振った。

「南アフリカだというなら、お断りですよ。ぼくの仕事じゃありません」

「ちがう。海外生産拠点の実態監査なんだ」

「会計面の？」

「いや、何が監査の対象となるのかもよくわかっていない。わかっているのはひとつ、とある工場でこの一年、極端に不良品の発生が増えているということだ」

「どこなんです？」

「フィリピン」と倉持は答えた。「サンビセンテ工場だ」

「いまは、誰が行っているんでしたっけ」

「今野《こんの》と蟻坂《ありさか》だ。知っているか？」

「多少は」

「話を聞く気はあるか」

「愉快にはなれそうもありませんが、うかがいましょう」

「どこか都合のいい場所はあるか」

亮平はあたりを見まわした。この国立競技場近辺で、密談に都合がいい場所はあるか。観客席なら絶好だが、長話になると風通しのよさが気になってくるかもしれない。

「わたしのアパートはいかがです？」

「近いんだったか」

「ここから十分足らずです」

「車で来ているんだ」

「なら、二分で着きます」亮平は倉持に言った。「着替えてきますので、ちょっとお待ちください」

トラックを出ると、亮平はジムの更衣室に入った。更衣室は会社帰りの勤め人たちで混み始めていた。スーツにコートを着こんだ男たちが、互いに短くあいさつを交わしながらロッカールームに入ってくる。

亮平はウォーマーを脱ぎ、ロッカーの裏側に貼《は》りつけられた鏡をのぞきこんだ。三十六歳の、年齢よりはいくらかくたびれた男の顔がそこにあった。陽に灼《や》けた顔に、海兵隊員じみた短い髪。どこか皮肉な色をたたえた腫《は》れぼったい目。絶品の厭味《いやみ》を繰り出す、薄い唇。

まったくこの男が、と亮平は思った。とにもかくにも十年、業界二位の農機具メーカーでよく勤め人を続けることができたものだ。言動はしばしば生意気すぎると批判を受けてきたし、奥ゆかしい職場慣行を無視しがちと何度も注意された。残業をきらい、同僚たちとの居酒屋づきあいを拒み、有給休暇は目いっぱいに消化した。レポートの文章はいつも断定的で、ひんぱんに関係部署と衝突を起こした。

それでも自分がこの田島農機にきょうまでとどまることができたのは、とにかく切れる男との評判をとっていたからだ。役員会直轄の経営企画室という、企業内部でも特殊な部署に所属していたせいもあるかもしれない。役員たちの下での、短期から長期にわたるすべての経営戦略の策定と評価が専門だった。入社してまだ数年目というときに、イラン革命を予見し、続いてアフガニスタンへのソ連軍の侵攻を予測して、それぞれ関わりのあるプロジェクトを中止させていた。二十億円の損失を防いだ男、という評判をとっている。米国の大学でとった経営修士号の資格も、きょうまで首をつなげている数パーセントの力にはなっていたかもしれない。

しかし、十年たった。この間に社内で、敵の数は会社の成長率をはるかに上まわる率で増えてきた。日に日に風当たりが強くなってきていることは、亮平自身も重々感じていた。

そうしてふた月ばかり前、とうとう周囲を仰天させる振る舞いを見せてしまったのだった。

亮平はちょうど、経営企画室の主任として南アフリカ市場からの撤退を進言するレポートをまとめたところだった。反アパルトヘイト運動の高まりの中で、田島農機も一部米国系資本にならい、南アフリカから撤退すべきとの主張だった。田島農機の全輸出額の中で、南アフリカの占める割合はわずか一・四パーセント。これに対し米国市場は三十四パーセントである。一・四パーセントの市場を守るために、巨大な米国市場で、いや第三世界の各国で市民運動の標的となることは割りが合わなかった。また南アフリカ共和国のアパルトヘイト政策が、この先未来永劫《えいごう》にわたって世界の流れに抗しきれるものではないことははっきりしている。田島農機が南アフリカを最後に撤退する日本企業となってそのブランドに決定的な瑕《きず》をつけるよりは、いま引き揚げておいたほうが損失は少ないはずだった。

とうぜんこの進言は、関係幹部からの猛反撥《はんぱつ》を受けた。

本社で行われた会議の席上、南アフリカを担当する特需本部の部長は亮平のレポートを青臭い書生論と痛罵《つうば》し、レポートを床に放り投げた。それまでにも何度かぶつかったことのある相手だった。亮平は黙って立ってゆき、幹部たちが居並ぶ中、拾いあげたレポートで部長の顔を張り飛ばした。

列席者が唖然《あぜん》としている中を退室し、亮平はすぐに辞表を書いた。辞表を書きながら思った。どうせ辞職するなら、レポートで横面を張るのではなく、拳《こぶし》を鼻柱に叩《たた》きこんでやっても悪くはなかった……。

このときあいだに入ってとりなしてくれたのが、常務の倉持だったのだ。

鏡の中の自分を凝視しながら、亮平は自嘲《じちょう》ぎみにつぶやいた。

「それでも、会社はまだおれが必要らしい」

原田亮平のアパートは、千駄ヶ谷の南にあった。十二階建ての集合住宅の八階だ。窓から国立競技場や神宮球場を望むことができる。三年前に購入して越してきていたのだ。

倉持は部屋に入って、ほう、と感嘆の声をもらした。

「うちの給料で、みんなこんな暮らしができればいいんだが」

部屋は東京の一般的な集合住宅なら、狭いリビングルームと三つの寝室に仕切れるほどの広さだった。それを亮平はまったく仕切りのないワンルームに改装していた。大きな長方形に、小さな正方形を組み合わせた形をしている。床は板貼りで、壁には薄いブルーの壁紙が張られていた。

家具はいたって少なく、長方形のほうの空間にあるのは、ふたり掛けのダイニング・テーブルに、革張りのカウチ、ローズウッドのキャビネット。それにプラットホーム型のベッド。これだけだ。クローゼットは壁に隠れているし、安手のサイドボードのようなものもない。壁にはリキテンスタインとジャスパー・ジョーンズの複製。カウチに向かい合う格好で、小型のオーディオ装置とTVセットが置かれている。三百枚ほどのジャズ・レコードのコレクションは、キャビネットの中だ。それにフロアスタンドがふたつ。

金のかかったインテリアだが、なによりの贅沢《ぜいたく》はそのロケーションと広さだろう。東京都心の、恵まれた環境の一等地。ここに亮平は、一家四人が住んでおかしくはない面積を確保し、気ままなひとり暮らしのためだけに整えているのだ。しかも全体の印象はむしろ質素で禁欲的だった。観葉植物もなければ猫もいない、無機質の空間だ。訪れた者が修道院を連想しても、けっして突飛とはいえないだろう。これまで泊まっていった女たちが誰ひとり長居することはなかったのも、そのあまりにもストイックな空気がひとつの理由であったかもしれない。

小さな正方形の部分は、逆に大学生の私室といった趣きがあった。壁の一面は作りつけの大きな書棚となっており、経営学と文化人類学、それに第二次大戦史関係の書籍で埋められていた。その反対側には長いデスクが据えられており、デスクの上にはアップルⅡとマッキントッシュがある。デスクの下に、使いこまれたゼロ・ハリバートンのスーツケースが三個、大きさの順に積まれていた。

亮平はキチンでウィスキーの水割りを作って倉持に差し出した。

倉持はひとくちウィスキーを喉《のど》に入れると、亮平に訊《き》いてきた。

「これはみんな、ゲーム・ソフトのロイヤリティで手に入れたのか」

亮平はうなずいた。

「ほとんどそうです」

「うちの給料は何に使ってる?」

「通信費と、定期購読の雑誌代と、駐車場の料金で消えていますね」

「まわりから、やっかまれるわけだな」

「不思議なものです。株をやったり、アパートを経営している社員は多いのに、彼らはその副収入の手段をとがめられることはない。でもわたしがゲーム・ソフトのプログラムを組んで千駄ヶ谷に住むと、やつなんぞ馘首《くび》にしてしまえの声がでる」

「不労所得なら許せるのさ。しかし、頭を使う副業ではな、エネルギーを会社に十分注いでいないと取られるのだろう」

「常務も?」

「おれはそうは思わん。お前のそんなアルバイトを黙認することで、お前を安く飼っておける」

亮平もタンブラーを持ったまま、室内を見渡した。倉持に答えたとおり、部屋も家具も改装費用も、すべてアップルⅡ用ゲーム・ソフト「惑星間商人」のロイヤリティで手に入れたものだった。「惑星間商人」は戦略ゲームのひとつであり、有名な「ギャラクティカ・トレーダー」などのバリエーションとも言えるコンピュータ・ゲーム・ソフトだった。四年前の発売開始以来、世界じゅうで五十万本売れた。亮平はこのゲームを米国人の知人ふたりと共同で開発し、三分の一の版権料を受け取ったのだ。

もともと仕事で使い始めたパーソナル・コンピュータだった。経営戦略の企画・立案とその評価は、コンピュータによる解析に向いていたのだ。亮平はアップルⅡに向き合っているうちに、いくつか経営戦略そのものをゲーム化することを思いついた。最初に試作した経営戦略ゲーム「鉄鋼王」が専門誌で評価され、あるゲーム・ソフトのメーカーがこのアイデアを買い取ってくれた。

それ以来、新しいゲームのシナリオづくりが亮平のホビーとなり、副収入の途《みち》となった。「ジョーダッシュ家の遺産」「セブン・シスターズ」がそれぞれ米国でもヒットし、そして「惑星間商人」の共同開発の話が持ちこまれたのだった。

空想科学小説の設定を背景とし、貿易実務を通俗に、しかも波瀾万丈《はらんばんじょう》のゲームに仕立てたことが受けた。この「惑星間商人」のヒットのあと、亮平はさらに「財閥の興亡」「マンハッタン・クライシス」のゲーム・ソフトのコンセプトをソフト・メーカーに売ったのだった。

倉持はタンブラーを持ったままカウチに腰をおろし、亮平に訊いてきた。

「ほんとうに、こっちのほうを本業にするつもりはないのか。フルタイムで取りかかれば、いい収入になるんだろう？」

　亮平は答えた。

「ゲーム・ソフトの制作なんて、男子一生の仕事じゃありませんよ。わたしはゲーム・ソフトづくりみたいなことを副業にはしていますが、その実そうとう保守的な重厚長大産業の支持者なんです」

「物を生産することこそ、男子一生の仕事と言うわけか」

「それも、直接人間の生活を支え、豊かにするための物をね。香水やぶら下がり健康器を作ることも産業として成り立つことは認めますが、私自身はそれに従事しようとは思いません。わたしがトラクターやコンバインを作ってる、田島農機に入ったのもそれが理由です」

「こういう産業は、お前の好きなゲームの理論には、なじみにくいところがあると思うが、どうかね」

「べつにうちの事業をゲームにして見ているつもりはありませんよ」

「そうだろうか」倉持は横目で二台のコンピュータを見ながら言った。「経営学のセオリーの中では、大量解雇も工場閉鎖も、ほかのものと等価の選択肢かもしれん。しかし、現実にはそんなものじゃない。工員たちの馘首《かくしゅ》なんて、そうおいそれとできることではないんだ。お前はしばしば正論を吐くし、それはいつだって百二十パーセント正しいくらいなんだが、おれはその度に思う。お前は人間の血を見たことがないんじゃないかとな。この部屋にきてその思いがいっそう強くなった」

本題に入らねばならないころだ。

亮平は言った。

「サンビセンテ工場の件の続きを、お願いしますよ」

倉持はタンブラーを床に置くと、しばらくのあいだ手を組んだまま壁を見つめていた。壁に何か意味の取れぬ模様でも認めたかのような表情だった。頰《ほお》に暗い影が浮いていた。

亮平は窓ぎわによりかかったまま、倉持を見つめた。倉持は田島農機の常務取締役で、営業畑の出身だった。アジア地区担当重役として浜松町の本社ビルに明るい仕事部屋を持っている。序列はナンバー・セブン、と噂《うわさ》されていた。まだ三十代はじめの若い時期に胃潰瘍《いかいよう》の手術を受けたことがある。今年五十一歳だった。

倉持は壁に目を据えたまま言った。

「誰もほんとうのところを報告していない」

まるで長いこと続いていた会話の続きのような言いかただった。亮平は倉持を見た。まだ十分に話題の説明を受けてはいないのだ。それだけでは、うなずくことも問い返すこともできない。

倉持は続けた。

「いままで上がってきた報告は、どれもこれもみんなでたらめだと思う。あそこで何かが起こっていなければ、これほど急激に苦情が増えるはずはない。これほど製品の質が落ちるはずはないのだ」

「監査に入った人たちの目が、信用できないんですか」

「信用していないね」倉持は亮平に顔を向けて言った。「いままで送った連中は、みんな我が身大切だ。あのプロジェクトをほんの少しでも批判するような立場にはまわりたくはないんだ。専務が指揮をとった事業だったんだからな。おれは先日、あらためて監査を入れるよう専務に提案したんだが、はねつけられた。もう少し様子を見てもいいと言うんだ。しかし、事態は深刻だ。おれは、専務の顔をうかがうことのない誰かを、早急にサンビセンテに送らねばならぬと思っている」

「どうしてわたしなら、それができると思うんですか」

「どっちみち、お前はうちで椅子《いす》取りゲームに参加する気はないんだろう？　だったら遠慮しなきゃならない理由はない。サンビセンテ工場の欠陥やら問題点を、包み隠さず報告することができる。問題点のありかを正確に指摘することができる」

「わたしひとりを向うに？」

「誰か組みたい相手はいるか」

少し考えてから、亮平は首を振った。

倉持はスーツの内側に手を入れ、数枚の書類を取り出した。

「フィリピンでのうちの生産実績と販売実績だ。この三年間のぶんだ。ちょっと目を通してみてくれ」

亮平は書類を受け取って、きっかり二分、数字を眺めわたした。

「どうだ？　奇妙じゃないか」

「たしかに」亮平は答えた。「サンビセンテ工場では何かが起こってますね。生産は上がっているのに、それを上回る率で不良品が発生している。それも先月は出荷分の二パーセントについて苦情がきているとなれば、実際に市場に出ている不良品の数はその数倍はあるはずです」

「この一年のあいだに三回、監査を入れた」と倉持は苦々しげに言った。「はじめは工程管理を調べさせた。二回目、三回目は労務管理を中心に総合的に問題点を探ろうとした。三回目には、役員もひとり同行してるんだがな。しかし報告はみな似たようなものだった。工程管理は厳格、部品もすべて規格内、品質チェックも基準どおり、労務面でもしごく平穏、従業員の士気は高く、ＱＣ（品質管理）サークルの組織率は八十パーセント以上だ。不良品の発生する理由がないという」

「では、こんな数字が出てくるはずもないでしょう。十月十一月のふた月でフィリピン国内のディーラーから突き返された汎用発動機の数が四十五台。部品交換と修理が百二十台。簡易ポンプも携帯型発電機も、不良品の発生率は似たようなものじゃないですか」

「サンビセンテ工場の生産分は、一部がインドネシアと大洋州に送られている。こちらのほうはまだ去年上半期分しか数字が上がっていないが、苦情の処理件数はその一年前の三倍だ」

「メーカー製造責任の危機ですよ」

「そうだ。役員室はそうとう深刻に受けとめている。三度監査を入れたのもそのためだ」

「でも、どこにも問題はない?」

「お前はそんなことが信じられるか」

「いいえ。ある狼《おおかみ》の糞《ふん》の中に羊の毛がまじっていれば、論理的には狼は羊を食ったと考えていい。同じことです」

「こいつを見てくれ」と倉持は、もう一通の紙を亮平に手渡してきた。「マニラで発行されている英字紙の記事だ。マニラ営業所のほうから送られてきた」

ＰＮＬＯ幹部、射殺さる
薄暮のパンダカン、武装グループが襲撃

亮平は見出しから記事へと目を走らせた。「ＰＮＬＯ」については説明はなかったが、これはどうやらフィリピンの労働団体の略称のようだ。撃たれたのはホセ・マクティガスという幹部で、組織化工作の担当者であったらしい。襲撃犯たちはそのまま逃走したという。記事は事実を記述してあるだけで、背景や武装グループの正体については言及されていなかった。

読み終えて顔を上げると、倉持はべつの書類を差し出してきた。こちらも何かの記事のコピーだった。オリジナルはタイプをそのまま版下とした簡易印刷物のようだ。

ＰＮＬＯ幹部にテロ攻撃

殺し屋たち、ホセ・マクティガス事務局員を射殺

こちらの記事はかなり断定や大胆な決めつけの多い内容で、全体が弾劾文《だんがいぶん》の調子であった。亮平がとくに興味を惹《ひ》かれたのは、記事の中にタジマという名が出てきた点である。記事によれば、マクティガス事務局員は田島農機サンビセンテ工場の労働者の組織化工作に従事中であり、これまでもたびたび、田島農機から手を引くよう脅迫を受けていたという。「殺し屋たち」の黒幕が田島農機である、と記事は示唆していた。

亮平は倉持に訊いた。

「労働組合との関係は良好で平穏とのことではありませんでしたか」

「そう報告されている」倉持は答えた。「サンビセンテ工場の労働者は穏健なTUPCつまりフィリピン労働組合会議系の労働組合に組織されている。これまで争議らしい争議も起きたことがないんだ。ここでPNLOが動いていたことも初耳だった」

「PNLOは五月一日運動系ですか」

「そうだ。フィリピン民族主義労働者同盟。TUPCよりもかなり民族主義的で、はっきりと反マルコスを標榜《ひようぼう》している。かなり戦闘的と言っていいだろうな。うちにはできることならば入ってきては欲しくない団体だ」

「そのPNLOがサンビセンテ工場で動いていたとなると、いまの労使関係にどこかまずい点が出ていたんですね。かなりぎくしゃくしていたのではないんですか」

「この記事が出たあとも支配人に問い合わせてみた。ところが労使関係は円満そのもの、ささいな待遇改善運動ひとつ起きていないというんだ。PNLOが工場で活動していた事実もないと言う」

「そりゃあ、かえって妙ですね」

「そうなんだ」倉持は顔をしかめてうなずいた。「この記事は、PNLOが出している機関紙からのコピーなんだ。マニラ駐在員がたまたま目にして送ってきたものだ。こいつがどこまで真実なのかはっきりしないが、ほんとだとしたら放ってはおけない問題だ。マニラ営業所のほうでも、サンビセンテ工場の動きにはどこか腑《ふ》に落ちない点を感じて、わざわざわたしにこの記事を送ってきたのだろうと思う」

「営業所と工場との関係は？」

「所轄がちがう。お互いに相手の業務に口をはさむことはできないし、事実上オフィシャルな交流はないはずだ」

「工場の実情を確かめることができるのは、本社派遣の人間だけということですね」

「行く気にはなったかな」

「トラブルこそわが職業、です。もう少し現状を聞かせてもらいますが、休職は終えていただいて結構です」

「明日、本社に出ろ。マニラ出張のための支度をさせておく」

「ずいぶん急なんですね」

「実はな」倉持は、あたりをはばかるかのように声をひそめた。「専務が明日から一週間、入院することになった。どうせ仮病だろうが、そのあいだ、よっぽどの緊急時以外は業務の連絡は入れない。役員室からの派遣ということで誰かを監査に送りこんでしまえば、もう専務は止めようもないわけだ」

「しかし、いま専務の了解なしに新しく監査を入れたとなれば、なにひとつ新しいことを報告できなかった場合、あとで問題になりはしませんか」

「おれは専務に激しく罵倒《ばとう》されることになるだろうな。追放か降格もあるかもしれん。その覚悟はある」

「とばっちりはわたしにも及ぶ」

「お前なら、タジマを離れても食いっぱぐれることはあるまい。そのぶん、おれも気が楽だ」

「正直に言っていただいて、ありがとうございます」

「お前にやれる時間は、この一週間だけだ。その間であれば、現地から問い合わせがあってもおれがうまく処理する。お前のところの室長とも話はつけてあるんだ。お前は本社を代表する監査役だと信じこましてやれる。できるか」

「たった一週間程度では、わたしが新しく発見できることは少ないと思いますが」

「いや。お前はしつこく、こずるく、生意気で、こうるさい男だ。職掌外のことにも首をつっこむだろうし、ボロを出させるために誰かを引っかけることもやるだろう。引っかきまわせ。挑発してやれ。向うのお膳《ぜん》だてなど無視してかまわん。サンビセンテに隠れているものをひきずり出すんだ。おれがお前に期待するのは、そういうことだ」

「明日、九時に出社します」

「不精ひげはそってこいよ。午後には成田を発ってもらう」

倉持はカウチから立ち上がると、コートを手に取って玄関口へと歩いていった。亮平は倉持が外に消えるまで、その場を動かなかった。

第二章

街じゅうが武装している。

それが、この国の首都についての亮平の第一印象だった。

街のいたるところに拳銃があった。ドアのついた商店やレストランには、例外なしにブルーの制服を着て大型の拳銃を身に着けた警備員が張りついている。電機商であろうと、中華料理店やファーストフードの店であろうと、ドアがついているところはすべてだ。警備員が内側からドアを開け、客の顔をあらためては、ひとりずつ店の中に入れている。

銀行や両替商など、いくらか大金の動く施設では、最低でもふたりの警備員がいて、ドアの両側を固めていた。こうしたところでは警備員たちは拳銃のほかに、銃床のない散弾銃をそれぞれ携行していた。

昨夜、市中心部のホテルにチェックインする際にも、亮平はホテルのガードマンに身体をあらためられていた。ガードマンは金属探知器を使って武器の有無を調べ、ようやくホテルのロビーへと通してくれたのだ。

もちろん街の中心部をはずれるなら目につく拳銃の数も減るのだろうが、それにしても治安の悪さは東京に聞こえてくる以上のものに見えた。話に聞く中米のいくつかの国の首都が思い出された。八〇年代初頭の内戦が始まる直前、それらの国の首都はまさにこのような光景であったという。暴力や武器が日常の眺めとなり、インフレ率と失業率がともに政府支持率を上まわり、やがて自国通貨が鼻もひっかけられないようになって、日を経ずして政府は倒れ、あるいは大統領追放の内戦が開始されたのだ。

当然のことながら、武器以外にも目につく点は多々あった。大統領選挙をめぐる熱気、現大統領の写真入りポスター、反大統領派の黄色いシンボルカラー、けたたましくクラクションを鳴らして行き交う満艦飾のジプニー、ディーゼル・エンジンの響き、排気ガスに混じる鉛の臭《にお》い、くたびれた米国製の大型乗用車。あるいはあくまでも屈託のない女たちの表情、異様に目立つ暴力団員ふうの日本人たち。日本語の看板。

なにもかもひっくるめての雰囲気はと言えば、熱帯の湿りけをたっぷり含んだ大気の下で、この国の首都は癇癪《かんしゃく》を起こす寸前だった。フライパンの上の油は十分に熱せられている。トウモロコシがはじけるまで、あとほんの数瞬間と見えた。

亮平がPNLOのオフィスに入ったのは、マニラに到着した翌日の午前十時のことだった。国立競技場で倉持と話をした翌々日のことである。

ＰＮＬＯのオフィスは、エルミタ地区の北端にあった。リサール公園のすぐ南側にある雑居ビルの二階だ。オフィスにはさまざまな印刷物が雑然と積み上げられていた。数台のタイプライターとゼロックスが目についた。四、五人の男女が、それぞれのデスクで電話中だった。さして広くはないが、奥にもう一部屋あるのかもしれない。

この土曜日の朝、亮平は電話をせずに直接この労働団体の事務所を訪れたのだった。案の定、オフィスは開いていた。大統領選挙の投票日も近い時期だ。労働団体のオフィスには休みもあるまいと読んでの直接訪問だった。

受付けの女性は、亮平が差し出した名刺を読むと、顔色を変えた。名刺と亮平の顔を何度も見較べた。

亮平は、ホセ・マクティガス殺害事件の記事の件で担当者に会いたい旨を告げた。女はいったん奥に引っこんだ。誰かと相談したらしい。戻ってくると、女は言った。

「一時間後にもう一度きてください。それからお話しいたします」

「記事を書いた人に会わせてくれるんだな」と亮平は訊《き》いた。

女はなぜか脅え半分、敵意半分の目で亮平を見つめている。

「一時間後にもう一度きてください」

「どうして？」

「いま、話のわかる者がいないんです」

「一時間たったら？」

「話のわかる者がきますわ」

「それほどむずかしいことか」

「とにかく、一時間後です」女は冷やかに繰り返した。

「わかりましたよ」と亮平は答えた。「一時間だね。では十一時に、あらためて」

事務所の入ったビルを出ると、亮平は時間をつぶすために付近の道をとくにあてもなく歩いた。あたりは官庁街に近い一角で、周囲にはやはり南国特有の熱気と喧噪《けんそう》が充満している。風はなく、空は水蒸気のせいか、全体に白く濁って見えた。日向では、気温は四十度近いかもしれない。

三十分ばかり歩きまわってから、亮平は屋台同然の中華料理の店に入った。エルミタ地区も南側、歓楽街の印象が強くなっている一角だ。軽く飲茶《ヤムチャ》でブランチとするつもりだった。

奥まった一角に席を取り、サンミゲール・ビールを注文した。客はほかには数人だけ。混みあう時間帯ではないようだ。さすが開放的なつくりのせいか、ガードマンの姿は見えない。

蒸しものを数皿食べたときだ。亮平のテーブルがふいにかげった。

亮平は顔を上げた。三人のフィリピン人が、テーブルを取り囲むように立っている。

「日本人ですね」ひとりが日本語で言った。三人の中でいちばん年長の男だ。男は亮平の向かい側の椅子《いす》に腰をおろし、にやついて言った。「わたしは日本人にたくさん友だちいますよ。住吉連合にも、山口組にも。拳銃を輸出したこともあります」

亮平はその三人の男を眺めわたした。

中年男は小太りで蒙古《もうこ》系のような肌の色をしていた。華僑《かきょう》の血が混じっているのかもしれない。中年男の右にいるのは、サングラスをかけた浅黒い肌の男。両方の二の腕に入れ墨があった。左側はアポロ帽を後ろ向きにかぶった、やせた青年だった。

強請《ゆすり》屋たちか。

亮平は苦笑した。昼日中からこんな連中が跋扈《ばっこ》するのだ。街じゅうが武装しているわけだ。

入れ墨にサングラスの男が亮平の表情を見とがめ、やはり日本語で言った。

「その顔はなんだ」威嚇《いかく》する調子だった。「フィリピン人が気に入らないのか？　フィリピン人にそんな顔をすると、怖いぜ」

「やめろ」中年男が言った。「このひとはおれたちの友だちだ。日本人だぞ」

サングラスの男のコットンパンツに目がとまった。前ポケットの縁から、木製の何かの柄のようなものがのぞいている。ポケットのふくらみから判断すると、そこには長さ十五センチばかりの平たい板状のものが収まっているようだ。おそらくはフォールディング・ナイフ。たぶん中年男もアポロ帽の若い衆も、それぞれ小さな武器を携行しているにちがいない。

まちがいない。強請屋。あるいはもっと率直に言い直して、強盗。

小太りの男は、亮平の向かいで坐《すわ》り直し、なれなれしげに言ってきた。

「わたしは日本人が大好きなんです。日本にも何回も行ったことがあります。たくさん友だちがいますよ。マニラ観光なんでしょう。案内させてください」

強盗の言い種《ぐさ》はどこも似たようなものだ。タイでも、メキシコでも、同じような調子ですり寄ってきては、大枚をまき上げてゆく。ガイド料だ、護衛料だのと理由をつけ、とりあえずは合意の上で支払われたという体裁をつくる点でも、この様式は世界共通のものらしい。

真っ昼間の、しかも官庁街に近いせいもあって、少しだけ油断があった。自分は旅慣れているという自信が、気のゆるみにつながったのかもしれない。もっと用心深くなっておくべきだった。ひとり歩きの外国人はけっしてガードマンのいない店になど入るべきではなかった。

サングラスの男も、アポロ帽の青年も、亮平をはさみこむように椅子に腰をおろした。店の従業員たちは知らぬ顔だ。

小太りの男はあくまでも愛想よく言った。

「どこに泊まっているんですか。この近所のホテルですか」

「近所さ」亮平は用心深く答えた。

「どちらです？　わたし、あちこちのホテルに友だちがいますよ。友だちがいろいろお世話してあげられるかもしれない。どこのホテルです」

「返事をしろ」と、サングラス。彼はそう言いながらテーブルの下で、亮平の向う脛《ずね》を蹴《け》り上げてきた。まったく容赦のないキックだった。

亮平は痛みを顔に出さぬよう、こらえて答えた。

「センチュリー・パーク・シェラトン」答えた瞬間、恥辱感が全身を走り抜けた。その場から自分の存在を消してしまいたいと思えるほどの恥ずかしさであり、情けなさだった。自分はなぜこんな連中の前で、卑屈にならなければならない？

「いいホテルです」と小太りが言う。「よく知ってますよ。きょうは観光でしょう？　わたしが案内しますよ」

「いや、仕事なんだ。せっかくだけれど」

「日本人が大好きなんです。面白いところをいっぱい知っていますよ。女。射撃。博打《ばくち》。いろいろね。ちょっと行ってみませんか」

「ありがとう。だけど、ここを出たらすぐもどらなくちゃならないところがあるんだ」

「どこです？」

「近所のオフィスさ。そろそろ行ったほうがいいかもしれない」

「送ってあげますよ」

「ひとりで行ける。場所もわかっている」

「そう言わずに、タクシーで送ってあげますよ」

「ほんとうにありがとう。だけど、おれはそろそろ」亮平は従業員に、指で勘定の合図を出した。「ここからすぐのところだ。ここまで友だちを呼んでもいいのだし」

店の従業員がやってきた。亮平は勘定書きを見て、用心深く財布を取り出し、記されている金額を支払った。三人の男たちの視線は、亮平の手元に注がれている。三人とも、身じろぎひとつしなかった。

「それじゃあ、おれは行かなくちゃならないので」

亮平が立ち上がると、三人も椅子から腰を上げた。身体を押しつけるようにして取り囲んでくる。

「送ってあげますよ。ほんの好意なんです。気にしないでください」

「案内はいらないと言っているだろう」

「フィリピン人がきらいか?」と、サングラスの男がまた割りこんできた。「フィリピン人の好意は受けられないっていうのか」

「時間がないんだ」亮平はなだめるように言った。「ガイドはいずれ時間ができたときにやってもらおう」

「そう言わずに」と、小太りの男が言った。「わたしたち、日本の人が大好きなんです。だからお役に立ちたいと思っているだけですから」

亮平は首を振って溜息《ためいき》をついた。これ以上見え透いた芝居はやっていられない。どうしても解放してもらえないとなれば、こちらから金を差し出すか、あるいは多少の危険は覚悟で拳《こぶし》を突き出すほかはないようだ。いましがたの恥辱感は、激しい憤怒《ふんぬ》へと変わりつつあった。胸の底に、暴力への衝動がわき上がってくるのがわかる。腕の力にはいささかの自信はあるが、たぶんサングラスの男もボクシングの素養くらいはありそうだった。小太りと青年は一撃で倒すことができたとしても、このサングラスの男だけはてこずりそうだ。だいいち、ナイフを携帯している。

亮平は財布を取り出して、小太りの男に突き出した。中にはペソが一万円分ばかり、日本円も四万円ほど入っている。

「好きなだけ持っていけ。おれは忙しいんだ」

小太りの男はおおげさに眉《まゆ》をひそめた。

「お金を出せなんて言ってませんよ。日本人のお世話をしたいだけです」

「おれたちを強盗だって言うのか」と、またサングラスの男。肩をいからせて一歩前に出てきた。「おれたちが強盗だって？」

亮平は小太りの男を見つめて言った。

「案内はこの次にしてもらおう。だから、ガイド料を先払いしておくさ。おれはほんとうに時間がない。すぐに次の約束があるんだ」

「何もしないのに、お金をもらうわけにはいきませんよ」

「ガイド料をいま払っておくって。射撃に案内してくれ。だけど、きょうは時間がないんだ。同じことを何度も言わせないでくれないか」

少しの時間、亮平と小太りのフィリピン人はにらみあった。亮平は目をそらさなかった。自分はさほど貧弱な体格ではないし、喧嘩《けんか》ならいくらか場数も踏んでいる。表情にもそれほどの恐怖の色は表れていないはずだ。ただ、この日のゆったりしたシャツのせいで、発達した僧帽筋や上腕二頭筋は隠れている。やわな日本人と誤解されてもしかたのないところがあった。連中はおれの強気を、ただのはったりと決めつけてくるだろうか。

緊張が耐えがたいまでに高まったときだ。小太りの男はふいに笑い出した。

「そうですね。そうしよう。案内はこのつぎ、あんたの都合のいいときにすることにする。射撃に行きたいって言ったね」

「ああ。だから、必要なだけとっておいてくれ」

男はアポロ帽の青年に目で合図した。青年が財布を取り、中をあらためた。

小太りの男が言った。

「三人のガイド料だ。三万円分、あずかっておきますね」

青年が金を抜き取って財布を亮平に返してきた。ペソ紙幣は残ったままだ。律儀に一万円札が残してあった。

「これはガイド料だよ」と男は念を押した。裁判にでもなったときのことを想定したのだろうか。「あんたをガイドするって約束で、先にもらったものだ」

「そのつもりだ」亮平は憤怒を押し殺して言った。「観光の時間ができたときには、あんたたちとどう連絡をつけたらいいんだ？」

「おれたちからつけるよ」男はアポロ帽の青年をあごで示した。「こいつの名前はピノ。こいつの名前で電話する。センチュリー・パーク・シェラトンだったな」

「いつまでいるかはわからん」

「じゃあ、幸運を祈るさ。またおれたちが会えるように」

小太りの男が合図を出すと、三人の強盗はすぐに店から出ていった。往来のクルマを停め、強引に道を反対側へと渡ってゆく。急ブレーキの音やクラクションの音が、店の中にまでやかましく響いてきた。男たちの姿はすぐにマニラ中心部の雑踏に紛れて消えていった。

亮平は振り返って店の奥に目をやった。若いウェイターがあわてて顔をそむけた。鼻の下に薄い口ひげをたくわえた青年だった。

ＰＮＬＯの事務所のドアをあらためてノックしたのは、ちょうど午前十一時だった。部屋に入ると、奥からすぐに女がやってきた。背が高く、白いシャツにカーキ色のパンツ姿。歳は二十代の後半か。あごを突き出して歩いてくる。

「原田さんね」女は鋭い調子で言ってきた。日本人だ。「田島農機の人がここにくるとはね。いったい何のご用です？」

「あんたは？」と亮平は訊いた。女の剣幕がただごとではない。最初から喧嘩ごしだ。

「ボランティアよ」女は腕を組んで答えた。「田島農機の人が訪ねてきたというので、呼ばれたの。日本語で話したほうがいいでしょう。お話なら、わたしにどうぞ」

「用件は話しておいたが」

「ホセ・マクティガスが殺された件だそうね。それで何なの。謝罪？　それとも名誉毀《き》損《そん》で告訴するとでも言うのかしら。でなきゃ、ＰＮＬＯの買収の話？」

「この街は、ひどくフレンドリーな人間ばかりのいるところだな」

「え？」

「ひとりごとさ。それより少し落ち着いてくれないか。おれが田島農機の本社からきたというだけで、どうしてそうカリカリしなくちゃならないんだ。せっかくの顔が台無しだ。目が吊《つ》り上がってる」

女の頰《ほお》がいっそう赤くなった。

「ひとり殺されているのよ。にこやかに応対できるわけがないわ」

「おれが聞きたいのもその件なんだ。先に言っておくが、この殺人事件に関して、本社はニュートラルだ。だいいち、どういう事情でうちの名がこの記事に出たのかも知らない。関連がわからないんだ。あんたたちが推測しているところをわかりやすく教えてもらいたくって、おれはここにきたんだ」

「サンビセンテ工場で何があったのか知らないの？」

「しごく平和に操業してるという報告しか受け取っていない。あんたたちの機関紙でＰＮＬＯの活動のことを知って驚いたんだ。ＰＮＬＯがオルグにきていた事実は伝えられていなかった」

「この一年のあいだに、つぎつぎと組合活動家が解雇されてるわ。山猫ストも何度もあったはずよ。それでも平和に操業してるって言うの」

「山猫ストなんてことは、いま初めて聞いたよ」

「そんなことを信じろって言うの？　同じ会社の中のことでしょう」

「信じようと信じまいと勝手だが、せっかく話を聞きたいときている者を、最初から敵と決めつけることもないだろう。おれはここに何かの謝罪にきたわけでもなければ、記事が事実無根だと抗議にきたのでもない。買収なんてことは、あんたが口にするまで想像したこともなかったんだ」

「だって、あなたは田島農機の社員じゃないの。名刺には、経営企画室の主任と肩書きがあったわ。田島農機を代表して、ＰＮＬＯと何か取引きしたいってことじゃないの？」

「おれは代表権を持っているわけじゃないし、ここで交渉やら取引きをするつもりもない。ただ事情を聞きたい。それだけだ」

「取引きするつもりはない？」と、女は不思議そうに繰り返した。

「なぜ、どんな取引きをしなけりゃならないのかも知らん」

「本気で話が聞きたいと言うのね」

「事情の説明を受けたい。糾弾や罵倒《ばとう》はそのあとにしてくれ。どうだ、一杯ビールでも飲んで落ち着いてから話す気はあるか」

女は目をみひらき、鼻孔をふくらませた。亮平が茶化しにかかったと感じたのかもしれない。ひとひとりの死に関わる真面目な問題だというのに。

亮平はすぐにつけ加えた。

「サンミゲールというビールがうまかった。冷えたやつを飲んで、頭を冷やすってのはどうだ。昼間から飲むのはきらいじゃなければ、おれにごちそうさせてくれ。そう熱くなっていちゃ、言葉だってうまく出てはこないだろう」

女は受付けの女に目をやり、また亮平を見つめた。

「身分証明書を見せて」女の声はいくらかやわらかくなった。

「会社のか？　それとも公的なものか？」

「公的なＩＤカードよ」

亮平は運転免許証を見せた。

「原田亮平。確かね」女は受付けの娘にうなずいて見せた。偽名刺の疑いでも持っていたのだろうか。

「あんたの名前は？」亮平が訊いた。

「石岡《いしおか》」

「おれもあんたの身分職業を知りたいんだが」

「どうして？」

「ボランティアと言ったろう。おれはあんたの言葉にどれだけの偏りがあるか、あるいはないか、そいつを知る必要がある」

石岡と名乗った女は、バッグからライセンス・ケースを出して、亮平に突きつけてきた。セント・トーマス大学の学生証だった。イシオカ・ユウコと、ローマ字で記してある。亮平が確かめると、優子、と書くのだと女は教えてくれた。

「それじゃあ、石岡さん、クーラーのきいたところで飲みながら話そう。あんたの知ってるところへ案内してもらえるとありがたい」

「近くにあるわ。でも、ごちそうされるのはお断りします。かまわないかしら」

「それがあんたの原則ってことなら」

「立場の問題よ」

女の頰からこわばりがどうやら消えていた。広い額に一重まぶたの品のいい目。輪郭のはっきりした口もと。北方系の顔立ちで、全体に知的な張りがあった。

「ジージャ」石岡優子は受付けのフィリピン娘に言った。「ベイビュー・ホテルに行っているわ。一時間で戻ってこなかったら探しにきて」

ベイビュー・ホテルまで、優子は亮平の先に立ち、大股《おおまた》に歩いた。カフェテラスの椅子に腰をおろすまで、ひとことも口をきかなかった。


田島農機のサンビセンテ工場は、マニラ市の北方、自動車でおよそ一時間半の、パンパンガ州サンビセンテの町にある。バターン半島マリベレスの輸出保税加工区からもほぼ等距離の位置である。

サンビセンテの人口は約一万二千。国道3号線が町なかを貫いている。ルソン島中部でならどこにでも見ることのできる、ありふれた小都市のひとつにすぎない。ここに日本資本が進出していることを除けば。

その田島農機の工場は、田島農機本社の百パーセント出資によって、五年前に建設されたものだった。従業員数はおよそ四百。汎用発動機と小型耕耘機《こううんき》、それに簡易ポンプや携帯型発電機を生産している。生産数の八割はフィリピン国内向けであり、残りがオセアニアやインドネシアに輸出されている。田島農機がアジアに持つ三つの工場のうちのひとつである。

進出前、田島農機はタイ、シンガポールに続く三つ目の海外生産拠点に、マレーシアかフィリピンかを決めかねていた。市場規模を考えるならフィリピンが有利であるが、労働力の質や治安を考えるとマレーシア、との見方だった。役員会内部でもかなり慎重に論議された。

フィリピン側の誘致運動は強力だった。大統領側近の有力政治家から、積極的な働きかけがあった。優秀な労働力の確保と治安維持に関して、絶対の保証がなされた。工業団地が築かれつつあるバターン半島マリベレスは労働運動も盛んだが、サンビセンテはまだ過激な労働運動の影響を受けてはいなかった。政府と軍の支配は行き届いており、新人民軍のゲリラ活動もみられない。住民は温和で従順、ストライキの発生なども考えられないと、その政治家は保証した。免税措置を含むさまざまな優遇政策も示された。

けっきょく田島農機の役員会は、産業基盤構造の面では多少整備の遅れたフィリピン・サンビセンテへの進出を決めたのだった。工場の建設は一九八〇年の初頭から始まった。起工式には大統領も列席している。

操業が開始されたのは翌年春のことである。当初の従業員数は二百人。そのうち班長クラスの四十名の工員は、川崎にある田島農機の工場で長期間の研修を受けたフィリピン人たちだった。

四カ月後に労働組合が結成された。組合は穏健派と言われるTUPC（フィリピン労働組合会議）に加盟した。労使協調路線をとる組合で、以降五年間、争議らしい争議は起こっていない……。

これがサンビセンテ工場に関する原田亮平の認識だった。

「よくもまあ、そんな報告がまかり通ってるのね」と石岡優子は言った。どこか小馬鹿にしたような口調だった。「あの工場の組合は労使協調路線なんてものじゃないわ。会社と一緒になって工員たちを管理しているの。幹部はみな、バグタング一族の子飼いの工員たちよ」

「そのバグタング一族っていうのは何だ」亮平は訊いた。「上院議員の一族だったか？」

マニラ湾に面したベイビュー・ホテルのカフェテラスだった。大きなパラソルの下で、亮平と石岡優子は向かい合ってテーブルに着いている。ふたりの前にはそれぞれビールを満たしたグラスがあった。

「サンビセンテで権勢をふるっているファミリーよ」と優子は言った。「大統領を取り巻く例の六十家族につらなってるわ。サンビセンテの町長もこの一族。サンビセンテでは、このファミリーににらまれたら、事実上餓死するか町を出るしかないわ」

「その一族が組合も牛耳《ぎゅうじ》っているというのか？」

「そう。上のほうをね。でも、工員たちの不満はいつも爆発寸前。何度も新しい組合づくりがはかられたわ。でもその度につぶされてきた。首謀者たちはすぐに馘首《くび》。暴力団に脅されて、泣く泣く工場を去っていった工員も少なくないのよ」

「どうしてそんな動きが本社には伝わらなかったのかな。監査にきた連中が気づかなかったのはおかしい」

「おざなりにしか見ていかなかったんじゃないの。会社べったりの工員たちを集め、口裏合わせをしていたのかもしれない」

「PNLOは、いつごろからあの工場でオルグにかかっていたんだ？」

ベニグノ・アキノ暗殺の後からだ、と優子は答えた。暗殺事件後、政情不安からかなりの外国資本がフィリピンから逃げ、フィリピンは極端な外貨不足に陥った。大統領はこのため、輸入を禁止して外貨の流出を防ぐ挙に出た。サンビセンテ工場も日本から主要部品を調達することができず、いったん生産を縮小することになった。工員の半数が一時解雇された。

このとき、先任権協約があるにもかかわらず、多くの熟練工も解雇の対象となった。それでも組合幹部は会社側に抗議ひとつしようとはしなかったため、一気に新組合結成の動きが広がった。ホセ・マクティガスがサンビセンテに赴《おもむ》くようになったのも、このころからである。

けっきょく新組合の結成は成らなかった。会社側はバグタング一族の力を借り、徹底して新組合つぶしにかかった。音頭をとった工員たちは暴力団の襲撃を受け、あるいは村八分めいた扱いを受けて、屈伏せざるを得なかった。

不満は工員たちの胸の奥にこもった。鬱積《うっせき》した憤懣《ふんまん》はしばしば山猫ストとなって噴出している。ホセ・マクティガスも、今度こそはと田島農機サンビセンテ工場での組織化活動に力を入れていたのだという。

「そうしてとうとう、あの襲撃があったのよ」優子は亮平をにらみすえて言った。「ホセ自身、何度か脅迫を受けていたわ。手紙をもらったこともあるし、暴力団員に囲まれてサンビセンテから手を引けと言われたこともある。それが誰の差しがねか、はっきりしているでしょう」

「そのまま信じるわけにはいかない」と亮平は言った。「それにおれは警察じゃない。その殺人事件の真相を調べることは、フィリピン警察にまかせておきたい」

「でもあなたは、あの事件が起きた事情を知りたいと言ったわ」

「きみたちの推測や事件の背景はわかった。それは覚えておくつもりだ」

「責任者をそのままにしておく気？」

「おれはただ、事情を知るためにきているんだ」

「わたしの言うことを信じてないのね」

「誇張がある、と思う。だいいちサンビセンテ工場の待遇は悪くないはずだ。この国の最低賃金基準をクリアしているし、労働時間や休日の取り扱いについても国内法に従っている。とくべつ労使協調路線をとる組合でなくても、さほど不満が出るはずはないんだ」

「冗談じゃないわ。最低賃金を上回る待遇を受けているのは、工員の三分の二だけ。だけど最低賃金では、このインフレの下では食べてゆけないわ。基準をクリアしてるなんてことは、待遇の良さを証明することになんかならないわよ。それに見習い中の工員たちは最低賃金ももらっていないの。見習いといっても、みな本採用になるとは限らない。日本でいうなら臨時工、期間工にあたる工員たちだわ」

「確かめてみることにしよう」

「労働の中身もひどいそうよ。トイレに行く時間さえ、上司に監視されている。少しでも長くかかったようだと、すぐ注意を受けて人事考課の材料にされるの。日給で働く工員は五つのランクに分けられていて、三カ月ごとに評価変えがあるわ。日本の工場並みにQCサークルやZD（無欠点）運動が行われているけど、そのために工場で過ごす時間は残業とは計算されていない」

「そいつも調べてみる」

「やはり信じてはいないんだわ」

「いまは片方の主張を一方的に聞かされただけだ。このあと、おれは自分の目で見てみるってことさ。でも、参考にはなった。あの工場で何を見るべきか、それがわかってきた気はする」

亮平は最後に念のために訊いた。

「いまサンビセンテ工場にいるPNLOのシンパサイザーの名を教えてもらえるだろうか」

「まさか」答えは予想どおりだった。「いくらなんでも、タジマの人に教えられるわけがないでしょ。わたしはその名前を知らないけれども、PNLOの職員に訊いても返事は同じことでしょうね」

「そうだろうとは思ったんだけどね」

亮平が礼を言って立ち上がろうとすると、優子が言った。

「わたしもひとつだけ訊いていいかしら」

「あなた、フィリピンの貧しさにつけこむあんな会社に働いていて、恥ずかしくはないの？　やめてしまおうとは思わないの？」

「そいつはあんたの見方だ。おれは自分の勤め先がそれほどひどく腐っているとは思っていない」

「田島農機は人件費の安いこの国で法外な利益を上げているのに、この国の民衆には何ひとつ還元しようとはしていないわ。それどころかバグタング・ファミリーを肥やし、大統領の一族の腐敗に手を貸している。日本資本がこの国に進出してやることの典型を示していると言っていいわ」

「それが一般論なら、おれはここでそれについて議論しようとは思わない。そういう問題についいちゃひと言ないわけじゃないが、いまあんたと論じ合う意欲も暇も持ち合わせていないんだ。それが田島農機に限ってのことだと言うなら、おれの答えはこうだ。あんたの見方は一面的で偏見に満ち、はっきり言ってかなり粗雑な非難だ。これでどうだ」

優子は鼻で笑った。

「やっぱりただの日本人ね。ただの会社命人間《いのち》だわ」

「やっぱり、とはどういう意味だ？」

「訊いてみてくれ」

「一瞬、誤解したのよ。もしかしたら、いくらかましな企業人なんじゃないかってね。ホセの事件の背景を知りたいってわざわざ訪ねてきてくれたんだから」

「誤解が解けてよかったよ」

「勤め人はみな鋳型《いがた》にはめられてしまうのね。それともそんな人間だから、大企業に就職するのかしら。あなた、いくつ？」

「今年三十七になる」

「二十のときに何があった？」

「アポロ十一号が月に行った」

「大学が燃えていた年ね。ということは、反社会的なメーカーなんか拒否する人が多かった世代じゃないのかしら」

「人それぞれだった。世代でくくられたくはない。だいいち、そういう認識が粗雑だと思うね。何かを敵に回すときは、できるだけ精緻《せいち》な論理を組み立てたほうがいい。あんたはいくつだ？」

「二十八」

「二十のときには何があった？」

「自動車の運転免許をとったわ」

「なるほどね。てめえのことしか頭になかったって時代だと言いたいわけか。それで、どうしていまマニラにいるんだ？　セント・トーマス大学の学生なのか？」

「フィリピンの農村問題を研究してるわ」

「PNLOとはどういう関係？」

「ボランティアと言ったでしょう。日本企業との交渉が必要なときは、通訳を手伝ったりするわ」

優子は一杯分のビール代をテーブルの上に置くと、いやいやながらとでも言うように小さく頭を下げ、席を立っていった。

優子から話を聞いたあと、亮平はいったんホテルに戻った。ちょうど昼食の時刻となっていた。シャワーを浴び、三人組に取り囲まれた際に大量に分泌された汗を流し落とした。

新しいシャツに着替え、ホテルの中のカフェで昼食をとった。一時半になったところでトラベラーズ・チェックの一部をペソに替え、あらためて外出した。

出向いた先は、リサール公園内の国立図書館だった。ここで亮平はサンビセンテの町とバグタング一族について調べてみた。

サンビセンテの町には、田島農機の工場のほかに、食肉処理場と革なめし工場、製靴工場、それに瓦《かわら》工場があることがわかった。樹脂成型の工場が四年前に新設されていたが、これは田島農機の下請け工場だ。田島農機も二十五パーセント資本参加している。田島農機サンビセンテ工場は、ここからプラスチック成型部品を入れているのだ。町の空気や住民の気質についてまでは、知ることができなかった。

　バグタング一族については、多少新しい情報を得ることができた。このファミリーはパンパンガ州の大地主のひとりで、かつてはサンビセンテとその周辺に広大な荘園を所有していた。一族から上院議員が出ているし、州知事も一族に連なっている。大統領夫人の一族とも縁戚《えんせき》関係にあった。あの六十家族ほどの資産や権力は持たないものの、この国ではやはり富豪と呼べる名家であることはまちがいない。現在の当主は、フランシスコ・バグタング。六十歳になる男である。

　亮平はマニラで発行されているタブロイド判新聞「ピープルズ・ジャーナル」の編集部に電話をかけ、バグタング一族についてさらに詳しい情報を求めた。大統領選挙戦のさなかで多忙とは想像できたのだが、応対に出た職員は親切に情報を提供してくれた。まだ若い男の声だった。

　彼によると、田島農機の誘致に積極的だった上院議員はバグタング一族の当主の弟で、とうぜん与党のＫＢＬ（新社会運動）に所属していた。娘をひとり日本に留学させており、東京都内に不動産も所有しているらしい。自民党のとある有力議員と親しく、ひんぱんに日本を訪れている。上院でも親日派として知られるひとりだった。

「もちろん田島農機の役員とも」と、電話の向うで男は言った。「親しくおつきあいしているはずですよ」

バグタング一族は、と彼は言った。政界、官界よりも、むしろ実業界に多く係累を張っている。大農場の経営をべつとすれば、軽工業、食品加工、運輸、通信事業などに手広く投資し、あるいは直接これらの企業を所有しているという。

また彼の話によると、サンビセンテの町の主要な産業は、すべてバグタング・ファミリーとその親族とがオーナーとなっている。食肉処理場、製靴工場、瓦工場はもちろん、一族は商店や倉庫、建設会社なども手広く経営していた。

最後に亮平は訊ねた。

「サンビセンテの町にはホテルはあるだろうか?」

「モーテルがひとつ」と相手は答えた。「ほかに、商人宿やあいまい宿が二、三軒」

「それもみんなバグタング一族の経営かな?」

「さて。そこまではわかりません」

亮平は礼を言って電話を切った。

亮平が再びその中華料理店に戻ったのは、午後六時をまわった時刻だった。

夕食どきというせいもあり、ほとんどのテーブルが客で埋まっていた。観光客らしき男女の姿は見えない。客の大部分が地元の労働者や勤め人たちのようだった。

亮平は入り口で店の内部を見渡し、あの三人組がいないことを確かめた。彼らはきょうはもうたっぷり稼いでいる。こんな屋台も同様の店で腹をふくらませているはずはなかった。連中はおそらくいまごろ、もっと繁華な通りのナイトクラブあたりで、女をはべらせて豪遊しているにちがいない。

昼間、亮平から顔をそむけたあの口ひげの店員もいた。入り口に近いテーブルの皿を片づけているところだ。

亮平が身体を店内に入れると、その店員が顔を上げた。会釈しようとしたようだが、その笑みが凍りついた。

亮平は愛想笑いを見せて言った。

「覚えているかい」

店員はとまどっている。顔から笑みが消えた。目が左右に動いた。救いでも求めようとしたのかもしれない。

「ほら、午前中にもやってきた日本人だよ」

店員は皿を持ったまま調理場の方へ立ち去ろうとした。亮平は店員の腕を押さえた。

店員は立ち止まった。無理に行こうとすると、重ねた皿を床にぶちまけることになる。

「皿をテーブルの上に置け」言いながら亮平は店員にぴったりと身体をつけ、腕を押さえた手に力を加えた。「しばらく、つきあってほしいんだ」

店員は皿を持ったまま、顔をしかめた。左腕の筋肉が締めつけられているのだ。指の感触から判断するに、さほど鍛練された筋肉ではない。すぐに耐えきれなくなるだろう。

亮平は胸ポケットから用意しておいた千円札を取り出し、店員の顔の前で振った。

「今夜の仕事など、もうやめてしまえ。つきあってくれたら、こいつをやるよ」

店員の目が千円札に吸い寄せられる。痛みに顔をゆがめながらも、目の輝きが強くなった。

日本円で千円といえば、この国ではけっしてはした金ではない。終日こんな安食堂で働いている身には、なかなか使いでのある外貨であるはずだ。

「どうだ、もう料理運びなんてやめて、おれにつきあえ。ちょっとしたガイドを頼みたいんだよ」

「でも」と、ようやく店員は言った。「まだ仕事が」

「あと一度しか言わない。いますぐこの店の仕事を放り投げて、おれにつきあえ。ちょっとの手間で、千円が自分のものになるんだ。稼ぎたくはないのか」

店員はあたりを見回した。店の客たちが、ふしぎそうにふたりに目を向けてくる。

店員はようやく決心したように言った。

「すぐに戻ってきます」

「名前は？」

「キーコ」

「いいか、キーコ。ここに皿を置け。一緒に出るんだ」

「でも」

「どうする」と、さらに指先に力。

キーコと名乗った青年は唇をかみ、いまにも泣き出しそうな顔で皿をテーブルに戻した。

亮平は千円札を自分のシャツのポケットに戻すと、青年を店の外に押し出した。店の中からキーコを呼ぶ声が聞こえたが、亮平はかまわず青年を追い立て、そばに停まっていたタクシーに押しこんだ。

ドアを閉めてから、亮平はキーコという名の青年に言った。

「あの三人に会いたい。どこに行けば会える？」

キーコは首を振った。「ぼくは知らない」

「そんなはずはないんだ。昼間も、お前が連中に電話したんだろう？　カモがきているって」

返事はない。

運転手が首を後ろに回してきた。

亮平はキーコの脇腹《わきばら》を突ついた。

「連中がいるところはどこだ」

「知らない」

「どこまで」と運転手が訊く。

「言うんだ」

「ぼくは知らない」

「どこまで」と、また運転手。

「キーコ、警察に行こうか。おれは警察できょうの事情を全部話すよ。警察も外国人が被害に遇《あ》っているんだ。きちんと調べてくれるだろう。あのぶんなら、余罪もそうとうありそうだ。お前にもしつこく尋問があるだろうな」

運転手が訊いてくる。

「お客さん、ね、どこまで行きます」

亮平は答えた。

「この地区の警察署へ」

「待って」キーコが早口で言った。「サンタ・クルーズ・チャーチへ行って」

「それは、どこなんだ」

「チャイナ・タウン」

「サンタ・クルーズ・チャーチの前でいいのか」運転手がキーコに訊き直す。

キーコは小声で言った。

「オングピン通り。マンダリン・パレス」

マンダリン・パレスは、比中友誼門をくぐってチャイナ・タウンに入り、街のメインストリートとも言うべき通りを百メートルほど入ったところにあった。

さすが周囲は漢字の看板ばかりだった。レストランや茶楼のほかには、金を売る店や宝石店が目につく。ほかの種類の店はほとんど見当たらない。極端に商いの範囲のかたよった一角のようだ。通行人の顔立ちも、やはり蒙古系のものがほとんどのように見える。生粋《きっすい》のフィリピン人たちはあまり入りこまない街なのかもしれない。

キーコの案内でそのマンダリン・パレスの店の前に立った。雑居ビルの一階で、ウインドウの内側にメニューを広げて展示している。さほど中華ふうの意匠を強調してはいない店のようだった。

亮平は入り口脇の看板の中国語に目を走らせた。

「歓楽安全的好去處
一流的設備・大衆化消費
毎晩有三組青春艶麗的模特児表演精彩的節目」

生演奏が入る店のようだ。看板の下に、ディスコ&レストラン、と英語書きがつけ加えられていた。

店のドアが開いた。ドアの内側には、例の青い制服を着たガードマンがいた。腰に拳銃をさげ、散弾銃を手にしている。もしかすると彼は、強盗の襲撃に備えているだけではなく、店内でのトラブル防止のためにも働く男なのかもしれない。

亮平はキーコを押して、店に入った。キーコは抵抗する素振りを見せた。先に立って歩きたくないらしい。しかたなく亮平はキーコを横にやって、中をのぞきこんだ。

店の中の暗さに目が慣れると、広さと客の入りがわかるようになった。テーブルは三十ばかりあるだろうか。奥にステージがあって、五人編成のバンドがアメリカの五〇年代のポップスを演奏中だ。女の子がふたり、ミニスカート姿で踊っている。ステージの前には、そこだけミラーボールの光が流れるダンスフロアがあった。テーブルは三分の一ほどが埋まっていた。

ステージに近いテーブルで、あの三人組が飲んでいるところだった。小太りの中年男と、脅しを受け持っていた入れ墨にサングラスの男。それにピノと呼ばれていたやせた若い三下《さんした》。入れ墨の男は、この店ではサングラスをかけていなかった。

彼らのテーブルには、三人の女がついていた。フィリピン娘たちのようだ。店のホステスではなく、よそで調達して連れこんだものなのかもしれない。みんな上機嫌のように見えた。

ウェイターが近寄ってきた。

亮平はキーコのシャツの胸ポケットに千円札を押しこんだ。

「もう行っていいぞ、キーコ、ありがとう」

キーコは礼も言わず、青ざめた表情のまま外に飛び出していった。

「おひとりですか」とウェイターが訊く。

「そう」亮平は小声で言った。「トイレに近い席に案内してくれないか」

「トイレに近い席？」

「そう。でなけりゃステージからいちばん遠い席」

「こちらへ」

案内されたテーブルは、調理場に最も近い位置にあって、柱が一本、視野をふさいでいる。連中の席からはちょうど柱が目隠しになっていた。亮平の側からは、少しだけ身体を傾けると、ステージの前に陣取ったあの三人組を監視することができる。亮平はビールと前菜をひと皿だけ頼んで、時機がくるのを待った。

ショーの変わり目のときに、あの入れ墨の男が立ち上がった。少し酒がまわっているのかもしれない。身体がかすかに揺れている。男は通路を歩いて、ステージ左手のカーテンの奥へ消えていった。たぶんあのカーテンのうしろにトイレがあるのだろう。残ったふたりはそのまま機嫌よく飲み続けている。

亮平も立ち上がり、まっすぐトイレに入った。朝顔が三つ並んでいた。男は中央のそれに向かい、鼻歌をうたいながら放尿中だった。

亮平は男の真うしろに近寄って、男のパンツの前に手を伸ばした。男が仰天し、緊張した。

「なんだ？　誰だ！」

しかし小便を出しっぱなしだ。身動きできるものではない。亮平は男の前ポケットから素早くナイフを引き出した。ハードウッドの柄《つか》の折り畳み式ナイフだった。亮平はナイフをうしろに放った。

「この野郎！」

男は怒鳴りながら身体を揺すり、ペニスを下着の中に収めた。ファスナーに手をかけながら振り向いてくる。亮平は男のみぞおちに拳を叩《たた》きこんだ。男は便器に背中を打ちつけ、短くうなった。

胸倉をつかんで引き起こし、もう一度みぞおちを強打した。男は声にならない悲鳴を上げた。続けてもう一発。男はそのまま膝《ひざ》からくずれ落ちた。口をいっぱいに開け、大きく息を吸いこんでいる。眼球が飛び出してきそうに見える。激痛がやつの全身をかけめぐっているはずだ。

亮平の胸のうちに、ふいに凶暴な激情が走った。アドレナリンが、亮平の鬱屈《うっくつ》に火をつけたのかもしれない。長いこと溜《たま》りに溜っていた怒りが、とうとう噴き出す瞬間を見いだしたのかもしれない。

亮平はもう一度男を引き起こし、渾身《こんしん》の力をこめて男の脇腹を殴った。それは理不尽で、根拠のない、無意味な激情のほとばしりだった。拳にはっきりと手応えがあった。堅いものがつぶれ、折れる感触だ。

男は驚愕《きょうがく》と苦痛に目をみひらいた。亮平を見上げてくるが、何か信じられないものでも見ているかのようだ。

「見そこなうな」亮平は荒く息をつきながら、日本語で言った。「少しは修羅場も見てきたんだ」

男は腹を抱えこんでその場にまたくずれ落ちた。

亮平は男をひきずって大便用の便所に押しこめた。男は抵抗しようともしなかった。なされるがままになっている。亮平は男のポケットをあらため、ライセンス・ケースを取り上げた。

亮平はナイフを拾ってトイレを出た。やつは数分間、いっさいの戦意を喪失したままのはずだ。最初の痛みが引き、呼吸がもとに戻るまで、少なくとも三分はかかる。

ステージではバンドが新しい曲を演奏中だった。ティーチ・ミー・トゥナイト。きょうはマニラについての貴重なレッスンがあった。連中にはもう少し教えてもらわねばならない。

亮平は連中のテーブルの空いている椅子に腰をおろした。

小太りの中年男が目をむいた。笑みが消え、表情がみるみるうちにこわばっていった。

亮平は愛想笑いを見せてやった。

「覚えているよな」

「ああ。偶然だな」と男は、狼狽《ろうばい》を見せて言う。

「いいや、偶然じゃないんだ」

「なに?」

「あんたを探しにきたのさ」

中年男は横目でピノに目をやる。ピノもとまどっていた。まだ事態がよく呑《の》みこめてはいないようだ。女たちが怪訝《けげん》そうに亮平を見つめてくる。

「あの血の気の多いやつは眠ってるよ」亮平はナイフをテーブルの上に転がして言った。「口ほどでもなかったな。あんな頼りにならない男には、分け前や小遣いはやらないほうがいい」

中年男の頬がふくらんだ。まばたきしながら、ナイフと亮平の顔とを交互に眺めてくる。亮平はこのボス格の男が、むかし人気のあったコメディアンに似ていることに気づいた。小太りで丸顔、童顔ではあるが、そのじつ人となりはさほど愛されるものではなく、最後は恐喝やら万引やらを繰り返して芸能界から消えた男。

男がピノに何ごとか指示した。ピノはすぐに立ち上がってトイレの方へ駆けていった。

亮平はナイフを指ではじきながら言った。

「おれはガイド料をあんたに払った」

「そう、もらったよ」

「なのに、あんたはまだマニラ案内をしてくれていないんだよ」

「この次ということになった。あれは先払いだったと」

「必要になったら連絡をつけたい、とおれは言った。あんたは連絡先を教えてくれなかった。このままでは、払ったガイド料は取られ損になる」

「おれたちが、脅して金をまき上げた、と言うのか」

「まだそう言わずには済むさ。あんたが連絡先を教えてくれたら」

「ほんとにガイドを頼みたいのか」

「それが取引きの条件だった。ちがうかい」

「いい度胸だな、日本人」

「そうかもしれん」亮平は、トイレで入れ墨の男から取り上げたライセンス・ケースをテーブルの上に置いた。「あの男の身分証明書だ。ペレスという名前らしいな。こいつがどんなことに使えるかは、あんたもわかるだろう」

「やりすぎだぜ」

「フェアにやってほしいだけだ」

ピノが戻ってきて、男の耳元でささやいた。男は眉間《みけん》に皺《しわ》を寄せて、横目で亮平をにらんできた。意外そうだった。

「お前、堅気じゃないのか」

「勤め人だよ。だけど、甘く見ないほうがいい。おれはフェアじゃない取引きには敏感なんだ。怒り狂うと言ってもいいぐらいだ」

「どうする気だ」

「何度も言わせるな」

「おれの名前と連絡先を知ったら、警察に駆け込むつもりなんだろう」

「そのつもりだったら、ここにはきていないさ。だけど話が通じないなら、これから行くことになる」

亮平はライセンス・ケースを手にしたまま、立ち上がった。警察に出向く気にはならないが、匿名で送りつけてやる程度のことはしてやるべきだろう。日本人専門に強請《ゆすり》を重ねているチンピラ・グループのひとりだ、と断り書きをつけて。いずれ日本人がらみで重大事件が発生したときには、マニラ市警察はこのライセンス・ケースの中に入った運転免許証のことを思い出すかもしれない。

「待て」男が声をかけてきた。

亮平は立ちどまって振り返った。

男が財布の中から白いカードを一枚、取り出してきた。

「いいか。おれは警察なんて怖くはない」男は虚勢の感じられる調子で言った。「おれを訴える気でも、おれには屁でもないんだ。おれのバックに何があるか、想像しておけ。マニラでそう調子に乗らないほうがいい。だけどそれさえ承知なら、三万円分の頼みくらいはきいてやるさ。そのときはそこに電話しな」

名刺、あるいは名刺がわりのカードだった。ローマ字で、ホァン・フーコックとある。住所と電話番号が書かれていたが、それがマニラのどこにあたるのかは、亮平には見当がつかなかった。男の名が明らかに華僑系のものである以上は、この中華街の近辺なのかもしれない。

亮平はライセンス・ケースをテーブルの上に放った。

「ありがとう、ホァン。あんたは話のわかる人だと思っていたよ。おれの名前は原田だ。覚えておいてくれ」

「調子に乗りすぎるな」ホァンは言った。「おれたちが日本のヤクザと似たようなものだと思っていたら、すぐにサンタ・マリーアだからな」

「なに？」

「カトリックの連中が言うのさ」ホァンは胸の前で十字を切るしぐさを見せた。「サンタ・マリーア。すごくいいところに行ってしまうってことだ」

「ひとつ勉強になった」

亮平はホァンたちに背を向け、大股に店を突っ切った。

第三章

サンビセンテの町は、南国の強い日差しの下でひからびかけていた。

大地から沸き立つ熱気が空気をゆらし、その屈折率をゆがめている。人はみなけだるそうに動き、あるいは日陰に避難していた。犬があちこちの路上で長々と寝そべっていた。

亮平はゆっくりと自動車を進めた。

国道に沿っていくつかの公共的な施設が建ち並んでいる。白いコロニアルふうの建物は町役場らしい。その隣りには堅固な石づくりの警察署がある。国道をはさんで町役場の向かい側は、広い芝生の公園となっていた。丸太を組んで設営された、ステージのようなものがあった。芸能ショーでも行われる場所なのかもしれない。

警察署の先に交通整理の巡査が立つ大きな交差点があった。ここが町の中心と考えてよいのだろう。ロータリーの東側には黒っぽい石づくりのカトリック教会があり、西側には市場があった。さまざまな荷を満載したトラックがロータリーの周辺を埋めている。

町に入る手前には枯れかけた川があり、町の北はずれには瓦《かわら》工場の建物があった。町全体は浅い盆地の中央に拓《ひら》かれているように見える。盆地の東側の丘陵地には緑が濃く生い茂っているが、西側は大地がむき出しだった。

午後一時。

マニラを出発してからちょうど一時間半だった。運転に不慣れな者なら、二時間の距離かもしれない。

いったん町を通過してから、亮平はレンタカーのフォード・エスコートをもう一度サンビセンテの町に進入させた。ガソリンスタンドの脇《わき》から西に折れて約一キロ。整地された空き地を貫くように舗装路が通っており、その先に田島農機のサンビセンテ工場があった。窓のない白っぽい建物が、ブロック塀に取り囲まれている。塀の上には有刺鉄線のループが延びていた。構内に人の姿は見えない。

ゲートの前でクルマを停めた。

ものものしい鉄扉が閉じられている。脇に警備員の詰所。三人の青い制服の男がいた。いぶかしげにこちらを見ている。全員散弾銃と拳銃で武装していた。

驚いたことに、ゲートの奥、正面の管理棟の入り口脇に、フィリピン国旗と日章旗が並べて掲げてある。ふつう外国にあって自国の国旗を掲げる施設は、その国の在外公館か軍事基地程度だ。それ以外は、たとえば米国資本の工場であろうと、西ドイツ企業の事務所であろうと、よその国で玄関口に自国の国旗を麗々しく掲げたりはしない。これは極端なナショナリティの誇示だった。亮平は田島農機のシンガポール工場にもタイ工場にも赴《おもむ》いたことがあるが、どちらも日章旗を掲げるような真似《まね》はしていない。支配人の指示なのだろうか。

警備員のひとりが散弾銃を持ち替えてゲートの脇から出てきた。不審者を見る目つきだ。ぐずぐずしていては、彼はほんとうに銃をかまえる。亮平は自動車を発進させ、切り返して工場から離れた。ルームミラーの中で、警備員が立ち去る自動車をじっと見守っていた。

町のメインストリートにもどって、亮平は目処《めど》をつけておいた宿の前にクルマを停めた。看板には「サンビセンテ・イン」とある。一階がレストランとなっていた。入り口の扉は大きく開け放してある。

レストランの奥のカウンターが帳場だった。背の低い、三十なかばといった年頃の女が愛想よくほほ笑みかけてきた。

目がアーモンドの実のようで、鼻は低く小さい。蒙古《もうこ》系の顔立ちだが、肌の色は浅黒かった。ブルーの濃いアイラインを引いていた。

亮平は自動車のキーを示しながら言った。

「部屋はあるかな。シャワーのついた部屋がいいんだが」

女はキーを受け取って言った。

「うちは全部洋式の部屋よ。いつまで？」

「一週間くらい」

女が値段を言った。亮平の予想よりもいくらか高かった。この半日のあいだにまたインフレが進行したのかもしれない。亮平は前金で一週間分の宿泊料を支払った。

カードにサインすると、女が訊《き》いてきた。

「日本の人ね」

日本語だった。

「そう。日本語ができるんだね」

「前に、日本にいたことがあるから」

「どのくらい？」

「二年ちょっと」

女はそれ以上言葉を続けなかった。どんな用事で、どこに滞在していたのか、それをつけ加えるかと予想したのだが、女は触れなかった。慎ましい性格だから、というよりは、深入りしたくない話題なのだろう。代わりに女は訊いてきた。

「あっちの人？」

指差す先は、どうやら田島農機の工場の方角のようだ。田島農機の関係者かと訊いているのだろう。

「ただのツーリストさ」

「ツーリストがどうしてこんな町にくるの」

「面白いことがありそうだと聞いた」

「どんなこと？　ここにはゴルフ場もビーチもないのよ」

「田島農機の工場がある。何か起こっていると聞いてきたんだ」

「何かって？」

「たとえばホセ・マクティガス」

女は首をかしげた。

「でなきゃ、ＰＮＬＯ」

女は口を開けた。

「ああ」

「面白そうだろう」

「よく知らないわ」

「きみの名前は？」

「ノーマ」

「ファミリー・ネーム」

「ラグリマス」

「このホテルのオーナーかい」

「そうよ」ノーマ・ラグリマスは得意そうに小鼻をうごめかした。「五年前に始めたの。日本の工場ができて、景気がよくなりそうだったから」

「じっさいはどうなんだい」

「初めの一年だけだったわ。日本人の技術者たちが帰ると、あとはさっぱり」

「ホテルを始めるとなると、そうとうの元手が必要だったろうな」

「まあね。古い商人宿を譲り受けたんだけど、あと十年借金を返していかなくちゃならないのよ。土地はべつ。地主はほかにいるわ」

「バグタング一族？」

ノーマはまた笑みを見せた。その名を知っていることが意外だったのかもしれない。

「ちがうわ」とノーマは言った。「ずっと昔はそうだったのかもしれないけど。いまの地主はマニラの中国人よ」

「ひょっとしてきみも華僑《かきょう》なのかな」

「半分だけね。顔は母親に似たの。中国系だったわ。肌の色はフィリピン人の父親譲りよ」

逆であればよかった、というニュアンスがこめられているように感じられた。

「きみはタジマの工場のことはどう思う？」

「悪く言うわけにはいかないわ」

「でも、言いたいってことかな」

「ちがうわ」ノーマは会話を打ち切った。「荷物はどこにあるの？」

「自分で運ぶよ。クルマを頼む」

「駐車場は裏手よ。まわしておくわ」

「道を教えてもらえないか。タジマの日本人たちが住んでいるのはどこだ。サンラザロ通りというところらしいんだが」

「警察署のある角を右に曲がって、少し進むの。三本目の通りがサンラザロよ。ね、ほんとうにタジマの人じゃないの？」

「きみの察するとおりだ。でも、きょういっぱいくらいは、ただのツーリストでいたいんだが」

「黙っていてあげるわ」

ノーマは部屋のキーを渡してくれた。二階の七号室。亮平はカウンターの脇を抜けて階段を昇った。廊下の両側にドアがいくつか並んでいる。廊下左手の突き当たりのドアに、非常口の表示があった。七号室は裏手の庭に面していた。大きめのベッドがふたつ並んでいる。ベッドサイドには黒い電話機。部屋は傷みかけてはいるが、清潔だった。

天井が高く、窓ぎわに古い扇風機がある。洗面所は広く、女が自慢したとおりの洋式だった。洗面台も浴槽も、蛇口のあたりが錆《さび》色に変色していた。クローゼットに衣類を収めると、亮平はゼロのアタッシュケースを開けて二通の書類ホルダーを取り出した。

人事課から渡された従業員考課書だった。

ひとつはサンビセンテ工場支配人の今野篤史《あつし》のもの。もうひとつは工場長の蟻坂和男《かずお》のもの。成田を発つ前にも一度、目を通していた。亮平はベッドに仰向けになり、あらためてその二通の書類を丹念に読み始めた。

今野篤史は昭和十年、富山県に生まれていた。富山市内の公立高校を卒業後、東京都内の私立大学経済学部に進学、昭和三十二年に卒業している。学生時代は体育会相撲部に属していた。全日本学生相撲選手権に出場したことがある。

卒業と同時に都内の洗剤メーカーに就職、昭和三十六年、田島農機の東京営業所の募集に応募して採用され、営業部員となった。

東京から山形、名古屋、福岡の各営業所を転任、昭和五十三年に仙台営業所長となっている。このとき四十三歳であった。当時としては、比較的早い昇進である。

営業マン時代、社内インセンティブ・コンテストで優秀賞を三回、最優秀賞を二回受けている。これ以外にも、実施された全コンテストで達成賞を獲得している。

仙台営業所長時代には、売上げ前年比三十六パーセント増という驚異的な数字を達成、全国営業所長会議で社長から直接表彰されたことがあった。しかし同じ年、取引き先業者や部品メーカーへの極端な押しこみ販売で、本社は東北地方の業者親睦団体「誠友会」から苦情を受けている。

翌年、匿名の密告で今野が業者丸抱えの韓国ツアーに参加していたことが判明、今野は譴責《けんせき》処分を受けた。招待側の業者に対しては、全営業所での取引き停止が通達された。

また今野の仙台営業所時代、彼が中途採用した営業マンの数は総計八十人。同時期、仙台営業所を退職したもの七十四人。ある営業マンが社用車で出張中に過労から居眠り運転、事故死したため、仙台労働基準監督署から調査が入ったことがあった。本社総務部も、仙台営業所の事態が異常、と、人事管理に関して本人に事情を質《ただ》したことがある。ただし書類には、その調査結果についての記述はなかった。

昭和五十六年から川崎工場労務第二課長。降格であり、営業から生産現場への異動という異例の人事ではあったが、一年後にはどういうわけか本社営業本部第一部副部長に栄転していた。おそらくは、彼の営業実績を買った役員の引きによるものだろう。昭和五十八年には稼働三年目のサンビセンテ工場支配人となって今日に至っている。生産実務には素人ではあるが、人事や労務、業者管理の経験が買われたようだ。

山形営業所時代に同僚の秋江《あきえ》と結婚、ふたりの娘がいる。サンビセンテ工場には単身赴任、妻子は埼玉県所沢市に住む。

要するに、と亮平は思った。こいつは早く馬喰《ばくろう》になりたかった馬車馬だ。田島農機の営業社員の、ひとつの典型だ。

亮平は一、二度見たことのある今野篤史の風貌《ふうぼう》を思い浮かべた。太り肉《じし》で猜疑心《さいぎしん》の強そうな目をしていた。呼吸器にどこか欠陥があるのかもしれない。いつも苦しげに息をしている男、という印象があった。

韓国旅行の件ばかりではなく、ほかにも脛《すね》に傷はいくつもありそうだった。しかし、彼を「従業員の理想」と評価する役員も少なくないにちがいない。効率が重視される組織ならばどこでも、下士官や前線将校には人格は要求されないのだから。彼らに必要なものはなりふりかまわぬ強引さであり、押しの強さであり、体力であり、組織への無条件の忠誠だった。今野篤史は、その意味では田島農機の従業員の鑑《かがみ》であった。

工場長の蟻坂和男は、昭和十九年、埼玉県生まれ。県内の公立工業高校を卒業後、川口市内の鋳鉄《ちゆうてつ》工場に就職した。昭和四十五年、勤め先が倒産。蟻坂は職業安定所を通じて田島農機川崎工場に採用されている。

川崎工場在勤中、ＱＣサークル活動で三年連続優秀賞を受賞。そのほか安全標語コンクール一位、作業マニュアル見直し運動優秀賞、ＺＤ運動最優秀サークル賞、丸Ａ（職場安全）運動工場長賞等、職場のありとあらゆるキャンペーンや運動で目覚ましい成績を収めていた。

また蟻坂は、都内私立大学の経営学部の通信教育を受け、昭和五十二年に卒業していた。社内人事部の取り扱いでも最終学歴は大学となっている。本人の申告により、卒業の年に、待遇の見直しが行われていた。

特技・資格としては、危険物取扱い資格、電気工事士、二級熔接技術等の、現場で必要とされた資格のほか、英語検定一級、中小企業診断士の資格を持っている。

昭和五十三年に工長、五十五年に第一製造課次長、五十八年には課長に昇進している。工員出身の従業員としては、いちばんの出世頭である。サンビセンテ工場への赴任は、今野支配人の着任から半年後の昭和五十八年夏。今野が本社に蟻坂を要求した結果としての人事であった。

昭和五十三年に、当時の川崎工場副工場長の次女・美恵子《みえこ》と結婚している。サンビセンテには夫人をともなっての赴任であった。ちなみに、美恵子の父親は、現在は系列会社の田島工作機製作所副社長となっている。

野心家で、人並みはずれた勉強家のようだ、と亮平は思った。たぶん家には、徳川家康から始まり田中角栄や本田宗一郎に到る評伝のたぐいが山と積まれているにちがいない。丹念に日本経済新聞の記事を切り抜いているかもしれない。

亮平は、蟻坂とは一度だけ接したことがあった。アジア向けの簡易ポンプの生産の立ち上がりのときで、彼が工場側を代表して本社側との交渉に出てきていたときだ。牛を連想させるしっかりしたあごを持った男で、当時まだ珍しかったファイロファックスを手にしていた。スーツやタイの趣味もよく、ブラウンの電卓を使っていた。工員出身と知らなければ、田島農機生え抜きのエリート社員と見まちがえたかもしれない。

史上最強のコンビネーション、と、亮平は書類ホルダーを閉じて思った。タフな営業出身幹部と、現場経験の豊富な野心家の組み合わせ。このふたりなら、フィリピンでなくても、たとえばコロンビアかザイールあたりに派遣しても、なんなく操業を軌道に乗せることができそうだった。たいがいの障害を、ちょうど大型の建設機械を使うかのように押しつぶし、はねのけてしまいそうに思えた。だからサンビセンテの事態は、なおのこと不思議だった。

亮平はさらにひと揃《そろ》いの書類に目を通した。いまサンビセンテ工場には、今野、蟻坂のふたりのほか、日本から四人の社員が派遣されている。技術指導にひとり、工程管理にふたり、品質検査にひとり。みなこの半年のあいだに相前後して前任者と交替、赴任してきた連中だ。彼らにはおそらく、不良品増大の直接の責任はないと考えられる。

この六人が、いまサンビセンテ工場に働く日本人のすべてだった。二年前までは、この数で十分だった。あとの中間管理職から工員までの全員をフィリピン人従業員としていても、二年前までは日本国内とまったく同水準の製品が作られていたのである。不良品の発生率も、サンビセンテだけがとくべつ高いということはなかった。

亮平はベッドサイドの時計に目をやった。

一時三十分。

土地勘をつけるため、町をもうひとまわりしておいてもいい。亮平はベッドから起き上がった。


サンビセンテの町の西側、汚れた川の右岸一帯にみすぼらしい住宅街が広がっていた。たいがいの家はブロックとコンクリートでできた建物をベースに、板やトタン、段ボール、竹、プラスチックそのほか、ありとあらゆるものを建材に使って増築工事を施している。道は舗装されてはおらず、裸足の子供たちが目についた。自動車がその地区に乗り入れると、子供たちは不思議そうに自動車を見つめてきた。所在なげに道端に腰をおろしている。働きざかりの男たちの姿も目についた。建物の密集具合を考えるなら、サンビセンテの一万二千人の人口のうち、半数近くがこの地区に住んでいるのではないかと想像できた。

亮平は住宅街を出て再び国道にもどり、ノーマに教わったとおり、警察署のある角を東へ折れてみた。そこがサンビセンテの中流階級以上の住む地区だとすぐわかった。どの家の庭もみずみずしい緑の芝生に覆われている。奥に行くにつれて一軒の家の敷地は広くなり、塀が目につくようになった。もっとも奥まった位置に、豊かな南国の樹木に囲まれた邸宅があった。木立ちごしに白壁の宏壮な屋敷が見える。表札がなくても、そこがバグタング一族の当主の家だとすぐに判別できた。自動車が近づくと、警備員がすぐ門のうしろに姿を見せた。亮平は自動車を門のすぐ前でUターンさせた。

その住宅街を戻り、サンラザロ通りを探し当てた。書類によれば、支配人と工場長はこの通りの二十九と三十三の番地に住居をかまえているはずだ。会社借り上げの住宅である。番地表示を確かめながら徐行ぎみに自動車を進めてゆくと、二十九の数字をつけた門柱が目に入った。蟻坂工場長の住む家だ。

門の前で自動車を停めて、中をのぞきこんだ。塀をめぐらした白い家。二台分のガレージがあったが、ふたつとも空だ。庭木の陰に米国製の青いセダンが停まっていた。

敷地は六百坪、と亮平は見当をつけた。建物は総面積八十坪くらいか。日本であれば、田島農機の工場長クラスがとうてい住むことのできる家ではない。発展途上国での駐在社員ならではの生活だ。

二階のバルコニーの奥で何かが動いたような気がした。顔を上げると、ガラス戸の向うに女がいるのがわかった。自動車を見おろしている。女は裸だった。

見まちがいかと思った。亮平は目をこらした。たしかだ。女は裸身で、バルコニーのガラス戸のうしろに立っている。

工場長夫人か？

そのまま見上げていると、女はあわてる様子も見せずにゆっくりとカーテンを引いた。白い薄物が窓ガラスの背後を隠した。女の気配だけが、そこに残った。

亮平は再び自動車を発進させた。一軒おいて三十三の番号のついた住宅があった。ここも二十九と似たような家だった。芝生の上で年寄りのフィリピン人が水をまいている。ガレージには自動車は入っていなかった。今野支配人の住む住宅である。

さらに二軒隣りに、タジマ、とローマ字のプレートが掲げられた家があった。田島農機が借り上げた家だろう。ほかの四人の日本人がここで共に起居しているはずである。庭の芝生の上に、ゴルフの練習用のネットが張ってあった。

サンラザロ通りを戻って、警察署の脇から国道に折れた。警察署の庭に停まっていたジープ型の車が動きだし、亮平のエスコートのうしろをつけてきた。

亮平はとくに速度を落とすこともせず、そのまま国道沿いのサンビセンテ・インまで自動車を走らせた。駐車場に乗り入れると、警察車はそこだけ徐行して通過していった。

警察車をやり過ごしてから十分待ち、あらためて亮平は自動車を国道へと出した。

こんどの行先は、小一時間前にひとまわりした労働者街だった。川の手前の道から自動車を乗り入れ、小さな雑貨屋の前で停まった。周囲の木陰にいた男女が、興味深げに亮平を見つめてきた。店の表の壁に、現職大統領派の選挙用ポスターが貼《は》ってある。未来を見つめる、輝かしくも偉大な指導者の顔写真が大きく印刷されていた。

店に入って、亮平は主人らしい男にコーラを注文した。

英語が通じるようなので、亮平は訊いた。

「タジマを知っているかい？」

「知っているよ」やせた中年の主人は、警戒ぎみの表情で答えた。「工場に行くんなら、道をまちがえてる」

「いや。そうじゃないんだ。ここには、タジマで働いている人は多いのかい」

「この近所で？」

「そう。この店の近所で」

「何人かいるね」

「タジマのことをどう言ってる？」

主人はコーラの瓶を差し出しながら訊き返してきた。

「組合のことを言ってるのかい？」

「どうして組合のことだと思うんだ？」

「なんとなくそう思っただけさ」

「聞きたいのは、組合のことも含めて、いろいろなんだがね」

「あんた、日本人だね」

「そう。ツーリストだ」

「ジャーナリストじゃないのかい」

「そうだとしたら、どうなんだい」

「ここには、何も面白いことはないよ」

「さっきも同じようなことを言われた。そんなに退屈な町なのかな」

「ここは観光地じゃないし、とくべつな事件もない。平和な町なんだよ」

「物騒な町だとは思ってない。どうだい、タジマで働いている人で知り合いはいるかい。きょうは日曜だ。休みだし、近所にもいるだろう」

「ジャーナリストでもないのに、何を知りたいんだ？」

「日本の評判をあれこれとね。おれは好奇心の旺盛《おうせい》な日本人なんだ」

主人は納得したふうもなかったが、店の外へと出てきた。ふきげんそうな顔だった。

亮平はコーラの瓶に口をつけてあおった。

主人はそばにいた若い男に声をかけた。青年が立ち上がった。主人が青年に何かを伝えている。亮平には皆目わからない言葉だ。かろうじて、タジマ、という音だけは何度か聞き取ることができた。青年は話を聞きながら、主人と亮平とを見較べていた。

主人が引っこむと、青年がおずおずと近づいてきた。二十代はじめくらい。顔に疱瘡《ほうそう》の跡のある青年だった。

「タジマで働いているのかい」

亮平が訊くと、青年はうなずいた。

「仕事はきついか」

「うん。いや」

「どっちなんだ」

「工場は、どこもこんなものだろう」

「コーラ、飲むか」

青年は首を振った。「煙草、くれないか」

亮平は振り返って店の主人に言った。

「彼の好みの煙草をやってくれないか」

「ハウメニー？」

「ワン」

主人は青年に煙草を一本手渡した。亮平はかんちがいしていたことに気づいた。ここでは煙草の販売単位は、箱ではない。

「ひと箱くれ」

金を払ってマルボローの箱をそっくり青年に渡した。亮平と青年は店から離れ、道端の木箱の上に腰をおろした。

亮平は英文の名刺を青年に見せて言った。

「東京からきた。この工場の様子を見にきたんだ。正直なところをきかせてくれないか。どんなことをしゃべったとしても、きみの不利益にはならない」

「三カ月前にも、日本からやってきて、いろいろ様子を訊いていった」

「そう。おれはその続きだ」

「支配人は知っているの？」

「まだだ。明日の朝、工場にゆく」

「支配人に直接聞けばいい」

「工員の声も聞いておきたい。きみは前にも同じことを訊かれたか？」

「いや。あの人たちは、組合の幹部にしか話を聞かなかったみたいだ」

「幹部たちは、正直に答えたと思うか」

ほんの少し沈黙があり、やがて青年は小さく答えた。「たぶん」

「きみは働きに見合うだけ給料をもらっているか」

「仕事があるだけ、ましだ」と青年。「この町で、ぼくみたいな若い男の半分は仕事がないんだ」

「みんな田島農機で働きたがっているのか」

「ひとり募集すると、いつも五十人以上集まる。よその町からもくる」

「やめる工員は多いのか」

「解雇される工員が多いんだ」

「どんな理由で」

「無断欠勤。遅刻。工場の工具や材料を持ち出した。人手が余った。理由はいろいろ」

「組合は、解雇には黙っているのか」

「黙ってる。組合が、何人かの解雇を会社に要求したこともある」

「どうして」

「新組合を作ろうとしたから」

「それは解雇の理由になるのか」

「理由はなんでもいい。組合の幹部ににらまれたら、会社も馘首《くび》になるんだ」

「PNLOは、工場で活動しているのか」

青年は視線をそらして沈黙した。

亮平はコーラをひとくち喉《のど》に流しこんだ。青年は落ち着きなく煙草の煙を吐き出した。

亮平は質問を変えた。

「工場の士気は高いのか。みな真面目に働いているか」

「真面目だ」青年は妙にきっぱりとした口調で答えた。「でもラインが速すぎる。ときどき追いつけなくなる」

「追いつけないときはどうするんだ」

「頑張る」

「頑張りきれないときは」

「マネージャーが怒鳴る。頑張るしかない」

「マネージャーに抗議しないのか」

「しない。みなタジマで働いていたい。いったん仕事をなくしたら、そのつぎはいつ仕事に就けるかわからない」青年は亮平の目をのぞきこんできた。「ぼくは会社に不満があるわけじゃない。あんたが訊いたから答えたんだ。ぼくは真面目に働いている」

「わかってる。そんなにびくつくことはない」

「ぼくには不満はない」と青年は繰り返した。「タジマで働いていることを誇りに思ってる。ラインは速いけど、ぼくはやっていける」

「わかった」亮平は青年の背を軽くたたいた。「きみの名を訊いていいか」

「ホセ」

「ありがとう、ホセ。ところでもし知っていたら、最近工場を馘首にされた工員の名を教えてくれないか」

ホセと名乗った青年は、しばらくためらっていた。

「誰か、知っているだろう」

ホセがうなずく。

「ひとりでいい」

「リカルド」

「どこにいる」

「マコパ」

「それはどこだ」

「川下の、マコパ橋の近く」

「きみから聞いたと言っていいか」

ホセは激しくかぶりを振った。

「ぼくは会社の悪口は言わなかった」

「知っている。きみの名は出さないようにするよ」

亮平はホセと名乗った青年と握手をして立ち上がった。

教えられたとおり、町の南西部に広がる雑然とした住宅街へと自動車を進めた。

腐った水の臭《にお》いのする一角だった。おそらくあたりから出る汚水が、直接川に流れこんでいるのだろう。亮平は呼吸をこらえようとしたが、すぐにあきらめた。むしろ嗅《きゅう》覚《かく》を麻痺《まひ》させてしまったほうが賢明だ。

民家の切れるあたり、左手にひとつ橋が架かっていた。マコパ橋のようだ。橋を渡らずに右手へと降りて、できるだけ広めの道を選びながら、その地区へと入っていった。

最初に目が合った女にリカルドという男の家を訊ねた。

「待ってて」中年の女はそう言って、バラックの建てこむ小路に消えた。

亮平は自動車を降りて、ドアに寄りかかった。熱気が亮平を包みこむ。汚水の臭いと、分解しつつある有機物の臭いが、その熱気をいっそう耐えがたいものにしていた。何人かの住民が、もの珍しげに遠慮のない視線を向けてきた。

ほどなくひとりの男がやってきた。四十代なかばの、やせた男だった。田島農機がプレミアム用に作ったTシャツを着ていた。男は亮平の顔を見て一瞬足を止めた。訪ねてきたのが日本人とは思っていなかったのかもしれない。

「リカルド？」

「そう」と男は答えた。前歯が欠けていた。

亮平は名刺を見せた。

リカルドの目の色が変わった。口もとがゆるみ、笑ったようにも見えた。

「タジマ」

リカルドはふいに亮平に指をつきつけ、何ごとか一方的にまくしたて始めた。その剣幕に亮平は一歩退いた。なおリカルドはまくしたて続ける。道路に何人もの男女が顔をのぞかせた。

「どうしたんだ？」亮平は両手でリカルドを制しながら訊いた。「何を言ってるんだ？英語はできないか？」

「おれはタジマは大きらいだ」リカルドはやっと英語で言った。「お前たちはみな強欲なけだものだ。フィリピン人のことを奴隷扱いできると思ってるんだ」

またタガログ語でしゃべり出した。亮平はもう一歩退いた。目の輝きが異様だった。感情を判断できない、ただらんらんとした強い輝き。リカルドは、帰れ、とでも言っているらしい。あるいは、出てゆけ、か。

住人たちがふたりを遠巻きにし始めた。リカルドに味方しているわけでもないようだが、どの表情も亮平に好意を持っていないことは明白だった。

リカルドはふいにカン高い声で笑い出すと、ベルトの下から金属の棒のようなものを抜き出した。亮平はもう一歩下がった。リカルドはその金属棒をふたつに裂き、広げた。長さ十センチほどの刃が現れた。バタフライ・ナイフだ。この国で生まれた独得の凶器。リカルドの目の輝きはいっそう強くなっている。白目の部分が充血していた。

「豚野郎！」そう言ったのがわかった。「タジマはみんな豚だ！」

リカルドはナイフで亮平のあごに切りかかってきた。亮平はあやうく身をかわした。すぐにまたブレードが陽光に一閃《いっせん》した。亮平は身体をひねってリカルドの手首を押さえ、ナイフをもぎとろうとした。

「豚野郎」リカルドはうめいている。「タジマの豚野郎」

リカルドをうしろから押さえこみ、その手首をねじあげながら、亮平は言った。

「よせ、リカルド。おれはこの町にきたばかりだ。何に恨みがあるのか知らんが、お前は相手をまちがえてる。お前がナイフを向けるべき相手は、おれじゃないはずだ。そうだろう？」

腕をさらに強くねじあげてゆくと、ふいにリカルドは力をゆるめた。亮平はすかさずナイフをもぎとり、道の反対側へと放った。

リカルドの身体を突き飛ばすと、彼は地面に尻餅《しりもち》をついた。憎悪をたぎらせた瞳《ひとみ》で、亮平をにらみ返してくる。

亮平はリカルドにもう一度言った。

「相手をまちがえるな、リカルド。おれはタジマの人間だが、あんたの恨みを買う覚えはないんだ。せっかくあんたの話を聞きにきたのに、これではちょっと残念だよ。またやってくるつもりだが、そのときは気を鎮めて、どうしてそんなにタジマが憎いのか、聞かせてくれ。タジマの誰を刺そうとしたナイフだったのか、じっくり聞かせてもらいたい」

亮平は乗用車のドアを開けて、運転席に身体をすべりこませた。セルスターターを回し、ギアをつなぐと、集まってきていた住民の輪がふたつに割れた。リカルドはナイフを拾い、意味なく振り回し始めた。ルームミラーに見るその姿は、舞っているようでもあり、あるいは単に筋肉の動きを自制できないようでもあった。じっさい、四肢《しし》がけいれんしているのかもしれない。亮平はリカルドをミラーに確認しながら、エスコートをまっすぐ土手の上の道へと進めた。

田島農機はここで恐れられ、激しくきらわれている。こんな土地ならば、不良品の発生率が通常の三倍、四倍になっていても不思議ではない。労働者のモラルはたぶんそうとう低くなっているはずだ。汚いものでも扱うかのように、いやいやながらの生産、組立てが行われているのかもしれない。

意識的なサボタージュか、と亮平は初めて疑念を抱いた。ここならありうることだ。

ロータリーまで走ってきて、国道ぎわに自動車を停めた。

市場の脇の広場に多くの屋台が出ている。昼食の時刻はとうに過ぎてはいるが、まだ簡単な食事ぐらいはとることができそうだ。

やはりドアとガードマンのついたレストランに行くべきだろうか。イグニション・スイッチを切って、亮平は自分でも愚かしいと思うことを検討してみた。たしかにサンビセンテは愛想のない町ではあるが、強引に観光案内を持ちかけてくる男たちが多いようにも見えない。ここでもまた強盗を警戒するのは、いくらなんでも杞憂《きゆう》と言うべきだろう。

亮平は自動車を降りて、いくらか大きめのテントを張った屋台へ向かった。スツールに腰をおろすと、両側の男客が意外そうに亮平の顔を見てきた。観光地でもない町だ。外国人が珍しいのかもしれない。

屋台の内側では、親娘だろうか、中年の女と若い女のふたりがかいがいしく働いていた。亮平の顔を見ると、邪気のない笑みを見せてくれた。

亮平はガラスケースの中をのぞきこみ、両隣りの男たちの皿を見た。右の男が食べているのは白っぽいスープと粥《かゆ》のようだ。亮平はそのふたつの器を指差し、ジュースを一本注文した。ワイン色の甘い液体が出てきた。

「景気はいいかい」と亮平は母親らしい女に訊ねた。「はやっているかい」

「まああだよ」と女が答える。

「日本人のお客はくる?」

「あんた、日本人?」

「そう」

「あんたが初めてだよ」

「田島農機の工員たちは?」

「くるときもある」

「彼らの景気はよさそうかい」

「そうは思わないね」女は白い歯を見せて笑った。「いい給料を取ってるなら、うちで一皿五ペソの料理は食べていないよ」

「サンビセンテで一番待遇のいい工場なんだろう?」

「いい給料をもらっているのは、ほんの少しだと聞いたよ。たいがいの工員は、給料の割りには仕事がきついとこぼしてる」

「不満が多いのかい」

「この二十三年間、あたしたちはみな不満だらけさ。サンビセンテの工員でなくたってね」

質問がはぐらかされたのか。それほどの意味もない答えだったのか、亮平には判断がつかなかった。

料理が出てきた。食べながら亮平は両隣りの男たちに話しかけてみた。

「タジマで働いているのかい」

ふたりとも首を振った。ひとりはキー・ホルダーをカウンターの上に置いていた。トラックの運転手だろうか。もうひとりは口ひげをはやした若い男で、軍用品の着古しのようなオリーブ色のランニング・シャツを着ていた。

「タジマで働く気はあるかい」

運転手が言った。

「おれは仕事を持ってるんだ。ほかの男に当たってみてくれ」

「きみはどうだ」と若い男に訊く。「あそこの待遇は悪くないんだろう」

「とくべついいとは思わない」と若い男は答えた。「それに、おれはあの工場で働く気はない。きっと息がつまる」

「どうして？」

「そういう噂《うわさ》だ。仕事はきつく、管理は厳しい。不平を言うとすぐ解雇になる。おれはあんな工場では働きたくない」

「この町の男たちは、みんなきみと同じ意見を持っているだろうか。それとも、きみだけのものか」

「おれが失業者なら、こんなことは言わない。でもおれは手に職がある。仕事を持っている。この町で仕事を持ってる男なら、おれと同じことを言うはずだ」

「ここの瓦工場や製靴工場はどうだろう？　きみなら働きたいと思うか」

「おれは製靴工場で働いているんだ。革職人だ」

「失礼した」亮平は小さく頭を下げた。「そこはそんなに待遇がいいのか」

「不満はいっぱいある。給料は安いし、工場は暗く、雑然としている。ときどき給料の遅配がある。だけど、タジマの工場よりましなことがひとつだけある」

「どんなことだ」

「おれがでかい声で不平を言っても、ぶん殴られたりはしない」

店の女主人が割って入った。

「チノ、十二ペソだよ」

チノと呼ばれた青年は女主人に目を向け、鼻で笑って立ち上がった。

亮平は青年を引きとめようとした。

「どういう意味か、教えてくれないか」

青年は首を振り、金をカウンターに置いて立ち去った。

亮平が店内を見渡した。隣りの運転手も、女主人も、その娘らしき女も、みなそしらぬ顔で視線を避けた。話題が歓迎されない領域に入ったということなのだろう。しかたがない。とにかく田島農機をめぐる雰囲気だけは、ここでも確認できたわけだ。亮平も金を払って屋台のスツールから腰を上げた。

亮平は自動車を出すと、こんどは国道3号線を南に走った。約二十分ばかりで、サンフェルナンドの町に着いた。バターン半島マリベレス方面への分岐点となる町である。亮平は町のメインストリートを流して、タジマの看板を探した。

小さな工場が並んだ一角に、タジマの欧文ロゴタイプが見つかった。自動車、オートバイの修理工場のようだ。亮平はその工場の前に自動車を停めて降りた。

「タジマの製品を扱っているのか」と、亮平は店にいた初老の男に訊ねた。男はガソリンでエンジンのパーツを洗っているところだった。油に汚れた半袖《はんそで》のオーバーオールを着ていた。

「発電機ならあるよ」男は顔を上げて答えた。「千ワットと千二百ワット」

「性能はどうだい。故障の心配はないか」

「いまうちにあるのは大丈夫だ」

「どうしてだ」

「日本製だ。フィリピン製とはちがう」

「フィリピン製はよくないのか」

「初めのうちは悪くなかった。工場にも日本人が大勢いた。いまはフィリピン人だけで作っている。評判は悪い」

「どうしてフィリピン人が作るとよくないんだ？」

「あの工場はトラブルが多い。みんな真面目に働いていないんだ」

「トラブル？」

「ひんぱんにもめごとが起こってるのさ。ストライキもある。そんな工場で作られたものが、信頼できるわけがない。同じタジマの発電機でも、フィリピン製は買うべきじゃない。わたしも売らない」

「くわしいんだな」

「サンビセンテは隣り町みたいなものだからね」

「工場の内情はよく知っているのか」

「噂で聞くだけさ」

「ＰＮＬＯはどのくらい浸透しているんだ？」

「ＰＮＬＯ？」

「組合さ」

「そっちのことは知らんよ。ＰＮＬＯだろうが、ＫＢＬだろうが」

「ＴＵＰＣのほうは」

「知らないって」

亮平は引き下がった。

こと製品の質やブランド力の評価に関しては、メーカー側よりもディーラーのほうが敏感で正確である。とくに特約店ではなく、他メーカーの製品も販売する併売店の場合は、その見極めが商売の成否を左右するから、厳しく遠慮のないものにならざるを得ない。

たまたま行き当たりばったりに選んだディーラーでこう言われたのだ。統計学的にはともかく、タジマの企業イメージ、ブランド・イメージは、この国ではかなり深刻な状態にあると受けとめてよいだろう。その低下の理由も、この店の主人はサンビセンテの工場の中にあるとはっきり指摘している。こうなったら、もう周辺を歩きまわって空気を探っていても埒《らち》が明かない。明日はいよいよ正面から工場に乗りこみ、中の様子を確かめるのだ。

亮平は自動車に戻ると、クルマを再びサンビセンテの町に向けた。

ホテルに帰ったのは、午後四時をまわった時刻だった。

ロビーを兼ねたレストランには客はひとりもいない。隅のテーブルにノーマがひとり着いていて、ラジオから流れる音楽に合わせて首を揺らしていた。外はまだ午後の熱気がよどんでいるが、この風通しのよいレストランの中はいくらか涼しくなっている。隅で扇風機がまわっていた。

「少し話はできるかな」亮平は近づいていって、ノーマの前の席に腰をおろした。

ノーマは愛嬌《あいきょう》のある小さな目で亮平を見上げてきた。

「この町では、女たちが遊ぶところはあるのか」と亮平は訊いた。

「遊ぶって、どんな遊び？」ノーマが首を傾ける。

「酒。ダンス。音楽。テニス。ゴルフとか」

「小さな酒場があって、テープで音楽を流すところがあるわ。ダンスもできる。でも、若い女の子が欲しいなら、そこに行くこともないわ。わたしに言ってちょうだい」

「そういう意味じゃないんだ」

「どういう意味なの」

「たとえば日本人の女なら、どこに遊びに行くのか知りたいのさ」

「ああ、あの人のことを言ってるのね」

「どうしてわかる」

「この町には、日本人の女の人はひとりしかいないわ」

「最初からそう訊いたほうがよかったようだな」

「あの人がどこで遊んでいるかは知らない。日本人の女の人が遊べるようなところは、この近所にはないわ」

「彼女にはフィリピン人の友人はいるのかな」

「サンビセンテの人口は一万二千よ。いくらわたしがゴシップ好きでも、そこまで知ってるはずはないでしょう」

「彼女の噂を聞いたことはないか。どんなつきあいがあるのか、どこで暇をつぶしているのか」

ノーマはなぜか意味ありげに笑った。

「たぶんマニラよ。この町は、日本の女の人には退屈なはずだから」

「マニラでどうするんだ？」

「ショッピング、ダンス、パーティ。そんなことでしょう。あそこになら、同じ日本人も多いはずだし」

「日本人の男たちの遊ぶところはどこだ？」

「男なら、行くところはいろいろあるわ。酒場に行けばダンスもできるし、フェリシアード兄弟の酒場なら賭事《かけごと》もできる。女の子を連れ出すこともできる」

「フェリシアード兄弟？」

「この町の裏の名士よ」

「バグタング一族のような？」

「コインの裏表みたいなものね」

「オーケイ。ほかの遊びというと、どんなものがある？」

「ゴルフかしら。サンフェルナンドの郊外にゴルフ場があったはず」

「タジマで働く日本人は好きかい」

ノーマは一瞬目をそらして答えた。

「好ききらいが言えるほど、つきあいはないわ」

「評判は聞いているか」

「何を言わせたいの」

「正直に答えてもらいたいだけさ」

「わたしはホテルを経営してるのよ。いろんな国籍の客がくる。わたしたちにとっては、正直は美徳とは言えないのよ」

「模範回答だ」亮平は立ち上がった。「でも、いつか答えを聞かせてもらうよ」

ノーマは肩をすくめて言った。

「ほんとうに、女の子はいらない？　若い子が呼べるわ。タジマの従業員だって呼ぶことができる」

「まさか」

「どうして」

「きちんと勤めもある女の子が、売春をするのか」

「タジマの本社で働く娘は、していないの」

いない、と答えようとして、亮平は考えなおした。なるほど、たしかに否定しきれるものではない。待遇の良さで知られた企業ではないのだ。本社に百二十名ばかりいる女子事務員の中には、亮平同様なんらかの副収入を得ている者がかなりいるはずである。そのサイドビジネスの中身は、ある者はワード・プロセシングであり、ある者は零細企業の経理事務の手伝いであり、またある者は週末だけのウェイトレスであるだろう。それが売春である可能性も皆無ではない。

「いるかもしれないが」と亮平は答えた。「その娘たちはタジマの社員であることをおっぴらにはしないだろうな」

「あたしが呼ぶ娘たちは、隠したりはしないよ。疑《うたぐ》るんだったら、身分証明書を見せてもらえばいいじゃない」

亮平は少し考えてから言った。

「その必要ができたら」

表で自動車の停まる音がした。

ノーマが外に目をやった。亮平も店の表に目を向けた。

停まったのは、ジープ型の警察車だった。警官がふたり、降りてくるところだ。薄いベージュ色の制服を着ている。若い警官と、いくらか年上の警官の、ふたりの組み合わせだ。若いほうは制帽をあみだにかぶっていた。年長の警官は警棒を抜き、両手でしごくようにそれをもてあそんでいる。

ふたりはゆっくりと左右を見渡しながら、もったいをつけるようにホテルのロビーに入ってきた。動作や立居振る舞いが芝居がかって、警官役を演じている大部屋の俳優たちのように見えないこともない。

ふたりはいったんゴムの木の鉢植のそばで立ちどまり、まっすぐに亮平を見つめてきた。たまたま立ち寄ったという様子ではない。明らかに亮平が目的のようだった。

「日本人か?」と年長の警官が訊いてきた。

「あんたたちは?」と亮平が訊き返した。

「おれが訊いているんだ」

「おれにはあんたたちが何者かわからん。警官か? 軍隊か? それとも私設の警備員か? それくらいはっきりさせたらどうだ」

「バッジが目に入らないか」

「何のバッジだ? おれの国では、米国のハイウェイ・パトロールのバッジだって通信販売で手に入る」

「わからず屋なんだな」警官は口の端をゆがめて言った。「おれたちは公務員で、拳銃を携帯していて、逮捕権を持っている。これで答えになったか」

「納得したよ。さあ、最初から訊いてくれ」

「パスポートを見せろ」

「部屋だ」

「ノーマ」と、警官はホテルの女主人に向かって言った。顔なじみであるらしい。「この客の部屋から、パスポートをとってきてくれ」

抗議する気にもならなかった。亮平はノーマにうなずいて見せた。

「チェストのいちばん上の引出しにある。灰色のパスポート・ケースだ。そっくり持ってきてくれ」

ノーマは露骨にふきげんな表情を見せて二階へ昇っていった。

警官がまた亮平に顔を向けた。

「名前は？」

「パスポートを見てくれ」

「名前は？」と警官は冷やかに繰り返した。

「原田。原田亮平」

「この町にはなんの用だ」

「仕事だ」

「どんな？」

「調査」

「何の？」

「経営実態」

「何の？」

「田島農機サンビセンテ工場」

「それで、あちこちでくだらぬことを訊きまわっていたのか」

質問ではなかったので、亮平は黙っていた。

警官は続けた。

「ＰＮＬＯの関係か。それともジャーナリストか」

「どちらでもない」

「それにしては、詮索《せんさく》が過ぎるな」

「この国の法律に抵触したのか。だとしたら、やりかたを変えなくちゃならないが」

その警官は相棒に言った。

「チコ、こいつのポケットをあらためろ」

チコと呼ばれた若い警官があごで壁を示した。亮平はうしろを向いた。

若い警官は、脇《わき》の下に警棒を入れて突き上げてくる。亮平は両手を上げ、壁に手をついた。

「足を広げろ」

亮平は言われたとおりにした。

若い警官は慣れた手つきで亮平の身体をあらため、スラックスのポケットからライセンス・ケースと財布を引き出した。

ノーマが階段を降りてきた。

「こっちを向け」チコが言った。

亮平は手をおろして振り返った。年長のほうの警官が亮平のパスポートを開いている。写真を確かめようとしているのか、パスポートと亮平の顔を慎重に見較べた。

「教えてくれ」亮平は訊いた。「ここで世間話をしたことが、どうして犯罪になるのだ。どうしてこんな扱いを受けねばならない」

「町の人間が不愉快に思うんだよ」警官は答えた。「タジマ、バグタング・ファミリー、PNLO、そのほかあれこれ。お前は町の人間の神経を逆撫《さかな》でしたんだ」

チコがとつぜん頓狂《とんきょう》な声を出した。

「まさか」

「どうした？」と、もうひとりが訊く。

チコは亮平の名刺を手にかざしていた。

「こいつ、タジマの社員だぜ」

相棒がその名刺をひったくった。

顔色が変わった。尊大な表情がふいに消え、困惑がとって代わった。

「リョーヘイ・ハラダ」と、名刺のローマ字を声に出して読む。

「東京からきたんだ」亮平は相手の困惑ぶりを楽しみながら言った。「明日、支配人と会う。おれがあの工場の評判をあれこれ訊いたりして、あんたには迷惑をかけてしまったようだな。そのことを支配人から謝罪してもらうようにしようか」

「いや。誤解だった」声の調子が一変した。うろたえている。「タジマの人だったなんて。そんならそうと言ってくれたら」

「質問には答えた」

「支配人からも何も聞いていなかった」警官はバツが悪そうに首を振った。「不審な日本人旅行者と見えたんだ。支配人の屋敷に泊まらずに、こんな安宿に泊まっているものだからな」

「誤解は解けたんだな」

「もちろんだ。その、失礼してしまった」

横からノーマが言った。

「うちの客だよ。無礼な扱いをしたことは忘れないからね」

「誤解だったと言ったろ」

チコが財布とライセンス・ケースをテーブルの上に揃えて置いた。

「タジマの人なら、この町で何をしようと、おれたちが知ったことじゃないよ」

「何をしようと？」

「タジマの日本人なら、たいがいのことは勝手にできる。あんたはどこに行くにせよ、何を訊いてまわるにせよ、おれたちに気兼ねすることはない」

年長の警官が言った。

「な、これはおれの職務だったんだ。悪く思わないでくれ。あんたが最初にタジマの社員だと名乗っていたら、こんな具合にはならなかった」

「わかってるさ。名前は？」

「エスピノス。エドガルド・エスピノス巡査長だ。支配人に報告するのか？」

「いや。エスピノス。おれはあんたにべつに何もされてはいないよ」

「そうだよな。そうだろう」

「さ、わかったら、おれをほうっておいてくれ」

「そうしよう。ほんとに、すまなかったな」

エスピノスがチコをうながし、ふたりはそそくさと背を丸めて出ていった。

警察車が走り去ると、亮平はノーマに言った。

「ここに長いことといると、すっかり堕落してしまいそうだな」

「どうして。そんなにひどい町に見える？」

「タジマの社員と聞いて、警官たちの腰がとつぜん低くなった。まるで雇い主の前に出てきたようだったじゃないか。分不相応の権力が使えるようになると、人はあっさりと腐ってゆくものだそうだよ」

「悪くない気分でしょう」

「それが悲しい」

亮平はライセンス・ケースと名刺入れを持って、二階の自分の部屋へと向かった。

シャワーを浴びて、新しいシャツに着替えた。

時計を確かめると、午後四時四十分。

日本とこの国とのあいだには時差が一時間ある。東京時刻よりもこの地の時刻のほうが、一時間だけ遅れているのだ。ということは、東京はいま午後五時四十分ということになる。日曜日のこの時刻、倉持はたぶん自宅にいるだろう。

亮平はフロントに電話を入れ、国際電話を頼んだ。

一分ほど待って、東京がつながった。

「どうだ？」と倉持は訊いてきた。「何かわかったか」

「やはりこれまでの報告はきれいごとです」亮平は答えた。「外側を眺めた印象でも、ここの工場の空気はよくありませんね」

「いま、そっちの国全体がそうなんじゃないのか。うちだけがとくべつよくないのか」

「この町じゃ、タジマの名前はさほど敬意を払ってもらえるものじゃありません」

「先日監査に入った連中は、じつに温かいもてなしを受けたと言っていたが」

「自然なものではないでしょうね。きげんをそこねちゃいけない、といった程度の配慮は、見当たらないわけじゃありませんが」

「それで、その空気の悪さが、何かこの事態に影響してると見えるのか」

「サボタージュ」

「なに？」と倉持は訊き返してきた。

「サボタージュの可能性があります」

「組織的な？」

「まだそこまではわかりません。ここではまださほど戦闘的な労働運動は成長しているようには見えませんし、ＰＮＬＯのオルグも成功してはいないようです。その意味ではこれまでの報告にまちがいはなかったようですが、工員たちのモラルが高いかといえば、むしろ逆です。明日工場に入ってみれば、もっとはっきりすると思いますよ」

「明日、行くのか」

「そのつもりでいます」

「連絡はしておこうか」

「いえ、それには及びません。でもたぶんこちらの支配人のほうから問い合わせがあるでしょう。そのときに伝えてください」

「そうしよう」


陽が沈み、空が色褪《あ》せてから、亮平は町へと出た。自動車を使わずに国道を北に歩き、教会に向かい合う市場へと入った。大屋根の下に数多くの商店が軒を並べている。通路の幅は一メートルあるかないか。そこを多くの女たちが、大きな籠《かご》を抱え、あるいは包みを手にして行き来していた。野菜、穀物、木の実、果実、麺《めん》、肉、臓物、魚。乾物や香辛料の店もある。雰囲気は日本の地方都市の朝市のそれとよく似ていた。匂いも、色彩も、そして人々の声の調子も。亮平と目が合うと、店員たちは一様に軽い驚きを見せた。

市場のはずれ、小さな広場の一角に豚の丸焼《レチヨン》きを売っている店があった。亮平はその店に入って、ひと皿切ってくれるようにと頼んだ。太った親父が大きな包丁で丸焼きの豚の胴をスライスし、それをさらにいくつかの小片に切り刻んでくれた。

隣りの店では、豚の頭の部分だけを棚に並べて売っていた。照焼きにされた豚の頭は、みんな笑っているように見える。どの豚も目を細め、愉快そうに口をゆるめているのだ。笑い首、と呼ぶのだったろうか。

　丸焼きの包みを手にして、亮平は国道を戻った。サンビセンテ・インに着いたころには、空はすっかり暗くなっていた。町の明りは小さく、つつましやかだった。ネオンや電飾看板のたぐいはほとんど見当たらない。ただ市場のそばのビルに設けられた、タジマの巨大なロゴタイプの看板だけが例外だった。

　サンビセンテ・インの一階のレストランで夕食をとり、食事が済んでからノーマにビール二本とジャック・ダニエルズ一本を注文した。

「部屋で飲むの？」とノーマが訊いた。「氷と水を持っていくわ。何かつまみはいらない？」

「よく気がつくんだな」亮平はノーマの配慮に感心して言った。

「日本で働いたことがあると言ったでしょ。新宿のキャバレーでしこまれたの」

「新宿にいたのか」

　ノーマはうなずいてもう一度訊いた。「つまみはいらない？」

「レチョンを買ってきた。これがあれば十分だ」

「部屋でひとりきりで飲むの」

「まさかきみは相手をしてくれないだろう」

「女の子を呼んであげるわ」

「ありがとう。でも、ひとりで飲む」

「病気が心配？」

「ちがう。そうじゃないんだ」

「何なの」

「原則」

「日本人にも原則があるの？」

「それはまたきつい言葉だな」

「あたし、このホテルを買うお金を、日本で稼いだと話したでしょ。いくらこの国の物価が安いからって、女がひとりでホテルを買うには、かなり苦労しなくちゃならなかったのよ。日本人の男についても、いろいろ勉強させてもらったから」

「どんな苦労かは想像がつくよ」

「そのころ、思ったのよ。日本の男には、原則がないんだって。ひとは何をしていいか悪いか、その基準になるものを持っていないんだって」

「何も？」

「あるとしたら、ふたつだけ」

「何と何か教えてくれ。日本の男の価値基準ってのは何なんだ」

「金と会社よ」

亮平はその言葉を吟味して言った。

「ノーマ、きみは慧眼《けいがん》だ」

ノーマは首を傾けた。

「その日本語、わからないわ」

「きみは賢いって言ったのさ」

「ほんとに女の子はいらないのね」

「それはサイドビジネスなのか」

「本業じゃないわ。本業にしてる店はべつにあるもの。商売女を何人も抱えてるところがね。わたしが紹介してるのは、素人の女だけ。学生や、ハウスメイド、奥さん、それにタジマの社員。これまで何人もの日本人に世話したのよ」

「ここに泊まった日本人に？　ということは、タジマの社員ってことかな」

「タジマの偉いさんのところに泊まる人たちよ。ときどきうちに頼みがきて、あたしが差し向けてやるの。三カ月前にも世話してやったわ。毎日、とっかえひっかえ三人ずつ」

三カ月前というと、前回の監査が入ったときのことだろうか。常務のひとりと、総務部から派遣されたふたりが、五日間サンビセンテ工場を調べていったはずだ。その三人が女を毎晩とっかえひっかえしていた？

「女の子がほしいという頼みは、誰から来るんだ。タジマの支配人から？　それともほかの誰かかい」

「工場のマネージャーよ」

「工場長ってことか」

「そう。蟻坂さん、って言う人よ」

小さな町だ、と亮平は思った。娼婦と寝たことも隠してはおけない。もっとも連中は、最初から隠すつもりなど毛頭なかったのかもしれないが。だとしたら彼らのまとめたレポートにもひとこと言及があってよかった。

「サンビセンテの町の住民感情はタジマにきわめて好意的で、とりわけ年頃の女性たちのタジマの社員に対する姿勢は従順、忠実、献身的としか言いようがない。彼女たちは相手がタジマの社員となればどんな要求にも応じ、とりわけ寝室では……」

もちろん彼らの報告書には、そんなことは一言も書かれてはいなかった。

亮平はとりあえずビール瓶を二本だけ手にして部屋へと戻った。

ビールを二本飲み終えたころ、部屋の電話が鳴った。

亮平は電話の相手を予想してみた。誰にもこのホテルの番号を教えた覚えはない。フロントのノーマが何か用なのだろうか。

送受器を取り上げると、ノーマが言った。

「日本人から電話。いまつなぐわ」

そのまま送受器を耳に当てていると、回線の切り替わる音がして、男の声が聞こえてきた。

「今野というんだが」

サンビセンテ工場の支配人だ。

「原田です」亮平は答えた。今野支配人が、なぜこの番号を知っているのだ。そもそもおれのサンビセンテ入りをどうして知っている？

「本社から来たのか」と今野。喉の奥にこもったような低い声だ。

「そうです。所属は経営企画室です」

「前に会ったことがあるか」

「本社で一、二度」

「着いたらすぐに挨拶《あいさつ》に来いよ」今野は言った。「タジマの日本人が来てるというんで、それで電話してみたんだ。来るという連絡は受けてないが」

「そうですか」亮平はとぼけた。「うちの室長からは、明日工場に出ろとの指示を受けてたんです。挨拶はそのときに、と思っていました」

「また監査なのか?」

「前回の報告の確認です」

「これで四度目だぞ。何度監査を入れたら気がすむんだ？　専務は了解ずみなのか？」

亮平が答えることではなかった。黙ったまま相手の次の言葉を待った。

今野はいらだたしげに言った。

「どうしてそんな安ホテルに泊まってるんだ。タジマの社員の沽券《こけん》に関わることだぞ。うちに泊まれ。そのための部屋はある」

「ここでかまいませんよ。気楽ですので」

「とにかく一度顔を見せろ」

「明日、工場ではいけませんか」

「きょう来いよ。この町まで来てるんだ。それが礼儀じゃないのか」

亮平は相手の横柄な口調に驚いた。この男は、役職の下の従業員にはすべてこの調子なのだろうか。

「もう八時を過ぎてますが」

「かまわん。うちの連中を集めておく。紹介しよう」

亮平はあきらめた。

「では、これから挨拶にうかがいます」

「自動車を迎えにやる。それに乗ってこい」

「わたしがここにいると、どうしてわかったんです」

「この町の警察は、うちとは親しい。こそこそやろうたって無理だってことを覚えておけ」

「そんなつもりはありませんがね」

「五分で迎えが行く」

電話は向うから切れた。


ホテルの前にやって来たのは、からし色のメルセデスのセダンだった。中年の小柄なフィリピン人が運転していた。

「原田さんですか」運転手が降りて訊いてきた。日本語だった。

「そう。あんたは？」

「支配人の運転手です。アビトと言います」

「あの人は運転手つきなのか」

「夫婦で住みこんでいるんです。女房のリタは掃除と料理が仕事です」

亮平が後部席に身体を入れると、メルセデスはすぐに発進した。

警察署の脇から右手に折れ、並木道をしばらく進んで、サンラザロ通りに入った。今野支配人宅は庭にも明るく照明が入っていた。メルセデスはアスファルトのアプローチを進んで、玄関の前で停まった。

ちょうど玄関口から、フィリピン娘がひとり出てゆくところだった。派手なオレンジ色のワンピースを着ていた。中国服のようにも見えた。十七、八の、顔にまだ幼さが残る娘だったが、全体の雰囲気はお呼ばれホステスのそれだ。

「あの娘は?」と亮平はアビトに訊ねた。

「アポストリって娘ですよ」とアビト。「工場長のお宅のメイドです」

「あんな服でメイドが勤まるのか」

アビトは答えなかった。


自動車を降り、アビトに案内されて、リビングルームに入った。冷房のきいた、畳二十枚ほどの広さの部屋だった。部屋には七人の日本人がいた。ガラスのテーブルを囲んで、籐椅子《とういす》に腰をおろしている。酒を飲んでいたようだ。小宴会の始まったところといった雰囲気だ。

巨体を窮屈そうに椅子に埋めているのは今野支配人であり、ラコステのポロシャツ姿は蟻坂工場長。ふたりとも東京で顔を合わせたことがあるので、すぐ区別がついた。それに三十代なかばの女と、男が四人。みな亮平を注視してくる。

今野が言った。「どういう気なんだ。秘密調査か」言葉に険があった。

「そんなつもりはありません」亮平は首を振った。「原田亮平です。ご挨拶が遅れてどうも」

「工場長の蟻坂、それとそのかみさん」

ふたりがそれぞれ頭を下げた。女はあのガラス戸のうしろにいた裸の女と同一人物だった。粘りつくような視線を亮平に向けてくる。好奇心に満ちた、熱のある瞳。美恵子、といったろうか。彼女がきょうの午後、屋敷の前に停まっていた自動車のことを覚えているかどうか、判然としなかった。

今野はほかの四人の男たちについても簡単に紹介した。最年長は四十歳くらいか、三十代なかばがふたり。若い男がひとり。みな白い質素なシャツを身につけていた。シャツの下に、タジマのマークをプリントしたTシャツを着ている者もいた。日本の工場からの派遣であることが、その外見からも容易に見てとれる。実直そうで、融通のききそうもない種類の技術屋ばかりと見えた。

今野に勧められるままに、亮平はソファに腰をおろした。部屋の隅から中年のフィリピン女性が出てきて、亮平に酒の入ったタンブラーを差し出してきた。アビトの女房というのが、この女性なのだろう。

亮平はウィスキーをひとくちすすって、部屋の内部を見渡した。

正面に広くガラス戸がとってあり、夜間照明に照らされた芝生の庭が見える。壁ぎわにチーク材のサイドボードがあり、その上には藤娘の日本人形。右手の壁ぎわには大型のテレビとレーザーディスクのセットがあった。部屋の中ほどに中国ふうの丸テーブルが置かれている。テーブルの後ろには籐《とう》の衝立《ついたて》。壁に朱竹画《しゅちくが》がかけられていた。様式に頓着《とんちゃく》しない落ち着かない印象の部屋だった。

「いつ着いたんだ?」と今野がまた訊いてきた。脂肪にふくらんだ丸い顔の奥で、疑り深そうな小さな目が光っている。

「きょうの午後です」亮平は答えた。

「いろいろ訊きまわっていたそうだな」

「タジマの評判が気になっただけです。どこへ行っても、同じことを訊いていますよ」

「この前の監査の結果じゃ、本社は納得できないと言うのか」

「存じません。でも、あの監査のあとも不良品の発生率は下がっていない。危機感を持っていることは確かです」

「こんどはあんたが何を調べるって言うんだ」

「前と同じことです。というより、前の報告を確認するために来たんです。報告どおりであれば、わたしはそれ以上何も調べることはありません」

「三度監査を受けて、こっちもいろいろ対策はとっている。現場の日本人も四人全部が交替しているし、もう心配することはないんだ」

「安心していますよ」

「本社からきた連中には何度も言ったんだがな、ここは日本とはちがう。おれたちはあのぐうたらでこずるいフィリピン人を使って操業してるんだ。何もかも日本並みというわけにはいかないんだ」

亮平はそっと部屋の隅に目をやった。酒を給仕してくれたアビトのつれあいは消えていた。あのフィリピン女性がいても、今野は同じことを口にしたのだろうか。

今野は続けた。

「ちょっと目を離せばさぼる。手を抜く。身体がどうのこうのと愚図《ぐず》り出す。工具はかっぱらう、部品は持ち出す。そういう連中を相手にしてるんだ。そりゃあ、川崎工場よりは不良品が一個二個多く出たって不思議じゃない。おれはそれでも、この水準で抑えてるんだ。逆に表彰状くらいもらいたいところだ。いいか、サンビセンテ工場は、フィリピン人の屑《くず》労働者を使って操業してるんだぞ。ろくに教育も受けてない、忠誠心は薄い、滅多やたらにガキを作っては給料が安いのどうのとわめきたてる、そんな連中なんだ」

石岡優子にはとても聞かせられないな、と亮平は思った。あの女なら、みなまで聞かぬうちにこの太ったタイクーンにかみついていくだろう。

今野はそれからしばらくのあいだ、自分がどれほど工員たちを厳しく管理しているか、それをまくしたてた。

彼は言った。自分は就業規則を細かに定めなおした。出勤時刻厳守の徹底から始まり、服装や休憩時間、トイレに行く回数、時間までも厳格な管理の下に置いていると。工具や部品の管理を厳重にし、退勤時にも念入りな所持品検査を行う。勤務態度常ならぬ工員は厳しく注意しているし、注意が三度あれば賃金の格下げや契約延長の拒否を含む、より重い処分で臨んでいる。現場での監督責任者への不平は許さず、無条件に従うことを要求、もし不満がある場合は組合幹部を通じて支配人のもとまで上げるように指導している、と。

組合とは月に一度の定期協議を持っているほか、必要に応じて協議の場を設けている。組合との関係は良好であり、最近はほとんど待遇改善の要求もない。

品質チェックは本社のマニュアル通りであり、下請け工場から納入される部品の質に関しても、本社の要求基準を厳しく守っている。操業中の工員たちの管理には万全の態勢で臨んでおり、その成果はそろそろ数字になって現れてくるはずである……。

「そりゃあ、いっときは不良品が目立ったかもしれん」と、今野は興奮ぎみに言った。三重にふくらんだあごが震えていた。「だけど、もう心配はいらない。これだけの秩序が保たれてる工場は、国内にだってないんだ。不良品の発生率は下がってる。三カ月後、いや、来月からの統計を見てもらってもいい。本社も安心できるはずだ」

「本社はまだ不安を消しきれないようです」亮平はつとめておだやかな声で言った。「とにかく、わたしは工場のありのままを見てゆきます。それを報告するだけです」

「隠すことはなにもない。そうだな、蟻坂」

蟻坂工場長が今野支配人にうなずいた。

「現場のほうの雰囲気は最高ですよ。工場らしい空気になってきましたからね。統制と秩序がようやく本物になってきました」

言葉とは裏腹に、口調は自信なげだった。言っていることを、百パーセント信じてはいないように聞こえる。蟻坂の目の下には隈《くま》ができており、肌には疲労がにじんでいた。今日の事態をもっとも憂慮しているのは、案外この男なのかもしれない。

「本社は現地化なんてことをうるさく言うが」と、今野は言った。「ここで必要以上に現地化したら、工場は機能しなくなる。近代産業は成立しなくなるんだ。おれはここでも日本のやりかたを通してるよ」

「日本のやりかたを？」亮平は訊いた。

「ひとつ細かな例を出せば、おれは毎朝、朝礼、体操をやらせてるんだ」

「そんなこと、国内の工場でもやってるところはありませんよ。始業三分前にラジオ体操のテープは流しますが、あれは強制じゃない」

「べつにタジマのほかの工場の真似をしてると言ったんじゃない。おれはおれが信じる日本式のやりかたを導入してるんだ。体操のあとには、全員声を揃えての社是の唱和だ」

「社是の唱和って、いったいなんです」亮平はかなり当惑して訊ねた。タジマのどのセクションでも、そんなことが行われているとは聞いたことがない。

「我々は優れた製品を安価に普及することを通じて、っていう、先代社長の決めた社是のことだ。あれを体操のあと、工員全員に唱和させてる」

「現地語で？」

「日本語に決まってるだろう」

亮平の顔におそらくはっきりと驚愕《きょうがく》が表れたのだろう。不服、ととられかねない顔の色が出たかもしれない。

蟻坂工場長が口をはさんできた。

「支配人、そのへんは明日、じっくり見てもらえると思いますから、きょうは仕事の話はこれくらいにしてはいかがです」

今野は鼻から苦しげな息を吐いてうなずいた。不承不承といった表情だ。口をゆがめて頰杖《ほおづえ》をついた。

蟻坂が亮平に酒を勧めてきた。亮平は空になったタンブラーをテーブルの上に置き、新しいグラスにサンミゲールをついでもらった。この国に到着して以来、もうかれこれ一ダースはこのビールを飲んでいることになる。

蟻坂工場長の夫人が初めて口をきいた。

「原田さん、どうしてこちらにお泊まりにならないんです」少しかすれて、いくらか間延びしているようにも聞こえる声。かなり酔っているのかもしれない。

亮平は答えた。

「少し距離を置いて見てこい、と上司から指示されたんです。借り上げの社宅や支配人宅に泊まると、感化されて客観的に見るべき部分が見えなくなってしまうかもしれません。それであのホテルにしました」

「サンビセンテ・イン？」

「ええ」

「きれいなところ？」

「まあまあですよ」

蟻坂工場長が訊いてきた。

「原田さん、カラオケはやるんですか」

「いいえ」

「レーザーディスクのいい機械を置いているんです。やりませんか」

「遠慮しますよ。苦手なんです」

今野が頬杖をついたまま言った。

「西田、お前、歌え」

西田、と呼ばれた男が立ち上がった。いちばん若い技術屋だ。

西田が何曲かたて続けに歌った。西田のあとに蟻坂工場長が二曲。テレビの大画面には、歌詞と、その歌詞の通俗な絵解きのような映像が映しだされた。観光地の風景のときもあれば、貧相な顔の役者たちによる寸劇のときもある。

亮平はこの類の設備の入った酒場にはほとんど足を踏み入れたことがなかった。ハードウェアも、嬉々《きき》としてマイクを握る男ふたりの様子も、それなりに新鮮な見物だった。亮平はなかば呆気《あっけ》にとられながら、西田と蟻坂の歌う姿を眺めていた。

歌い終わって蟻坂が言った。

「こんな田舎町ですからね。日本人の楽しみと言ったら、こんなカラオケくらいなんですよね」

美恵子が横目で蟻坂を見た。どこか反論したげな目の色だった。

やがて今野支配人と蟻坂工場長とのあいだで、サンビセンテ工場のフィリピン人幹部や工員たちに関する評価が始まった。会社への忠誠心やら、組合活動への力の入れ具合、こんどの選挙に対する意見、言動の類が話題になっていた。どうやらこの屋敷では、連日このような調子で人事の考課や採点が行われているらしい。

途中、亮平は美恵子の表情をうかがってみた。彼女は速いペースで水割りのウィスキーを流しこんでいる。タンブラーを持たないほうの手が、しばしば肘《ひじ》かけの端にかかった。蟻坂の話にときおり小さく笑みを作ってみせているが、ろくに関心を持っていないことは明白だった。

何度か亮平と視線が合った。美恵子は細面《ほそおもて》で、肌がわずかに日焼けしている。まつげが長く、潤んだような大きな目をしていた。酔っているようだが、膝《ひざ》も背もくずしてはいなかった。躾《しつけ》の厳しい家庭の育ちなのかもしれない。

裏事情についての話題は延々と続いた。三十分ばかりこらえているのがやっとだった。亮平はころあいを見て洗面所に立った。

「わかるかしら」と美恵子も立ち上がって、亮平を奥へ案内してくれた。

ちょっとしたレストランなみの豪華なトイレだった。今野支配人は、ゲストハウスとしての格を備えた、なかなかの屋敷に住んでいるわけだ。このぶんなら、客室もサンビセンテ・インなどよりははるかに居心地よく作られているのかもしれない。

洗面所に出ると、まだ美恵子が立っていた。腕を組み、煙草を吸っていた。顔は淡紅色に染まっている。麻の白っぽいツーピースに、そろそろ皺《しわ》が目立ち始めている。亮平は鏡に映った美恵子に会釈した。

「きょう、うちの前にいたわね」と、美恵子がかすれた声で言った。視線は大きな鏡を通して、まっすぐ亮平に注がれていた。

「気がついていたんですか」亮平は訊き返した。ガラス戸の奥の白い裸身。「町をひとまわりしていたんですよ」

「小さくって、何もない町でしょ」

「福井工場を思い出しましたよ」

「退屈なところよ。男の人たちはそうでもないみたいだけど、日本人の女にはね」

「近所づきあいはないんですか」

「どんな近所があるの。一軒おいて、この支配人宅があるだけ」

美恵子は洗面台に近寄って亮平の脇に立ち、シンクの中に煙草の灰を落とした。腿《もも》が触れてきた。亮平は鏡の中の美恵子の瞳《ひとみ》を見つめた。美恵子はあごを上げ、亮平の反応を注視している。

美恵子は言った。「言葉もろくに通じない人たちとは、そうそう近所づきあいもできないでしょ」

腿が少し強く押しつけられてきた。亮平は身体を引かずにそのまま立っていた。

「退屈なところよ」美恵子は繰り返した。「なんにもないの」

美恵子の左手が伸び、亮平の手に重なった。美恵子の手は熱く、汗ばんでいる。

リビングルームのほうから声がした。

「美恵子、リタを呼んでくれないか」

蟻坂の声だ。

美恵子は手を亮平の手に重ねたまま、大声で言った。「はい、わかりました」目は鏡を通して亮平に注がれたままだ。

亮平は黙したまま立っていた。

やがて美恵子は手を離し、洗面所を出ていった。香水の香りがあとに残った。亮平はシンクの中に落ちた煙草の灰を水で流した。

リビングルームに戻ると、リタがテーブルの上の空いた皿を片づけているところだった。蟻坂が亮平を横目でそっとうかがってきた。目が合った瞬間に相手は視線をそらしたが、その瞳に表れていたものに見まちがいはない。それは不安であり、脅《おび》えであり、ある種の疑念であった。

美恵子は椅子に浅く腰をおろし、煙草をくゆらしている。いま亭主が見せた反応にはまったく気づいていなかったようだ。

亮平は言った。

「支配人、そろそろわたしは失礼したいと思いますが」

相手はとにかく役職が上だった。今夜のところは、あくまでも礼儀正しく振る舞っておかねばならない。

　今野は頬杖をついたまま亮平をにらんできた。

「まだ早いじゃないか」

「そうでもありません。明日は八時に工場のほうに出ますよ」

「どうしてもか」

「ええ。これでとりあえず。ごちそうになりました」

「いつでも移ってこい。そのための部屋はあるんだ」

「あっちが不便すぎるようだったら、そういたします」

　今野は背を起こして、リタに言った。

「亭主を呼べ。こいつを送ってやるんだ」

　リタが出てゆくと、今野は蟻坂に目で合図した。

「二階の電話をつかえ」

　蟻坂がすぐ立ち上がった。

　亮平は今野に頭を下げて玄関口へと出た。


　サンビセンテ・インの自分の部屋に戻ったのは、午後十時をまわった時刻だった。

　亮平はレチョンの残りをつまみ、バーボンをタンブラーに注いだ。出張先のホテル。

ひとりきりの酒。寂しく孤独な過ごしかたではあるが、いましがた垣間見たあの貧しい夜よりは数倍ましだ。

亮平はトランクスとTシャツだけになって、ベッドの糊《のり》のきいたシーツの上に足を伸ばした。腿にまだ美恵子の熱い肌の感触が残っていた。

ドアがノックされたのは、それから十五分ばかりたったころだった。

亮平は反射的に美恵子を思い浮かべた。鏡の中で煙草をくゆらし、亮平に腿を押しつけてきた美恵子。「退屈なところよ。なんにもないの……」

亮平はベッドから降りてドアの前まで歩いた。

「誰？」自分でも思いがけず期待のこもった声となった。

「工場長さんから」と女の声。たどたどしい日本語だった。

驚いてドアを開けた。背の低いフィリピン女が立っている。まだ若い娘だった。ミニスカートに白いシャツ。小さなバッグを両手で抱えていた。

「きみは？」

「ロシオ」と女は名乗った。熱帯の花のように派手な微笑。「原田さんでしょ」

「何の用？」訊いてから気づいた。「工場長が行けと言ったのか」

「ええ、そうです」

娘は亮平の脇から部屋の中をのぞきこむ。早く入ってしまいたいかのようだ。亮平は一歩退いて娘を中に招じ入れた。

ロシオと名乗った娘は、亮平の下着姿を気にする様子もなかった。

亮平は言った。

「ロシオ、悪いけど、ぼくは今夜はひとりで眠るつもりなんだ」

ロシオは笑いながら言った。

「いいよ。だいじょうぶ。泊まっていかない。ひとりで帰れるから」

「そうじゃない」亮平は口ごもった。「工場長は何か勘ちがいしているんだ。ぼくは、きみを呼んでくれとは頼まなかった」

「いいよ」ロシオは無邪気に言った。「わたし、わかるよ。でも、一緒にいていいでしょ」

「ノー・サンキューだ、ロシオ」

「わたし、工場長に言われたから」

「ノー・サンキュー」

「わたし、それじゃあ工場長にしかられる」

「金なら払おう。でも、帰ってほしいんだ」

「わたしより若い子がいいの？」

「ちがう。きょうはひとりで眠ると言ったろ。それだけだ」

「わたし、おとなしくしてるよ。そばにいるだけにするよ。だけどあんたをお風呂に入れて、背中をマッサージしてあげるよ。そうするように言われてるから」

「ロシオ」亮平は辛抱強く言った。「ここで言い合うことはしたくないんだ。交渉するつもりもない。ロシオ、ドアはうしろだ」

ロシオはふしぎそうに首を傾けた。

「ほんとうに？」

「ほんとうに」

「ぜったい？」

「ぜったいだ」

まだ事情が呑《の》みこめないかのように、ロシオは首を傾けたままだ。

亮平は言った。

「ロシオ、これは工場長の指示と言ったね」

「蟻坂さんから頼まれた」

「直接？」

「わたしのパトローネのところに電話があったんだと思う」

「いつ？」

「二十分くらい前。すぐわたしが呼ばれた」

「前にもこんなことがあったの？」

「日本からお客がきたときは」

「ここで？」

「たいてい支配人のうちに行ったわ」

亮平はサイドテーブルからメモ用紙とボールペンを取り出し、ロシオに手渡した。

「きみの連絡先をそこに書いてくれ」

「ノーマも知ってるよ」

「ノーマも？」

ロシオはうなずいた。

亮平はスラックスのポケットから財布を取り出し、ペソ紙幣を数枚引き出してロシオに渡した。

「ありがとう、さ、これで今夜の仕事はおしまいだ」

「お金はべつにもらうんだよ」

「わかってるさ。それはチップだ。気にせずにとっておくといい」

「明日、こようか？」

「いいって」

「得しちゃうな」

亮平は軽くロシオの背を押した。ロシオは抵抗せずにドアの外へと出た。

「バイ」と小声で言う。

「バイ」亮平も応えてドアを閉じた。

靴音が廊下を去っていった。亮平はしばらくそのまま耳をすましていた。ロシオはそのまま階段を降りていったようだ。引き返してくる気配はない。入れちがいに誰かがやってくる様子もなかった。亮平はドアの留め金をかけ、ついでにチェーンもかけた。

第四章

翌朝、亮平は工場へ出るために七時四十五分にサンビセンテ・インを出発した。

国道を北に走って、警察署の前にさしかかったときだ。その前庭が妙に騒がしいことに気づいた。三台の警察車が警告灯を回転させている。白い救急車らしき自動車も一台停まっていた。駐車場を取り巻くように、二十人ばかりの人だかりがある。ひとり、中年の女が数人の女たちに抱き抱えられて泣いていた。道路の反対側でも、数十人の男女が警察署の前を険悪な顔で注視している。治安がよいはずの町にしては、空気がとげとげしかった。

エスピノス巡査長の姿が見えたので、亮平は自動車を警察署の前に回して停めた。

エスピノスが気づいて頭を下げてきた。

亮平はウインドウのガラスを下げて訊《き》いた。

「何があったんだ？」

巡査長は答えた。

「日本人が襲われた」

「日本人が」驚いて亮平は訊き直した。「タジマの日本人が襲われたのか？」

「ああ。きょうの未明に、支配人の家に侵入しようとした男がいた。家の雇い人が気づいて警察に通報してきたんだ。警察は男を庭で発見して射殺した」

「ひとりか」

「ひとり。ナイフを持っていた」

「ほんとうに支配人を襲おうとしたのか？」

「そうだ。たぶん殺すつもりだったんだろう」

「どうして？　どうして支配人が襲われるんだ？」

「襲ったのは、元工員なんだ。解雇されたことを恨みに思ってた」

「なんという男だ？」

「リカルド」と巡査長は答えた。「マコパに住んでいた男だ。こそ泥だよ」

　あのリカルドだろうか。あの歯の欠けた貧相な中年男。亮平が田島農機の社員と聞いただけで、異常とも思える反応を見せた男。ナイフを向ける相手をまちがえていないか、と指摘すると、ふいに力を抜いた……。

「心配いらない」とエスピノスは言った。「支配人は無事だ。組織的な背景もない。タジマはそのまま安心して操業を続けられる」

エスピノスは、行ってくれとでも言うように手を振った。亮平はリカルドの狂気をはらんだ目の色を思い出しながら、自動車を発進させた。

工場に着いたのは、午前八時五分前だった。名刺を見せて工場のゲートを抜け、駐車場に自動車を停めた。

管理棟の二階が事務所だった。事務所には二十人ばかりのフィリピン人の事務員がいた。みな白い上っ張りを着て、胸にネームプレートをつけている。ちょうどラジオ体操が終わるところだった。

事務所の奥に大きなガラス戸があり、そこから工場の内部を見渡すことができた。揃《そろ》いのTシャツを着た工員たちが、通路や休憩所に固まって整列している。ラインはまだ動いてはいない。蟻坂工場長が整列した工員たちのあいだを回っていた。

事務員たちが二列に並び、直立不動の姿勢をとった。見ていると、事務員たちは声をそろえて田島農機の社是を唱和し始めた。拡声器を通じて、工場の工員たちの声も聞こえてきた。

「我々ハ、スグレタ製品ヲ」いくぶん発音にたどたどしいところのある日本語だった。

「安価ニ、普及スルコトヲ、ツウジテ、国民生活ノ、向上ト、社会ノ、繁栄ニ、貢献スル。我々ハ、誠実ト、協同ト、奉仕ノ、心デ、日々ノ、生産ト、事業活動ニ、邁進《まいしん》スル。田島農機」

意味がわかって唱和しているのか、あやしいものだった。また亮平には、この日課が工場のモラル向上にどれほど役立っているのか、大いに疑問に思えた。ほかのどの工場でも、職場でも、社是の唱和で一日を始めるところなどないのだ。社是が唱えられるのは、年に一回、四月一日の入社式のときだけだ。

唱和が終わったところに、今野支配人が姿を見せた。スラックスのファスナーを上げながら陰から出てきたところをみると、トイレにでも入っていたのかもしれない。

亮平は挨拶《あいさつ》してから言った。

「襲われたそうですね。警察で聞きました」

「警官が駆けつけて撃ち殺した」今野は不愉快そうにうなずいて、応接用のソファに腰をおろした。「あとは警察にまかせてある。気にするな」

「元工員だった、という点は、気にすべきことのように思いますが」

「知るか。ここの連中はどうしようもないんだ。怠け者で、しかも馬鹿だ。馘首《くび》になると、こんどはナイフを持ち出す。野蛮人《やばんじん》だな、まったく」

「解雇の理由はなんだったんです？」

「工場の工具を持ち出そうとした。かっぱらいだったんだ」

「どんな工具です？　コンプレッサーとか、グラインダーとか？」

「ヤスリだ」

「数は関係ないだろう。ヤスリを一本、ズボンの内側に隠して帰ろうとしたんだ」

「大量に？」

　サイレンが鳴り響いた。

　亮平は壁の時計を見た。八時ちょうど。始業時刻だ。

　工場のほうで、機械が動きだす音が聞こえた。事務員たちもそれぞれのデスクで書類を広げ始めた。

「それで、何を見たいんだ？」今野が訊いてきた。「好きなところを見ていっていいが、ラインを停めたり、工員たちの作業を中断させたりはしないでくれ」

「まず、工場をひとまわりさせてください。そのあと書類を拝見して、つぎに話を聞きまわりますよ」

「蟻坂に案内させる。書類はどんなものがいるんだ？」

「ここ四期分の生産計画表と製品検査日報」

「ネリー」支配人が事務員のひとりを呼んだ。「生産計画表と、製品検査日報。この四期分だ」

　白い上っ張りの制服を着た、二十すぎの娘が、書類ホルダーを持ってやってきた。厚さ十センチほどの、本社のものと規格を統一した、赤い書類ホルダーだった。

　事務員から書類ホルダーを受け取ると、亮平は言った。

「このあと、従業員名簿をお借りしたい。会社との協議に出てくる組合幹部の名を教えていただきます。組織表、職務分析表、職務明細表、従業員特質表も用意してください。それと、わたしの作業のために、空いている部屋を貸していただきたいんですがね」

「会議室を使え。ほかに書類が見たかったら、いまのネリーに言え。お茶も出させるといい」

「では、あとでコーヒーをポットにたっぷり」

「ネリーに直接言えって」

今野支配人は巨体を大儀そうにソファから持ち上げ、ガラス張りの支配人室へ入っていった。

亮平は蟻坂工場長に頼み、まずサンビセンテ工場をひとまわりすることにした。

工場のフロアへと通じる階段を降りる途中、蟻坂が小声で言ってきた。

「昨夜、家内が失礼なことでもしませんでしたか」

「失礼なこと？」亮平はしらを切った。「いいえ、べつに」

「ならいいんですが。ときどき酒を飲みすぎると、ついやってしまうんです」

「何を？」

「失礼なことです。退屈してるものですから、つい」

「楽しいパーティだったじゃないですか」

「わたしがどうも退屈させてるんですよ」蟻坂はひとりごとのように言った。「わたしは工員上がりですが、あいつはいいとこのお嬢さんでしたからね。わたしには、苗場プリンスホテルとか、ザビーネなんとかのクラリネットとかと言われてもわからない。フランス料理の食べかたも身についていなければ、身内に外国暮らしの長い誰かがいるわけでもないんです。ときどき話題についていけなくなります。ましてこんなところに来てしまうと、あいつにはもう茶飲み友だちさえいない。ですから」

階段を降りきった。蟻坂は足を止めて、工場の内部に目を向けた。亮平も隣りに立って、その巨大な空間を見渡した。天井が高く、窓のない、体育館か格納庫を思わせる建物の内部。しかし体育館などとはちがい、フロアにはさまざまな機械類が複雑に配置されている。初めてひとりで歩けば、おそらく迷子になってしまうにちがいない。床から三メートルほどの高さのところにも、縦横に連絡通路が走っていた。

蟻坂は続けた。

「ですからあいつは、ときどきむしょうに話の合う相手が欲しくなるらしい。でも、それだけなんですよ。失礼なことをしようという気はないんです。ただ、話し相手が欲しくなるだけなんです」

「わかってますよ」

「まず、こちらへ」と、蟻坂は口調を変えた。「鋳造課《ちゅうぞうか》のほうからご案内しましょうか」

ふたりは工場へと足を踏み出した。

田島農機サンビセンテ工場では、汎用型発動機をはじめとして、アジア各国で需要の多い携帯型発電機や揚水ポンプなど多品種を少量生産している。鋳造、プレス、加工、塗装、組立ての五つの部門に分かれており、工作機械類はすべて日本製である。設備は必ずしも最新式のものではない。日本国内の工場では、塗装部門や組立て部門にはかなりのロボットが導入されているが、ここには皆無だった。人件費の安いこの国では、あえて自動化を進めなくても、十分価格競争力のある製品を生産できる。

工場内ですべての部品を生産しているわけではなかった。一部のギアや樹脂部品、ベアリングなどは、マリベレスやマニラの下請け工場から買い入れている。部品の現地調達率は九十パーセントに達しており、その意味では模範的な海外進出工場と言えた。

製造された製品はマニラの田島農機フィリピン営業所に納入され、ここからフィリピン国内やインドネシア、大洋州へと送られてゆく。生産量は半期ごとに東京本社が決定する。これまで、生産計画が大幅に狂ったのは、三年前のベニグノ・アキノ暗殺事件直後のことだけであった。外貨の封鎖により、海外から調達する部品の手当てがつかなかったのだ。このときは、田島農機はシンガポール工場の増産でしのいだ。こんにちでは、生産計画はほぼ百パーセント達成されており、生産数量についてのトラブルは発生していない。

亮平は蟻坂工場長に従って、各部門の作業の様子を丹念に見てまわった。なるほど昨夜今野支配人が自慢したとおり、工員たちの服装にも乱れがなく、職場の整頓も行き届いていた。工場の方々からさまざまな音が聞こえてくる。鉄板に圧力をかける音、金属塊が組み合わさる響き、高圧電流が流れる唸《うな》り、熔接チップの焼ける音。工員たちの動きも敏捷《びんしょう》そうで、少なくとも表面上は、意識的なサボタージュの徴《しるし》は見当たらない。

蟻坂工場長が言ってきた。

「どうです。管理はうまくいっているようでしょう。何度も監査を受けたんで、引き締めましたからね」

「表だけ見ても、それはわからない」亮平は慎重に答えた。

「これからはもう、不良品がいままでみたいに出てくることはないと思いますよ。原田さんの調査は、申し訳ないが無駄足になる」

「だといいんですがね」

ちょうど組立課の一角にさしかかったときだった。

亮平の目は、そばの女子工員に釘《くぎ》づけになった。発電機の外覆いを組み立てている女だ。制服のTシャツを身につけ、頭には白いキャップをかぶっている。その顔に見覚えがあった。

立ち止まって顔を見つめていると、女も気づいて顔を上げた。

ロシオ。

昨夜、サンビセンテ・インの部屋をノックした娘。ミニスカート姿で、バッグを胸に抱えていた娘だ。

ロシオは屈託のない笑みを見せてきた。声は出さず、口の動きだけで挨拶してくる。亮平がそこに立っていたことを、驚いてはいないようだ。ロシオはすぐにまた手元に視線を落とした。

女の子はいらない？　と、ノーマが訊いてきたことを思い出した。タジマの従業員だって呼べるわ、とノーマは言ったのだった。そういうことが、ここではこんなにおおっぴらに？

蟻坂は黙っている。亮平の驚きぶりを横で楽しんでいるのかもしれない。

作業台を離れてから、亮平は蟻坂に言った。

「きのう、あの娘が部屋にやってきた」

「そうでしたか」蟻坂はとぼけた。とぼけていることがはっきりわかる調子があった。

「誰か身のまわりの世話をする女が必要だと思いましてね。斡旋業者《あっせん》にひとりやるように頼んだんです。あの娘でしたか」

「とくに頼む用もなかったので、帰ってもらいましたよ」

「ほう」

「その手のことは自分で手配しますので、どうぞご心配なく」

「支配人のほうから、落度なくご接待申し上げるように言いつかっているんです」

「とにかく、ご心配は無用です」

ちょうど工場をひとまわりした。亮平は蟻坂に頭を下げて、事務所に戻った。


会議室に入ってから昼食どきまで、亮平は書類に没頭した。

書類からの収穫は、ろくになかった。

この半年間、つまり二回目の監査が入ってからきょうまでのあいだに、出荷前の不良品の発見率は二十パーセント増えているが、これは本社からの指示により、検査基準を一段厳しいものにしているせいと推測できた。しかし市場での不良品の発生率は、この六カ月のあいだに減る気配が見えないどころか、むしろ増加傾向にある。これは東京で指摘されたとおりだ。

出荷前に発見されている不良品の内訳は、組立て不良が大半であった。部品の抜けがこれに続く。部品や材質に問題があるのはごくわずかだ。その比率は、ディーラーからのクレームの内訳とほぼ同じである。

品質検査室の担当者は四人で、みな勤続年数五年前後。サンビセンテ工場が稼働する前に、日本の川崎工場で研修を積んだベテラン工員たちである。田島農機への忠誠心も篤《あつ》いと考えられた。

亮平は二年前までさかのぼって検査日報を精査してみた。この二年間で、監査の度ごとに品質検査が厳重になっていることはわかった。この点については、監督者側に怠慢や落度はない。

十二時になって工場内にまたサイレンが鳴り渡った。昼休みだった。

亮平は蟻坂に案内されて、工場奥の従業員食堂にゆき、ほかの日本人たちにまじって昼食をとった。食堂の隅の一角が日本人専用の席となっており、フィリピン人の女性従業員がひとり、給仕にあたっていた。白飯のほかには、中華ふうの煮込みや炒《いた》めものが出た。

工員たちの中には弁当を用意してきている者も多いようだ。食堂で席に着いている工員の数は百人ばかりと見えた。百人ばかりの工員たちは暗い顔を近づけ、仲間うちで何ごとかささやきあっている。そっと日本人たちの様子をうかがってくる者もいた。日本人グループのテーブルと、フィリピン人工員たちのテーブルとのあいだには、目に見えないバリアが存在しているようだ。

「ひとつ、訊いていいですか」亮平は向かい側の席にいる今野に訊ねた。

「なんだ？」口を動かしながら、今野は顔を上げた。

「食堂はいつもこんなに陽気なんですか？」

「陽気？」今野は食堂を見渡した。「静かじゃないか」

「いつもと変わらずに？」

「いつもより静かだ。ふだんはもっと騒々しい」

「どうしてきょうは静かなんです」

「たぶん、例の件ですよ」蟻坂が割って入ってきた。「元の工員が射殺されてますからね。いろいろ話題になってるんでしょう」

さもありなん、と亮平は思った。この小さな町で、かつての同僚が殺されたのだ。それも解雇を恨んで支配人宅に押し入ったときにだ。工員たちのあいだで話題にならないはずがない。

工員たちとの関係は良好で平穏？

亮平は先の報告書の文面を思い浮かべて苦笑した。どこが良好で、どこが平穏なんだ？ 解雇をめぐって刃物や銃が飛び出すところで。ひとひとり射殺されるようなところで。

「どうしました？」

蟻坂が訊いてきた。

「こいつはおもしろそうな工場だと思ったんですよ。わたしはいいところにやってきた」

「そうです」蟻坂は亮平の皮肉には気づいた様子も見せずに言った。「ここは見方を変えれば、それなりにおもしろいところです。監査はほどほどにして、楽しんでいかれたらどうです」

「そうもできませんが」

「工場をまわって、気に入った工員はいませんでしたか」

「どういう意味です」

「可愛い娘がいたら、おっしゃってください。勤務のあとで、つきあってくれますから」

「ロシオのようにということですか」

「ええ。ここの女子工員の最年少は十六歳です。ほら」蟻坂はあごで食堂の奥を示した。

亮平もその方向へ目を向けた。まだ若い娘たちの固まったテーブルがある。四人の女の子が、談笑しながら食事をしていた。そこだけはこの日の妙に険しい空気の食堂でも、花が咲いているかのような明るさがある。

「あの娘たちはみんな、近辺の農村からやってきてるんです。会社が借り上げた寮に入ってますよ。まだ給料も安いから、夜の楽しみといってもろくにない。踊りに連れていったり、食事をさせてやると、喜ぶんですよ」

「ほう」

「日本の若い娘ほどすれていないんですよ。お返しに、かいがいしい奉仕で応えてくれます」蟻坂はメタルフレームの眼鏡を指で押し上げた。「十六歳といえば、日本なら青少年保護条例違反かなにかで手錠がかかるような子供ですよ。お望みなら、声をかけてさしあげますが」

「なかなかたいへんなお仕事ですね」亮平は首を振って言った。「これに金が介在したら、管理売春ってことになる」

「お茶」と、今野が怒鳴った。

フィリピン人の従業員があわててヤカンを持って今野のもとへ走った。

亮平は三時半から、再び工場に戻った。

各工場の作業の様子をじっくりと観察するためだった。サボタージュの兆候がないかを自分の目で確認しておきたかった。監督の目を盗んで手を抜く者、故意に手順を誤る者、作業が極端に遅れる者。そして、それを指示する者がいないかどうか。局外者がはたで見ているだけで、その証拠をつかむことができるとは思わなかったが、職場の空気がなごやかか荒れているかくらいは知ることができる。

亮平は、蟻坂からすべての工程のピッチダイヤグラムを借り出していた。流れ作業の効率とラインバランスを診《み》るためであった。どの部門でも、フィリピン人の班長が亮平の観察を迷惑そうに眺めてきた。

組立課にきたとき、ひとり見知った顔を発見した。ホセだ。きのう、少しばかり工場の事情を聞かせてくれた青年。プラスチック製の作業用ゴーグルをかけているが、すぐに彼だとわかった。

ホセは亮平と目が合うと、あわてて顔をそむけた。

亮平は手近のパレットの上に腰をおろし、ホセの班の作業を見守ることにした。工場ではこの日、汎用発動機を生産しているところだった。この発動機は小型の内燃発動機をスチール製のパイプのフレームで囲んだ形をしており、ＰＴＯ装置と作業器を取り替えることにより、土木作業や農作業などのさまざまな用途に使うことができる。ホセはカウル部分の電気熔接を受け持っていた。

ホセの電気熔接の手際は見事だった。熔接機械に危なげのない手つきでパーツの鉄板を装着し、リズミカルな動きで熔接してゆく。ひとつの部品の熔接を終えると、つぎにまたべつのパーツをつけて熔接。ひとつカウルの組立てを終えると、これをフックにかけて次の工程へ送ってやるのだ。作業の合間に彼は電気熔接器のチップを取り替え、先を削り、部品を補給する。

またホセは、いくつか組み上がったカウルをフックにためておいてから、前後の作業場の部品の補給や清掃も行っていた。

亮平はしばらくホセの手順を眺めていたが、彼がまた作業場の清掃を始めたときに近づいていって言った。

「ホセ、きみはこの工場で働き始めてどのくらいになる？」

「六カ月」と、ホセは清掃の手を休めずに答えた。

「熔接の仕事ぶりは見事だ」

「ぼくは器用なんだ。単純な仕事だし、すぐに覚えた」

「ほかの作業も手伝うことができるんじゃないか」

「熔接や組立て作業なら、一度手順を教えてもらえば、たいがい手伝うことができると思う」

「きみは手際がいいし、作業が早い。ひとつの工程だけ受け持っているのはもったいない。空いた時間を掃除に使っていちゃ、タジマの大きな損失ってものだよ」

「いつか、副班長になるよ。ライン全体を受け持つんだ」

「きょうからやってみたらどうだ。掃除はべつの工員にまかせて、きみは班全体の応援にまわるんだ」

ホセは手を止め、困惑した様子を見せた。

「ぼくはいまの仕事に不満はない」

「きみの能力を活かすべきだ、と言ってるんだ。床のモップかけはほかの者でもできる」

「これはぼくの仕事なんだ」

「きょうから変えればいい」

ホセは断固として言った。

「ぼくは満足している」

亮平はホセの強い口調に驚いた。自分が提案したことは、それほど彼に迷惑をかけることか。労働強化ととられたのだろうか。

ホセは亮平から離れていった。

亮平は周囲を見渡した。ちょうど塗装課のほうから蟻坂工場長が歩いてくるところだった。

亮平は蟻坂に近づいて言った。

「ひとつ、検討していただきたいんですがね」

「なんです？」蟻坂は首を傾けた。「不備な点でも発見しましたか」

「ひとつ、工員の配置を変えては、と思うんです」亮平はホセを指さした。「彼はとても手際がよく、勤勉だ。熔接作業だけじゃなく、組立てライン全体を受け持つことができるように思う」

「まだ見習いの工員ですよ」

「でも、彼の仕事ぶりを見てください。彼は時間を余して、そのぶん他人の雑用まで引き受けている。むしろ彼は組立て全体の応援にまわして、間接作業はほかの工員にやらせたほうがいい」

蟻坂は少しのあいだホセの作業ぶりを注視していたが、やがて言った。

「たしかに、センスはいい。彼のところだけ、作業量のバランスがとれなくなってますね」

「前後の工程の工員たちは、時間内で組み立てるために必死ですよ。ときどき追いつけなくなっている。これでは組立て不良も発生しようというものです。段取工を何人か増やす必要があると思いますが、とりあえず彼を前後の応援にまわしてはいかがです」

「原田さんは、そこまで権限があるんですか」

「わたしは提案しただけです。決めるのはあなただ」

「わたしひとりでは決められないことだ。マネージャーとも相談しなけりゃ」

「フィリピン人マネージャーということですか？」

「そうです。フェリシアードという男なんですが」

「フェリシアード？」亮平は昨夜のノーマの言葉を思い出した。裏の名士。「フェリシアード兄弟とかいう男たちのひとりですか」

「よくご存じですね」

「酒場を経営していると聞きましたが、マネージャーなんですか」

「兄貴のほう。アントニオという男がそうなんです。弟と区別するためでしょう。兄貴のほうはフェリシアード、弟のほうはエミリオと呼ばれてる」

「その彼がマネージャーだと言うなら、すぐ相談してみてください」

「彼はその」蟻坂は頭をかきながら言った。「いま、いないんですわ」

「どこにいるんです」

「さて。もうじき顔を出すと思いますが」

「遅刻なんですか」

「いえ、彼の場合は、そういうわけじゃないんです」

ラインの中ほどで大きな物音がした。見ると、コンベアの上で組立て途中の発動機が倒れ、そばの機械にぶつかりながら移動してゆくところだった。工員のひとりが手順を誤ったようだ。コンベアの上で火花が飛び、派手な金属音が響いてくる。工員が必死にその発動機を起こそうとしていた。ホセが作業用プラットホームの上に飛び乗り、手を貸した。短く非常ベルが鳴り、コンベアが停まった。制御室でコンベアの電源を切ったのだろう。ホセは発動機を引き起こすと、再び正常な位置にセットしなおして、また自分の作業場に戻った。班長がようやくラインの先から駆けつけてきた。

「ほら」と亮平は言った。「見習いかもしれないが、彼の能力はそれ以上だ」

「しかし」

「工場長ならこの程度の判断はできるはずだ。すぐにも彼をモップかけなんかから解放したほうがいい」

「彼は見習い工員なんですよ」

「だから何なのです？　工程の円滑化は、組立て不良の発生率を引き下げますよ。すぐにも改善したほうがいい」

「わかりました」蟻坂はホセに向かって言った。「あとで、部屋にきてくれ」

ホセは不安げに蟻坂と亮平を見つめてきた。ホセの表情が奇妙だった。ただ配置替えをするだけだ。まるでレイオフを宣告されたかのように、当惑げな顔をする必要はない。亮平にはホセの不安げな目の色の理由が思い当たらなかった。

二十分後から、ホセの作業内容が変わった。床掃除や屑籠《くずかご》の始末から解放され、これまでのカウルの組立てのほかに、前後の工程の応援をすることになったのだ。事実上、副班長待遇ということになる。仕事の範囲が広がったわけで、労働強化と言えば言えるかもしれない。しかし亮平の考えでは、それは責任範囲の拡大と言うべきであって、ホセは雑役工から一段昇進したことになる。工場にとっても利益の多い配置替えであるはずだった。

トラブルは午後五時近くになってから起こった。

工場を見下ろすガラス張りの工場長室で、男の怒鳴り声が上がったのだ。

亮平は会議室から顔を出した。再び書類や帳簿に目を通していたときだった。ガラスのパーティションごしに、工場長の蟻坂とひとりのフィリピン人とがやりあっているのが見えた。いや、フィリピン人が一方的にまくしたてている。蟻坂は困りきった様子でうなずいているだけだ。

事務所の従業員たちは押し黙っている。まるでやりとりが聞こえないかのように、黙々と事務作業を続けていた。

亮平は工場長室のドアをノックして部屋に入った。

フィリピン人が振り返った。顔がすっかり隠れるほどの長髪の男だった。年齢は四十歳くらいだろうか。彫りの深い顔立ちで、眼光が鋭い。白いシャツを着て、その襟もとを大きく開けていた。

蟻坂がほっとしたように言った。

「この人だよ。原田さんだ」

「どなたです」亮平は蟻坂に訊いた。「組合の人？」

「フェリシアード。アントニオ・フェリシアード」

「工場マネージャーの？」

アントニオ・フェリシアードは亮平に指を突きつけ、日本語で言ってきた。

「工場のことに口を出さないでくれ。おれが取り仕切っているんだ」

「なんのことだ。監査が気に入らないというのか？」

「ホセのことですよ」と蟻坂。「相談せずにやってしまったんで、フェリシアードが抗議にきた」

「工場長の権限でしょう」

フェリシアードが首を振った。「工員の割り振りはおれの仕事だ。フィリピン人のあいだのことは、おれがまかされている」

「工場長が工員を配置転換するのに、何の不服があるんだ？」

「こいつはおれの仕事だ。いいか、おれはあの若僧に大層な仕事をやるつもりはない。あいつは新前で見習いなんだ。もう少し雑用で苦労する必要がある」

「わたしと工場長が見て決めたことだ。念のためマネージャーのきみと相談するべきだったかもしれんが、きみはあのとき工場にはきていなかった」

「おれが何時に工場にこようと勝手だ」

「勤務時間が自由だとでもいうのか」

蟻坂が口をはさんだ。「彼は待遇がちがうんです」

「どうしてです」と、亮平は蟻坂に訊いた。

「フェリシアードは従業員じゃないんです」

「工場マネージャーと言いませんでしたか」

「正規の役職じゃないんです。慣例的にマネージャーと呼んでいるだけで」

「正規の従業員じゃない男が、どうして人事権や監督権まで持ってるんです」

「工員を動かしてるのはおれだ」とフェリシアードは言った。「おれが集め、仕事を振り分け、働かせているんだ。この工場で工員を使おうと思ったら、おれに頭を下げなきゃならないんだ」

「どういうことなんです」理解できずに、亮平は重ねて蟻坂に訊いた。「この男が工員を動かしてる？」

蟻坂は言葉を選びながら言った。

「彼はその、下請け会社の責任者のようなもので、彼が管理してる労働者を、うちが採用してるというわけなんです」

「だとしても、工場内で工員を使うのは、タジマの工場長でしょう」

部屋のドアが開いて、今野支配人が顔を出した。いまのやりとりをすっかり耳に入れていたらしい。今野は亮平に言った。

「ここはフィリピンなんだ。杓子《しやくし》定規にはやってられない。フェリシアードにまかせておいたほうが、労務管理は円滑にいくんだ」

「馬鹿な。彼が労務管理に必要だというなら、彼も雇えばいいじゃないですか。従業員でもない男に、工員たちの管理を委ねてしまうんですか」

「そのほうが効率的なんだ。仕事の割り振りにせよ、締めつけにせよ」

フェリシアードが言った。

「とにかく、ホセは前の仕事に戻す。いいな」

「支配人」亮平は今野に詰め寄った。「工場の中に、べつの管理体系を認めるんですか。監督権を放棄してしまうんですか」

「この話はこれで打ち切りだ」今野は亮平の問いを無視して蟻坂に言った。「今後は工員のことは、必ずフェリシアードと事前に擦り合わせてから決めろ。今度の件は白紙に戻せ」

「はい」

今野はドアをうしろ手に閉めて出ていった。亮平は呆気《あっけ》にとられた。

蟻坂が言った。

「ホセの件は御破算にする。フェリシアード、すまなかった」

「いいんだ。それなら、おれの顔もつぶれない」

フェリシアードも今野に続いて出ていった。

亮平は蟻坂に訊いた。「工程の改善はどうなるんです」まだ事情が吞《の》みこめていなかった。

「フェリシアードと相談する」

「社員でもない男と？」

「彼は実力者だ。日本人では、ああもうまくフィリピン人たちを扱えないよ」

「本社はこんなシステムを認めませんよ」

「それでうまくやってきた。創業以来ずっと」

「うまくなんていってないじゃありませんか。最近二年間で何度監査があったと思ってるんです」

「だからといって、いま日本人スタッフが彼の立場に代わることはできませんよ」蟻坂は時計に目をやった。「わたしはそろそろ行かなくちゃならない。サンフェルナンドで、下請け工場の幹部たちの集まりがあるんです」

「接待か何かですか」

「納入部品の品質管理の件で、きつく言ってやるつもりなんですよ。連中はただのご接待で終わらせるつもりかもしれませんがね。それじゃ、失礼します」

蟻坂は逃げるように出ていった。

亮平はひとり工場長室に取り残された。

工場側に向けられた広いガラス窓ごしに、フェリシアードとホセが見えた。フェリシアードは禁煙の工場内でくわえ煙草だ。何ごとかホセに言い含めている。ホセが顔を動かし、工場長室のガラス窓に目を向けた。亮平がここにいることに気づいたようだ。フェリシアードも、ホセの視線の先を追ってきた。亮平とフェリシアードの視線が交錯した。

距離は三十メートルばかりあったが、亮平はフェリシアードの目にはっきりと憎悪を感じた。鋭く熱い憤怒《ふんぬ》のようなものであったかもしれない。背中の毛細血管が収縮した。ホセはもとの持ち場へと戻った。フェリシアードはくわえ煙草のまま、工場内の通路を歩いていった。身体を左右に揺らし、周囲を威嚇《いかく》しようという歩きかただった。ちょうど、日本の粗暴な犯罪者たちのような。

フェリシアードが癌《がん》のひとつだ、と亮平は確信した。あいつだ。

午後六時三十分。

すでに工場の操業は終わっていた。もう事務室の中には、数人の事務員しか残っていない。支配人室の明りも消えていた。

朝の八時から、監査作業に集中していたのだ。そろそろ疲労もたまり、空腹も感じてきていた。あとは明日以降の作業と決めて、亮平は事務室を出た。

サンビセンテ・インに戻ったのは、午後六時四十五分だった。キーを受け取ると、亮平はノーマに言った。

「今夜、ロシオを呼べないかな」

ノーマは意味ありげに微笑した。

「ほらね。日本の男」

「呼べるかい」

「八時じゃどう」

「いいよ。ただし、おれが呼んだのだと、他人に知られたくないんだ」

「他人って、誰のこと」

「タジマの関係者とか、フェリシアードとか」

「アントニオ・フェリシアード？」

「裏の名士と言ってた男さ。かなりの実力者だってことがわかったよ」

「そうよ。あの男はふたつの酒場と、建設会社に解体業者、金貸しをやっていて、非合法にはノミ屋をやってるのよ」

「バグタング一族の事業の隙間《すきま》を縫ってか」

「うしろについてる資本はバグタングよ。バグタング・ファミリーも、フェリシアード兄弟たちを必要としてるの」

「よけい知られたくなくなったな」

「黙ってくるように伝えるわ」

階段へ向かおうとすると、ノーマが言った。

「人がひとり死んだの。知ってる？」

亮平は足をとめてうなずいた。

「リカルドって男のことなら、朝に聞いた」

「教会に人が集まってるわ」

「町の空気はどうなんだろう？　タジマは悪く言われてるのかな」

「身内の人は、よくは言わないでしょうね。そもそもはタジマをクビになったことが始まりなんだし」

「出歩くのは、よしたほうがいいかな」

「今夜くらいは、そうしたほうがいいかもしれない。何もありはしないと思うけど、日本人の顔をわざわざさらして、いやなことを思い出させることはないものね。食事ならうちで食べるといいわ」

ノーマの言葉にしたがい、一階のレストランで簡単に夕食をとった。部屋に戻ってきたのは、七時半を少しまわった時刻だ。ノックはその直後にあった。

亮平は時計を見ていぶかった。ロシオが早く着いたのだろうか。あとに延びるのなら、これも南国時間と納得もできるが。

ドアを開けて驚いた。

美恵子がいたのだ。蟻坂工場長夫人。昼下がりの自宅で、裸のままガラス戸から表を眺めていた女。

美恵子は亮平を見上げ、顔の半分だけでほほ笑んだ。

「そんなに驚かないで」

「どうしたんです」亮平は驚きから立ち直って訊いた。「きょうも支配人宅でパーティでもあると言うんですか」

「入っていい？」

亮平は一歩退いた。

美恵子は部屋に入って、興味深げに内部を見渡してきた。紺の麻のスカートに襟ぐりの広く開いた白い半袖《はんそで》のシャツ。白いサンダル。唇に濃いルージュを引いている。

「エアコンはないのね」

「扇風機で間に合ってる」

「うちにもお客さま用の部屋はあるのよ。移ってらしたら？」

「ここのほうが気楽なんです」亮平はドアを閉じた。「ほんとうに、どんなご用なんです」

「用事がなくちゃ、きちゃいけない？」

「人妻が、男を訪ねる場合にはね」

美恵子は笑った。「とても痛いところを突いてくるのね。そう、わたしは確かに蟻坂工場長の妻だわ。でも、だからどうなの」

「べつに。でもぼくは、よその家庭のトラブルには巻きこまれたくない」

「トラブルって何？　何のこと」

「あなたが自分の家庭に、でなけりゃ自分の亭主に不満があることははっきりしてます。でも、それを解決するのに、ぼくを巻きこむことはない。ぼくにはそいつは解決できない」

「何も不満なんかないわよ。ね、お酒はないの」

「下のレストランで出ますよ」

「運ばせたら。一杯つきあってくれるとうれしいわ」

美恵子は椅子《いす》に腰をおろし、足を組んだ。形のよい白い足が、亮平の目を射た。亮平はまたあのガラス戸の向うの裸身を思い出した。

「もう入ってるんですか」

「午後の二時からずっとよ」

「そろそろ切り上げたほうがいい」

「野暮な人ね」

「堅すぎて成功しない、と言われてますよ」

「成功？」美恵子は鼻で笑った。「田島農機の役員になることが成功？　あなたもそれを目差してるの？」

「誰かほかに似たようなことを言った男がいるんですか」

「うちの人よ。平工員出身の最初の重役になるって公言してるわ」

「野心家のようですからね」

「ね、お酒、出してくれるの？」

「この次にしましょう」

「うちの人はサンフェルナンドに行ってるのよ。下請け会社の偉いさんたちを怒鳴ってるころだわ。帰りは九時すぎになるって言ってた。ね、サンミゲールでもいいわ」

「日をあらためましょう」

「奥さんがいるの？」

「だいぶ前に別れた」

「結婚したことがあるんだったら、女が怖いってことはないわよね。一杯つきあってくれたっていいじゃない」

部屋の電話が鳴った。亮平はサイドテーブルに近づき、送受器を取り上げた。

「ロシオがきたわ」ノーマの声だった。「いま、上げていいのかしら」

美恵子のことを心配しているらしい。亮平は横目で美恵子を見やった。美恵子はどこか挑発的な光をたたえた目で、亮平を凝視している。眼底に発光器でも備わっているかのようだ。その光の強さは、亮平を少しばかり不安にさせるに十分なものだった。

「上げてください。すぐに」

電話を切ると、美恵子が訊いてきた。

「お客さんがくるんだったの？　だったら早く言ってくれたらいいのに」

「自動車できてるんですか」

「そうよ。なあに、酔っぱらい運転を心配してくれてるわけ？」

「ええ。慎重に運転して帰ってください。きょう、日本人女性が住民を引っかけたりしたら、あのサンラザロ通りの一角が焼討ちに遇《あ》うかもしれませんからね」

「人が死んだせいで？　元の工員だったんですってね」

「解雇されたことを恨んで、こういうことになったらしい」

「会社のことはよく知らないのよ。ね、あなた、明日、日中は忙しいの？」

「ずっと工場に出てます」

「わたし、明日はマニラに買物に出るのよ。少し、つきあってはもらえないかしら。いまはマカティあたりでも、ひとり歩きするなって言われてるのよ。治安はめちゃくちゃに悪くなっているようなの」

「無理ですね。マニラには誰か日本人のお知り合いでもいるでしょう。そういう人にエスコートを頼んでください」

「一緒に歩いて楽しい人って、いないのよ。明日、午後だけつきあってくれるんでもいいわ。二時まで、日本商工会議所で日本人会の人たちとお茶を飲んでる。そのあと、買物を手伝ってはもらえない？」

亮平は首を振った。

またノックがあった。亮平はすぐにドアを開けた。

「はあい」ロシオが笑顔で挨拶してくる。美恵子が目に入っても驚きを見せなかったところをみると、階下でノーマに聞いていたのだろう。

「あら」美恵子が苦笑した。「そういうことだったのね」

「そうなんです」

美恵子は唇を結んで立ち上がった。

「堅い人かと思ったんだけど、ひとつ安心したわ」

「こういうことで、他人に心配はかけない」

「明日、時間ができたら、マニラの商工会議所にきて」

「九十八パーセント、無理ですが」

「あとの二パーセントに賭《か》けるわ」

美恵子はロシオを上から下まで眺めた。かすかに目が吊《つ》り上がったように見えた。

「それじゃあ原田さん。いい夜を」

「運転にはくれぐれも気をつけてください」

美恵子は昂然《こうぜん》と胸を張って部屋を出ていった。

ロシオが、いままで美恵子が腰かけていた椅子に身体を沈めた。コットン地のミニスカートにピンクのTシャツ。籐《とう》で編んだバッグを両手で抱えこんでいる。

「工場長の奥さんね」と、ロシオは愉快そうに言った。「あたしがくるの、早すぎた?」

「いや」亮平はベッドの脇《わき》に腰をおろし、両手を組んで言った。「ロシオ、先に聞いておくけど、きみはこういうとき、いくら金を受け取っているんだ?」

「ノーマに訊いて。あたしはノーマからもらうの。ノーマがいくらお客からもらうのかは、わからないわ」

「きみにはまったく払わなくていいのか」

「そのつもりがあるなら、チップをちょうだい」ロシオはたどたどしく言った。「キモチダケ」

「わかった。今夜、きみにきてもらったのは、じつは工場の事情をいろいろ聞かせてもらいたいからなんだ」

「どんなこと？」

「三つある」

「むずかしいことじゃないといいけど」

「ひとつ。工員たちの給料は、仕事に較べてどうなんだ？　きみのように、サイドビジネスやパートタイム・ジョブが必要になるくらい安いのか？　家族持ちは女房子供を養っていけるのか？　ほかの工場との比較はいい。とにかくそれは暮らしていける程度のものなのか」

「あとのふたつは？」

「支配人、工場長のつぎに偉いのは誰かを知りたい。形式上は副工場長がいて、その下に六人の課長がいるが、ほんとうに力を持っているのは誰だ？　トップからの指示はどのように伝わってくる？」

「三つめ」

「蟻坂工場長はフェリシアードのことを工場マネージャーだと言っていた。でも彼はタジマの社員ではないそうだ。あの男は工場で何をやっているんだ？　どんな資格で、何が狙《ねら》いで、工場に入ってきているんだ？」

ロシオの無邪気な顔立ちが曇った。

「答えなくちゃならない？」

「そのために呼んだんだ」

「あまり工場の話はしたくないわ」

「どうして」

「あなたは日本人だし、タジマの人だし」

「きみだってタジマの工員だ」

「ちがうわ」ロシオは首を振った。「あたしはフィリピン人で、サンビセンテの女よ。タジマで働いているけど、タジマの側の人間じゃない」

「何か怖いのか」

「ううん」

「じゃあ、ごく簡単にでもいい。いまの三つの質問に答えてくれ。ぼくの三つの疑問を、すっきりさせてほしい」

「あたしが言ったって、誰にも言わない？」

「約束する」

「ひとつめ」

「給料のことだね」

「安いわ。いろいろ引かれるの。ほんとにもらうはずの給料の、七割くらいしかもらっていない。あたし、田舎の家族に仕送りすることもできない」

「どうして三割も引かれてしまうんだ？」

「雇用保険でしょう。昼ごはんの自己負担分でしょう。寮費でしょう。それに組合費とか、友愛協会の会費とか」

「友愛協会って、なんだ？」

「サンビセンテ友愛協会。力を合わせてこの町をよくしてゆこうっていう集まりよ。タジマの社員はみんな入ってるの」

「何をする団体なんだ？」

「大統領のＫＢＬを支持してる団体だと思う。よくは知らないの」

「政治組織？」

「そんなたいそうなものじゃないわ。もっとふつうの団体よ。ＫＢＬの議員の後援みたいなこともする。半年に一回、映画を観てパーティをするわ。国道の清掃奉仕をしたこともある。そうそう、小学校にサッカーボールとノートを贈ったこともあったわ」

「その会費が天引きされるんだね。どのくらいの会費なんだ？」

「月に百二十ペソ」

「けっこうな額だな」

もっと詳しく訊こうとすると、ロシオが手で制した。

「ふたつめ」

それ以上語る気はないようだ。しかたなく亮平は次の答えを訊くことにした。

「偉い順番を言うと？」

「支配人。フェリシアード。工場長。副工場長。課長。職長。班長」

「社員でもないフェリシアードが、工場ではナンバー・ツーなのか」

ロシオが小さくうなずく。

「三つめは？」

「いまのが答えだわ」

「社員でもない男が、どうして工場の中で工員の監督なんかをやってるんだ？　彼はこの町でいろいろ事業をしてるんだろう。そんな暇はないだろうし、だいたい給料ももらわずに、なぜそんなことにまで首をつっこむ？」

「理由はわからないわ。でも、みんなフェリシアードの言うことを聞くしかないの。あの人が仕事の分担を決める。昇進させたり、おろしたりする。工場長は、それをあとから認めるだけ。組合のことにも口をはさむわ」

「組合も支配してるのか」

「支配、って言葉が当てはまるかどうかわからないけど、組合の幹部とは仲がいいわ」

「組合は、きみたちの味方か？」

「それは、四つめの質問なの？」

「どっちだい？」

「よくわからないわ。わたしには、会社も組合も、同じひとつのものだわ」

「きみは、組合員だね」

「ええ。職場の集会にも出る。選挙もする」

「べつの組合を作ろうという動きのことは知ってる？」

ロシオは目を伏せ、膝《ひざ》を閉じた。

「答えたくない？」

ロシオは膝の上で自分の指のマニキュアをこすった。そこに塗りムラでも発見したかのようなしぐさだった。やがてロシオは小声で言った。

「そういうことなら、べつの人に訊いたほうがいいと思うわ。もっと真剣に考えてる人がいるから」

「きみは真剣じゃないのか」

「あたしは、ただの踊り好き遊び好きの工員だわ。だからこんな仕事もしてる。むずかしいことを言われても、わからないのよ」ロシオは顔を上げた。「こんな話なら、もういやだわ。帰っていい？」

「まだ十分しかたっていない」

「お金はいらないわ」

「でも」

「いらない。もらうわけにはいかないわ」

堅い決意の感じられる言葉だった。

少しのあいだロシオを見つめていたが、彼女の気持ちは揺らぎそうもなかった。両手はもう椅子のへりにかかっている。

「最後にひとつだけ」

「答えないかもしれないわ」

「アポストリって女の子を知ってるか」

ロシオの頬《ほお》が少しだけゆるんだ。

「支配人のところの？」

「いや、工場長のところの」

「今野支配人のところのアポストリなら知ってるわ。元は一緒に働いていたんだもの」

理解できず、亮平はさらに訊いた。

「アポストリって女の子だよ。蟻坂工場長のところでメイドをしてる」

「工場長のところにいるんじゃないわ。アポストリは支配人が気に入って、工員をやめさせて自分のところに引き取ったの。以前は組立て工だった。十六歳で入ってきた子よ」

「メイドじゃないのか？」

「お酒を作るくらいはするでしょうけど」

「引き取ったということは、つまり」

みなまで言い終わらないうちに、ロシオはうなずいた。

「そう。支配人のいい子よ。フェリシアードさんもお気に入りだった。あの子、美人だし、すごいグラマーでしょう。フェリシアードさんは、あの子を自分のところのお店で働かせようとか考えていたみたい」

「ふたりで争ったってことかな。それとも、支配人が横車を押したのか」

「あたし、おしゃべりは好きじゃないわ。日本語をまぜて話すのって、疲れるのよ。もういい？」

亮平は小額のペソ紙幣をロシオに手渡した。

ロシオは礼を言うと、その紙幣を素早くバッグに収め、手を振って部屋を出ていった。

ロシオが立ち去ったあと、亮平はシャワーを浴びた。

シャワーを浴びながら、きょうわかったことを思い起こしてみた。書類上知りえたことはいくつもない。東京での認識をここでも確認しただけだ。ただ、サンビセンテ工場の中に渦巻き、あるいは取り巻いてかすかに腐臭を放つ空気は確かめることができた。それとひとつ、あのマネージャーと呼ばれる男の存在。組織図には示されず、それでいて工員たちの大半に何かしらの支配力を及ぼしている男。これが気になる。

バスを出て新しいシャツに着替え、階下へと降りた。

ノーマが不思議そうに言ってくる。

「あなたは、女のお客を片っ端から追い払うのね」

「用事が済めば、長居させてもいられない」

「ロシオは、お金は取らないで、と言っていた。聞きたいことは聞けたの？」

「少しだけ」

亮平はノーマにビールを一本注文し、レストランの隅で飲んだ。国道の北の方角から、ときおりかすかに歌声のようなものが聞こえてきた。気のせいかと思ったが、確かに歌声。沈鬱《ちんうつ》な合唱曲のようだ。

亮平の様子に気づいたのだろう、ノーマが教えてくれた。

「教会で、リカルドの身内の人たちが歌ってるのよ」

「葬式？」

「お通夜よ。リカルドの遺体が、警察から返されたらしいわ」

「この町では、人の家に誰かが押しこんだり、人が拳銃で撃たれたりってことは、よくあるのか」

「まさか。警察とバグタング一族が強いから、ここではあまり犯罪は起こらないわよ。荒っぽい連中はフェリシアードが抑えてるし、その意味じゃ、ここは治安がよくて安全な町だったわ」

「だった？」

「だって、もうそうだとは言えないじゃない」

「何が原因なんだ？」

「さあて。でも、みんなもう我慢ならなくなってるのよ」

「何に？」

「何もかもよ。雇い主にも、法律にも、大統領にも、何もかも」

亮平はビールを飲み干して席を立った。

部屋に戻ってベッドに身を投げだすと、また遠くから歌声が聞こえてきた。国道を走る自動車のエンジン音にまじって、とぎれとぎれに大気をふるわせる合唱曲。教会の中で歌われているのだろうか。だとしたら、ここまでもれてくるのだ。ずいぶん規模の大きな合唱ということになる。ことによると、広場で歌われているのかもしれない。

亮平は部屋の明りを消し、しばらくのあいだ、その歌声を聞き取ろうとつとめた。歌声は、そのうち小さくなり、やがてまったく聞こえなくなった。

一昨日のあの中華街での暴行のことが思い出された。あの入れ墨の男の放尿中を狙い、ふいをついてさんざんにたたきのめした短い時間のこと。堅気ではないのだな、と疑われたほどの、鮮やかで一方的な暴力の行使のこと。

そう、修羅場はいくつか踏んでいる、と言ったのは、まったくのはったりではない。学生時代、大学を休学して肉体労働で学資を貯めていたころ。あるいは留学先のボストンでも、いくつか血の臭いのしみついた思い出を持っている。相手は港湾作業員たちを食い物にする手配師たちであったり、スト破りをもっぱらの食い扶持《ぶち》とする右翼であったり、不良留学生に寄生する麻薬の密売人たちであった。

さんざんにいたぶられ、三週間の入院が必要となった最初の一戦の後、亮平は拳法の道場に通うようになった。以来十五年間、亮平は自分の日課からなにがしかの肉体のトレーニングを欠かしたことはない。拳《こぶし》によって貫くことができる正義や原則は、せいぜいその拳のサイズに見合ったものでしかないが、だからといって、そのささやかな正義や原則が守るに値しないわけではないのだ。

とはいえ勤め人暮らしを続けるうちに、あの入院中に育てた激しい憤りは次第に薄れ、熱を失っていくようだった。たとえ暴力をもってしても、下司《げす》なもの下卑たものの跳《ちょう》梁《りょう》を押しとどめようとする意思が、日ごとに失せてゆくような気がしていた。自分は日々小利口になってゆく、と亮平は感じていた。計算高く要領のいい中年男になりさがってゆくと。このところ感じ続けている鬱屈は、あんがいそのあたりに原因があるのかもしれなかった。

しかし一昨日のことを思い出すなら、どうやらこれは杞憂《きゆう》だったようだ。きっかけさえあるなら、亮平はまた何の躊躇《ためらい》もなしに、自分の暴力への衝動を解き放つことになるだろう。自分はたしかにそれができる。

亮平は拳にあの肋骨《ろっこつ》の折れる感触を思い起こしながら、ベッドの上でしばらく目をつぶったままでいた。

三十分ばかりうたた寝してから階下へ降り、フロントにいるノーマに訊いた。

「フェリシアードという男に会うには、どこに行けばいい？」

ノーマが目をみひらいた。

「あの男と会うの？　アントニオと？」

「意外かい？」

「あの男は、ふつうの男じゃないのよ」

「高利貸しでノミ屋をやってるんだろ」

「日本で高利貸しとノミ屋を同時にやってるのは、どんな人たち？」

「例外はあるだろうが、ふつうの日本人なら暴力団員を想像する」

「この町でも、そう考えてまちがいないのよ」

「そんな男に、工場で好き放題をさせておくわけにはいかないんだ」

「あの男が好き放題ができるとしたら、それだけの理由があるのよ」

「どんな？」

「あの兄弟の父親は、バグタングさんの農場の差配頭だったのよ。いまでも、もとの小作人たちには顔がきくんじゃないの？　バグタングさんが、土地改革法ができたあとでも、この町一番の有力者だっていうのと同じことよ。それに商売が商売だから」

「高利貸しとノミ屋だから？」

「たぶん工員の大部分を借金でがんじがらめにしているんだと思うわ。首の回らなくなった男たちが、フェリシアードを通じてタジマに働きに行ってるのかもしれない」

「それはぼくの想像と一緒なんだ。どこに行けば会える？」

ノーマはためらいを見せた。

亮平はもう一度訊いた。

「この時刻、フェリシアードはどこにいる？」

「アントニオのほうなら、たぶん酒場でしょう」

「彼の酒場かい。二軒持っていると言ってたね」

「テレサの店のほうだと思う」

「どんな種類の酒場なんだ？」

「酒が出て、博打《ばくち》ができて、女がいるわ」

「どこにある？」

「市場の裏手。テレサの店、と訊けば、すぐわかる」

「ついでに訊くが、弟のほうはふだんどこにいるんだ？　エミリオ・フェリシアードは？」

「あの男は、いろいろよ。あちこちに女がいて、その家を回ってるんじゃないのかしら。何週間もまったく町で見かけないこともある」

「兄貴ほど精力的な男じゃないのかな」

「やさ男よ。でも、怖い男だわ。アントニオほど単純じゃないだけ、いっそう怖い」

「どうしてだ」

「エミリオが初めて人を殺したのは十四歳のときよ。父親がバグタング農場の元の小作人に殺されて、エミリオが復讐《ふくしゅう》したの。胸を十字に引き裂いて殺したそうだわ。親殺しの復讐だから、あまり重い刑にはならなくてね。二十代のなかばで刑務所から出てきたの」

「初めての殺人が十四のときと言ったね。そのあともまだやっているのか」

「噂《うわさ》だけどもね」ノーマの顔がくもった。不快な、陰惨な噂話でも思い出したのかもしれない。「とにかく執念深い人だそうよ」

「ここはサンビセンテの図書館のようなものだな。いろいろ教えてもらえて助かるよ」

カウンターから離れようとすると、ノーマが急いでつけ加えた。

「テレサの店には荒っぽい用心棒が何人もいるわ。ここでエスピノスたちを相手にしたようにはいかないかもしれないわよ」

「ぼくがエスピノス巡査長に何をした？」

「喧嘩《けんか》を売るような口のききかただったわ。あんな話しかたは、フェリシアードの店ではしないほうがいいかもしれない。たとえあなたがタジマの人であっても」

「忠告ありがとう、ノーマ」


テレサの店は、市場を抜けて奥、そのあたりだけ特別ひっそりした雰囲気の通りの中ほどにあった。付近に街路灯がないため、周囲の住民はもうすでに寝静まっているかのように思えるが、しかしまだ午後の九時だ。おおかたの住民はそれぞれの部屋でテレビでも囲んでいるにちがいない。

亮平は自動車を道の端に停めて、砂利を敷いた小路に降り立った。ささやかな裸電球の明りで、テレサ、という看板の文字が読み取れた。亮平はドアに吊るされたベルの紐《ひも》を引いた。ドアの覗《のぞ》き窓が開く気配。ドアが内側に開いた。

Tシャツの上にホルスターを吊った男がいた。髪もひげもむさ苦しく伸ばしている。太鼓腹で、腕にいくつも入れ墨を入れていた。用心棒のようだ。不審そうに亮平を眺め渡してくる。とりあえずは日本人の鴨《かも》らしいということで、ドアが開けられたのだろうか。

「タジマの人間だ。フェリシアードさんはいるか？」

用心棒は、中だ、と言うように首を傾けた。

亮平はクーラーのきかないその酒場に足を踏み入れた。テーブル席が十ばかりの、ごく小さな酒場だった。赤っぽい照明が入っており、天井でファンがゆっくりと回っている。右手にカウンター、中央にはビリヤードの台。カウンターの向う側には、スロットマシンが置いてある。女たちの数は四人、客は二十人ばかりいるだろうか。フェリシアードは見当たらなかった。

客層がどんな種類の人間たちなのか、想像がつかなかった。人口一万二千のフィリピンの田舎町だ。こんな店の商売を支えるだけの、可処分所得の多い男たちがいるとも思えない。それともこの国では、博打や女は貧困層も等しく求め享受する慰みごとなのだろうか。

カウンターの背後に、モノクロームの大判の写真が掲げられていた。二十人ばかりの精悍《せいかん》な顔つきの男たちの記念写真だ。揃いの制服こそ着ていないものの、男たちはみな銃を持ち、腰に弾薬帯をしめている。うしろは石づくりの小さな教会のように見える。まさか新人民軍の記念写真ということはあるまい。おそらくは、太平洋戦争中に撮られたものだ。酒場の中で、その写真だけが異質だった。

亮平はカウンターに近づき、中のバーテンに訊ねた。

「フェリシアードさんを探してるんだ」

「あんたは?」

「原田。タジマできょうの午後に会ってる」

「いま、仕事中だ」と、長髪のバーテンはあごをしゃくった。「奥の部屋で、日本人を相手にしてる」

「日本人を?」田島の社員のほかにも、この町には日本人がいるのだろうか。

「ちょうど、終わったらしい」バーテンが言った。

振り返ると、奥のドアが開き、数人の男たちが出てくるところだった。

上機嫌でいるのはフェリシアード。そのフェリシアードに肩をたたかれているのは、昨夜今野支配人の自宅で会った西田だった。品質検査室から派遣されてきている男だ。昨日紹介された田島の社員がもうひとり。フィリピン人と日本人がふたりずつだ。

ドアの隙間から、部屋の内部が見えた。麻雀卓らしきものが鎮座した、煙草の煙の充満した部屋だった。

西田が亮平に気づいて頭を下げてきた。

フェリシアードは、亮平を見て眉間《みけん》に皺《しわ》を寄せた。午後のホセの配置替えをめぐるやりとりを思い出したようだ。

「麻雀を？」と、亮平は西田に訊いた。

「ええ」悪びれた様子も見せずに、西田はうなずいた。「いつも同じ面子《メンツ》だと、さすがに飽きてしまいますんでね。きょうは他流試合です」

「フィリピン人も麻雀をやるのか」

横からフェリシアードが言った。

「日本人が喜ぶことは、ひととおり覚えておかなきゃね。あんたも麻雀をやりにきたのか」

「ちがうんだ」

「じゃあ、女か」

「遊びじゃないんだ。仕事の話できた」

「工場のことか？」

フェリシアードは答えを待たずに、西田たちに隅のテーブルを示した。ホステスがすぐに西田たちをそのテーブルへと案内していった。
フェリシアードはバーテンにスコッチを注文すると、亮平に向き直った。眉間の皺が
いっそう深くなっていた。
亮平はうしろを指さして訊いた。
「あの写真は、いつのものだい？」
「戦争中だ」フェリシアードは答えた。「叔父貴たちが写ってるんだ。日本軍と戦って
いたときの写真だよ」
「抗日ゲリラだったのか。フクバラハップか？」
「ちがう。ユサッフェ・ゲリラ。バグタングさんも親父も、シンパサイザーだった。叔
父貴は七人日本兵を殺したって評判だったんだぜ」
「そんな写真を掲げていながら、日本人客を迎えるっていうのは、何かの皮肉かい」
フェリシアードは鼻で笑って言った。
「むかしアメリカの将軍が言ったそうだぜ。死んだ日本人はいい日本人だ、ってな。お
れはこうつけ加えてるんだ。金を落とす日本人はいい日本人だ」
「なかなかいい哲学だ」亮平は身体をまっすぐフェリシアードに向けた。「さて本題だ
けどもね」
「言ってみろ」

「あんたは、うちの従業員じゃないそうだな」

「おれは事業家なんだよ」フェリシアードはうるさそうに答えた。「いくつも会社を持ってる。あんな工場で働いてるわけにはいかない」

「じゃあ、なぜ工場に出入りする？」

「おれが出入りしたほうが、工員たちはうまく動くからさ。手伝ってやってる」

「ボランティアってわけか」

「そう」

亮平の背後に用心棒が立った。

すぐにフェリシアードが言った。

「アンドレス、いいんだ。向うに行ってろ」

アンドレスと呼ばれた用心棒は、亮平を威嚇するようにひと睨《にら》みして、またドアのそばへ戻っていった。

亮平は続けた。

「支配人が依頼してるわけじゃないんだな。支配人がきみに報酬を払って、工員たちの監督を頼んでるわけじゃないんだな」

「ちがう」答えてから、フェリシアードはあわてて首を振った。「いや、じつは」

「どっちだ？」

「金は、もらっていない」

「じゃあ、契約もない」

「していない」

「じゃあ、覚えておいてくれ、フェリシアード」

フェリシアードは身がまえた。

亮平は続けた。

「あんたは、明日からは工場には入る必要はない。工員の監督もいっさい工場にまかせてもらう。あんたの事業に専念してくれ」

「何？」フェリシアードはあごを突き出してきた。「工場に入るなって？」

「そう。あの工場は、明日から管理規則が厳しくなる。従業員か、通行許可証をもらった業者以外は、構内に入ることができない」

「誰が決めたんだ？」

「おれだ」

「おれは支配人と契約してる」

「契約はしていないと言った。自分はボランティアだと」

「いや、だから」

「なんだ？」

フェリシアードは顔に本物の憤怒をたぎらせて言った。

「貴様、この町でアントニオ・フェリシアードに指図できると思ってるのか。おれなしであの工場を動かせると思ってるのか」

「思っている。話はそれだけなんだ、フェリシアード」

「支配人と話がついてるわけじゃないだろ。出過ぎた真似《まね》じゃないのか」

「それはタジマ内部のことだ。あんたが心配するには及ばないよ」

振り返ってドアに向かおうとした。西田たちが興味深げに亮平を見つめていた。何の用事かといぶかっているのだろう。亮平はことさら陽気に手を振って、テレサの店を出た。おそらく部屋に戻ったころに、支配人から怒りの電話が入ることだろう。それが楽しみだった。

亮平の予測は、まだ甘いものだった。

今野支配人は、亮平が町をひと回りして帰り着く前に直接サンビセンテ・インにやってきていたのだ。

亮平はロビーのカウンターの前で足を止め、目の前に立ちはだかる今野を見つめた。今野の頬がいつもの倍にもふくらんでいるように見える。目の下の筋肉がかすかに痙《けい》攣《れん》していた。

「フェリシアードに会いに行ったそうだな」今野は喉《のど》にこもった声で言った。「何を余計な真似してるんだ？　お前にこの工場のことにあれこれ口出しする権利があるのか？」

亮平がテレサの店を出た直後、フェリシアードから支配人に電話が行ったのだろう。事情を聞くと、今野はためらわず、すぐにこうしてサンビセンテ・インへ駆けつけたというわけだ。亮平は今野の逆鱗《げきりん》とでも呼ぶべき神経束を突いたことになる。

亮平は今野の前に立って腕を組んだ。

「不良品発生の原因を探るのがぼくの仕事ですよ。原因と見られる要素を排除することは、職務のひとつと思いますけどもね。アントニオ・フェリシアードの存在は工場の管理態勢を混乱させるものだし、手続き上もおかしい。工場管理規則にも抵触するんじゃありませんか」

「本社へ帰って勝手なことを報告しておけ。お前がどんなにこの工場を悪く書こうとかまわんが、おれがやってることの邪魔はするな。おれはここの支配人なんだ」

「フェリシアードのことは、正確に報告させてもらいますよ。しかし、その報告が役員会に上がる以上は、支配人もなぜ工場にあの男が必要なのかを証明しなければならない。それはやっていただけるんでしょうね」

「必要だっていうのがおれの判断だ」

「判断の根拠を尋ねているんです」

「お前に答えなければならない義務はない」

「かまいませんよ。でも、役員会に呼び出されたときには、それでは通用しません。彼をこのまま使い続けるんですか」

「必要な男だ」

「なら、採用しなさい。でなけりゃ、正式に顧問としてでも契約してはいかがです？その際には、彼の職務権限を明確にし、工場長や支配人の権限と重なり合わないよう、本社と綿密に擦り合わせをやっていただく必要がありますがね」

横目でカウンターに目をやった。ノーマが不安げな顔でやりとりを見守っている。同じ企業に勤める日本人同士が、とつぜん厳しい口調で言い合いを始めたのだ。彼女の日本語の力があれば、中身の大半は聞きとることができる。口論の深刻さに驚いているのかもしれない。

今野は大きく鼻孔をふくらませて言った。

「契約なんかはできない。あいつはこの町の実力者で、自分の事業を持ってるんだ。ただの口入れ屋とはちがう。うちの社員となるわけがないし、顧問みたいな七面倒くさい仕事をするはずがない」

今野の額にも鼻の頭にも、汗が玉となって噴き出していた。

「ふたつにひとつです。切るか、正式に使うか」

「切るなんてことはできないんだ」

「どっちになるにせよ、処遇が決まるまでは立ち入り禁止の措置をとってください。工場には入れないでいただきます。わたしは彼のことを報告し、ついでに彼の履歴や背景についても調べた上で役員会に報告します」

「ラインを停める気か。工場をつぶす気なのか？　そうなってもいいのか？」

「どうして彼を切ったらラインが停まるんです？」

「日本人には手に負えないことも、やつならあっさりやってのけるからだ。日本人の誰が、簡単にナイフを持ち出すような連中を管理できる？　いいか、おれは昨夜、そんな野蛮人に殺されるところだったんだぞ。ここはそんな土地柄なんだ。それを忘れるな」

「工員たちを、まるで犯罪者か囚人のように扱うつもりなんですか。ここは強制労働キャンプじゃない。田島農機の工場なんです。犯罪者は警察にまかせたらいい。通常の警備には、警備会社がある。工員たちを監督するのに、何も町のヤクザを使う必要はない。まるで支配人の無能を証明しているようなものじゃありませんか」

「おれは、お前が本社でどれほどの力を持っているかは知らん」今野は口調を変えた。声がいっそう低くなり、冷やかになった。「しかしな、ここでは小生意気な真似はさせんぞ。おれは三十年間田島農機に尽くしてきたんだ。大部分は営業だったが、何がうちにとって利益か、何が不利益か、よくわかっているつもりだ。青二才の理想論なんかには負けん。おれはおれのやりかたで工場を動かす。それで会社に貢献するつもりだ」

「製造責任の危機なんですよ。このままでは、いずれタジマのブランド・イメージはどん底にまで落ちる。落ちてしまってからでは、遅いんです」

「明日、あらためて本社に伺いを立てる。お前が職務を逸脱してやしないか、問い合わせるつもりだ。工場の人事や工員の配置に口出しすることも、その回答次第では、一切の口出しはやめてもらうからな」

「かまいません」亮平は譲歩することにした。

「でも、その回答が出るまでは、フェリシアードは工場に入れないでください。それでこの場の結論ということにしませんか」

「聞いた」

今野はズボンのポケットからハンカチを取り出して額の汗をぬぐった。ぬぐいながらも、視線はまっすぐに亮平に据えられている。生きることは戦争なのだ、と信じてきた人間特有の、最初から何ごとも通い合わせることを拒絶した、鋼《はがね》のようなまなざしだった。

今野はハンカチをポケットに収めると、苦しげに鼻を鳴らしながらロビーを出ていった。残った亮平はノーマと目を見交わし、肩をすくめた。

第五章

その翌朝、亮平は六時半ちょうどにベッドから起き上がった。

また暑くなりそうだった。すでに窓の外に見える駐車場は、南国の強い日差しに灼《や》かれ、輻射熱《ふくしゃねつ》をはね返している。自動車の中は、たぶん蒸し物ができるほどの温度になっていることだろう。

亮平は窓から離れると、洗面所へ歩こうとした。歩きかけて、足を止めた。廊下へ通じるドアが少しだけ開いている。掛けたはずのチェーンは千切れ、ぶら下がっていた。隙間《すきま》から、ソフトボールほどの大きさの赤い塊りが差しこまれている。床に置かれたその塊りには、目とおぼしき穴があり、鼻らしき突起があって、その下に口らしき裂け目がある。首から切り離された、豚の頭だった。笑い首。

亮平は近寄ってその豚の首を持ち上げた。床に油のしみができている。目の前にかざして確かめてみると、首は刃物で見事に断ち切られていた。一昨日、市場裏の店で見たように、中華包丁ふうの刃の厚い重い刃物を振り下ろしたもののようだ。

警告、ととるべきなのだろう。まちがえても、隠れたファンからの差し入れなどと解釈してはならない。送ってくれた相手は、おそらくはフェリシアード。もしかすると今野支配人かもしれない。いずれにせよ、昨日の亮平の調査ぶりが気に入らなかった者からのものだ。

亮平はその豚の首の臭《にお》いをかいでみた。まだ傷んではいないようだ。昨夜遅く、というよりは、今朝未明にでも運ばれてきたと考えていいだろう。ちょうど熟睡していたときであったようだ。亮平には、それらしき物音を聞いた覚えがなかった。

亮平はクローゼットからランドリー用のビニール袋を取り出して、その豚の首を放りこんだ。

着替えと洗顔をすませ、階下で朝食をとって町に出た。ノーマが何も言わなかったところを見ると、昨夜遅く訪ねてきた客はなかったようだ。送り主は、女主人やほかの従業員たちに気づかれずに、二階の亮平の部屋の前まで進むことができたようだ。廊下の突き当たりの非常口でも使ったのかもしれない。

サンビセンテ・インを出たのは、午前八時十五分前だった。

この日も相変わらず乾いた熱気がサンビセンテの町を覆っていた。この時刻で、気温はすでに三十度。埃《ほこり》のせいか、町並みは妙に白っぽく、かすんで見えた。住民は早々と日陰に避難しているようだ。市場の近辺を除いては、人影はほとんど見当たらなかった。

工場のゲートを通る際、亮平はガードマンのひとりに訊《き》いた。

「きみたちは、警備会社の派遣だったな」

「そうです」

若い警備員が散弾銃を手にしたまま答えた。

「この工場では、誰の指揮を受ける？」

「支配人と工場長」

「通行を許可されているのは、どういう人物たちだ？」

「工員証、従業員証を持った者。下請け業者、輸送会社のトラック」

「業者や輸送会社は、身分証明書が必要なのか」

「通行許可証が必要です」

「アントニオ・フェリシアードは、何か持っているのか」

若い警備員は首を振った。

「誰が入構を許可してるんだ？」

「支配人です」

「おれは本社からきているんだ」と、亮平はもう一度身分証明書を警備員に見せた。

「きょうから厳格に出入りをチェックしてくれ。従業員か、通行許可証を持った者以外は、一歩も入れるな」

「フェリシアードさんも？」

「そう」

「支配人に確認してみます」

「そうしなきゃ、ならないか」

「ええ。それが順序です」

「じゃあ、確かめてみてくれ。おれの言うとおりということであれば、そのとおりやってくれるな」

「もちろんです」

事務所に入ると、亮平はすぐに本社に電話を入れた。東京は午前九時になっている。ちょうど交換台が動き始めたところだった。いつもと同様、いくつか部屋を回されたあとで、倉持につながった。

「どうだ？」倉持は訊いてきた。「何かわかったか」

「きのう、元工員が警官に撃たれて死にました」亮平はリカルドという男が射殺された事情を簡単に説明した。

倉持はさすがに驚いたようだった。

「必ずしも労務対策はうまくいっていないようだな」

「いままで隠してきたものが、とうとう噴き出してきたのかもしれません。もうひとつ、妙な事実があります」

「なんだ？」

「従業員でもない男が、工場に入りこんで工員たちを管理してます。言ってみれば、工員たちの元締めのような役割りらしいんですが、彼が事実上、工場長よりも力を持っている。その男の承諾なしには、工場長も工員の配置替えひとつできないんです」

「初耳だ」倉持は少し考えていたようだ。回線のあいだに空白ができた。「しかし、それは現地の判断で必要とされたのじゃないのか。そういう男を使うほうが、労務管理がうまくゆくと」

「うまくいっていないことは、もう証明されています。ついでに言えば、彼はヤクザなんです。建設会社や解体工場を持っていますが、この町ではヤクザとして知られている男です。ノミ屋と金貸しが彼のメジャーな事業なんです」

「少しひっかかるな」

「ほうっておけません。わたしはとりあえず、彼を工場内に出入りさせないようにすべきと判断しています」

「だが、それは支配人の裁量の範囲にも思うが」

「しかしこの状態をとりあえず改善し、合理的な人員配置にしないと、不良品は相変わらず発生し続けます。それがたとえ意識的なサボタージュのせいではなくても」

「その男を入れずにすむ方法があるのか」

「今野支配人の胸ひとつです。でも支配人はわたしの進言を聞こうとしません。進言すること自体、監査の範囲を逸脱しているとのことで、本社にわたしの職務権限について問い合わせを入れるそうです」亮平は昨夜の今野との激しいやりとりの要旨を倉持に伝えた。「そういうことなので、問い合わせがあった場合は、よろしくご回答願えますか」

「わかった」倉持は吐息とともに言った。「即刻改善できる点について対策を講じることは、お前の仕事の一部だ。問い合わせがきたら、その旨を答えるようにしよう。ただし、それも専務が出社してくるまでだが、いいな」

亮平は礼を言って電話を切った。

今野支配人が到着し、事務所でラジオ体操が始まった。ガラス窓ごしに見える工場でも、スピーカーから流れる曲に合わせて、体操が始まっている。工員の列が、妙にまばらに見えた。

体操も、社是の唱和も終わり、八時ちょうどになった。工場内にサイレンの音が響き渡った。高圧電流が機械を目覚めさせてゆく。工場内の方々から、モーターの唸《うな》りが聞こえてきた。

組立てコンベアが動き始めて、すぐに停まった。コンベアに着いていた工員たちが、不思議そうに事務所のガラス窓を見上げた。亮平も工場を注視していたが、コンベアは停まったままだ。モーターの唸りが小さくなった。いくつかまた電流を切られたモーターもあるようだ。工場の動きが、昨日とは異なっている。始業が延期されたかのように見えた。工員たちが互いに顔を見交わし始めた。班長クラスの従業員たちが、工場内の通路をあわただしく行き来していた。

　事務所に蟻坂工場長が駆けこんできた。

「どうした？」今野が訊いた。「どうしてラインが停まった？」

「欠勤率が異常です」蟻坂は今野の前で両手を広げた。

「各課長から報告がありました。欠勤率が二十パーセント以上。いま、配置をやりくりさせていますが、動き出すまで、もうしばらくかかります」

「二十パーセント？」今野の目が吊《つ》り上がった。「八十人も休んでるって言うのか」

「ええ。一部じゃ、やりくりがつきません。きょうは稼働できない部門も出てくる。塗装は四割が欠勤、機能マヒです」

「ストライキか？」

「わかりません。何か報告があったんですか」

「組合幹部からは、何も話はない。だいたいこの国の法律では、ストライキは実行の十五日前に予告が必要だ。これがストライキなら違法ストだぞ」

事務員が一枚の書類を持って近寄ってきた。昨日、亮平に書類ホルダーを渡してくれた女、ネリーだった。

「支配人、欠勤の連絡がこれだけきています」

今野はその書類を引ったくって目を落とした。

「八十人休んでるってのに、欠勤の連絡は六人だけだ。まったく連中ときたら」

「どうしましょう」蟻坂は不安そうに両手を組み合わせた。「遅刻してくるのがいるかもしれません。始業をずらしますか」

「三十分遅らせろ。職場の掃除をやらしておくんだ。おれは組合と協議する」

「わたしも出ましょうか」

「いい。お前は欠勤者のリストをまとめろ。何か背景がないか、どういう連中なのか、思想的な偏向、履歴の共通項、班長クラスは入っていないのかどうか、ひとりひとりチェックするんだ」

「わかりました」蟻坂は欠勤届けの出た者のリストを手にして、事務所を出ていった。

今野は亮平に顔を向けてきた。

「ここは、こういうところだ。日本とはちがう。わかったか」

「昨日から予想がついたことだ」と、亮平はいくらか意地の悪い調子で言った。

「何？」

「こいつはきっと山猫ストでしょう。馘首《くび》になり、警官に撃たれて死んだ工員への同情欠勤ですよ。昨日の通夜にはずいぶん集まっていたらしいから」

「撃ったのはおれだとでも言いたいのか」

「ヤスリ一本で解雇じゃ、日本でだって抗議が出ます。まして、その結果殺されたんでは」

「おれが殺されたほうがよかったとでも言ってるみたいだな」

「わたしはこの事態を解釈しただけですよ。支配人には、わたしのどんな言葉も非難か攻撃としか聞こえないようですね」

「お前が本社に出す報告の中身は、いまから見当がついているんだ。こんな事態を針小棒大に誇張し、適当な解釈をでっちあげ、偏見だらけの意見でこの工場を叩《たた》くんだ。嘘《うそ》八百、でまかせだらけのレポートを出すんだろう。ちがうか？」

「いえ。もっとひどいことをするつもりですよ」

「何？」

「わたしはこの工場のことを、ありのままに正確に伝えるんです」

結局、その日の操業が開始されたのは、午前八時四十五分だった。

八時の時点で出勤していなかった工員たちは、それ以後三十分たってもひとりも出勤してこなかったのだ。蟻坂工場長は副工場長、課長らと相談し、各部門ごとに配置をやりくりして、四十五分遅れで操業にかかることにした。コンベアの速度もふだんの四分の三の速さとなり、工場全体のこの日の生産計画も七十パーセントに縮小された。塗装部門は動きが取れず、設備の保守点検で一日を費やすことになった。ひと部門が完全に操業不能となれば、その影響は翌日以降に出てくる。生産が前日の線にまで回復するには、一週間はかかるだろう。

今野支配人は組合の幹部たちと事態打開の協議を持った。今野が亮平に不承不承もらしたところによれば、組合もこの大量欠勤の理由を把握してはいないとのことだ。もちろん組合が何か指示を出したうえでの抗議行動やストライキなどではありえない。昨日のリカルドの通夜との関連にしても、組合幹部はむしろ否定的な意見だったという。

その後、今野はしばらくのあいだ自室にこもりきりで、方々に電話をかけまくっていた。会議室の隅で操業日報に目を通していた亮平にも、その姿が見て取れた。おそらく東京本社の各方面へ国際電話を入れていたのだろう。あるいはサンビセンテの町にも、かけねばならぬ相手が何人かいたのかもしれない。

やがて今野は自室から出てきて亮平に言った。

「フェリシアードとは、いずれきちんと契約することにした。それまで当面のあいだ、工場には立ち入らないよう伝えた」

感情の暴発をかろうじて抑えつけているかのような声音だった。本社からの回答を得たのだろう。彼自身が素直に承服しているようには見えなかった。倉持常務は、うまく応えてくれたようだ。

「フェリシアードは納得しましたか？」亮平は訊いた。

「おれがそう決めたんだ。あいつだって、従うしかない」

今野はズボンを引っ張り上げながら、自室へと戻っていった。

亮平も工場へと降りてみた。

工員の二割が休んでいる工場は、あらかたの活気が失せてしまったかのようだった。機械やモーターの音も間延びして聞こえる。慣れない作業まで分担させられているせいか、工員たちの動きも緩慢だった。蟻坂が計算したように、通常の七割の生産目標を達成できるかどうかも、微妙なところと見えた。

組立課のホセの作業場までやってきた。

ホセの姿は見当たらなかった。亮平はそばを通った班長に訊いてみた。

「休んでます」班長はぶっきらぼうに答えた。

工場をひとまわりしたあと、駐車場に出た。

白く陽光を照り返す駐車場には、十台ばかりの乗用車と、二台の工員輸送用バスが停まっていた。乗用車は日本人従業員と一部のフィリピン人幹部たちのものだ。自転車置き場も、空きが目立った。

ゲートの方向から、怒鳴り声のような声が聞こえてきた。目を向けると、ちょうどフェリシアードとガードマンがやりあっているところだった。ガードマンは、約束してくれたとおり、断固としてフェリシアードを突っぱねているようだ。今野から電話が入っていたにちがいないが、それでもフェリシアードは自らの威厳を試さずにはいられなかったのだろう。そのまま亮平が見ていると、フェリシアードは大きく腕を振りまわし、悪態をつきながら自動車に乗りこんだ。自動車はサンバードのようだ。青いサンバードはタイヤのきしみ音を上げてゲート前でUターンし、道を引き返していった。

フェリシアードの自動車にはどこかで見た覚えがあるように思ったが、それがどこであったかは思い出せなかった。

事務所に戻ると、また今野支配人が近寄ってきた。

「バグタングさんが、お前をご招待だそうだ。昼はバグタングさんの屋敷に行ってくれ」

「それはまた突然ですね」と亮平。

「だからなんだと言うんだ？　あの人はこの町の実力者だ。ほかに約束があるから断るとでも言うのか」

「参りますよ」昼休みのあいだに組合の幹部と話してみたかったが、それは後まわしにせざるをえまい。「でも、招待の理由はなんです？」

「知るか。しかし、本社から出張できた社員は、たいがい招待される」

「お昼を？」

「夜のときもある。急ぎでお前に会っておきたいのかもしれん」

「このジャケットにシャツでいいんですね」

「かまわん」

今野は壁に目をやった。亮平も壁の時計を見た。十一時五十分。

「屋敷は知っているか？　警察署の横を曲がって、並木道をまっすぐ行くんだ」

「わかってます」


招待の件は、門衛たちにもあらかじめ伝えられていたようだ。亮平の自動車は中をあらためられることもなく、門を抜けた。

舗装された道をゆっくりと進んだ。手入れの行き届いた明るい庭だった。芝生の何カ所かでスプリンクラーがまわっていた。木々の大きさを見るかぎり、人の半生くらいの時間で造られた庭ではないことがわかる。少なくとも熱帯樹の一生分ほどの長い時間がかけられているはずだ。

車寄せで自動車を停めると、白いシャツを着た男が駆け寄ってきた。

「どうぞ。ご案内いたします」

男のうしろについて、その白亜の屋敷の中に足を踏み入れた。廊下を進み、広いホールを抜けると、陽光さんざめく中庭だった。中庭と言っても、正面は裏手の庭に向かって開かれており、三方が建物に囲まれているだけだ。庭の中央に蓮《はす》の浮かぶ池があった。池の手前に純白のテントが張られており、その下にテーブルがしつらえられていた。テーブルに着いていた老人が立ち上がった。薄手の長袖《ながそで》のシャツを着た、小柄な男だった。髪は薄かったが、目も鼻も口も大づくりで、醜いと言えるほどの異相だった。遠い祖先のスペイン人の遺伝子が、奇妙な組み合わせでこの男の肉体に現出したのだろう。

男は亮平に手を差し出してきた。

「わたしがフランシスコ・バグタング。原田さんですな」英語だった。

「原田です。ご招待、ありがとうございます」

「ほんらいなら、ご都合をうかがうべきでしたがな。この町の旧家の当主として、いささかの我儘《わがまま》をお許し願いたい。さ、お坐《すわ》りください」

「結構なお屋敷です」と、亮平は世辞を口にした。招待の本意がわからない。多少緊張していた。

「八十年たつ屋敷です。曾祖父《そうそふ》が建てたものです。それまでは、一族の邸宅は川の少し下流にあったのですが、曾祖父が農園と屋敷とを分けたのですわ。もっとも、二度増築工事を行い、設備などは十年ほど前に一新しましたから、曾祖父が建てた当時のままと言うわけではありません」

「スペインふうと言うのですか」

「さまざまな様式の折衷ですな。全体的には、コロニアルでしょう」

若いウェイターが昼食を給仕してくれた。パンとザリガニのサラダ。ボイルしたソーセージ。生ハムとメロン。ポーク・ピカタ。貝とイカのソース煮。それに白ワイン。デザートはアボカドのシャーベットだった。フィリピンの料理はひと皿もなかった。

食事はフランシスコ・バグタングと亮平のふたりきりだった。ほかの家族は見えない。給仕と、いく人かの使用人のほかには、人の気配はまったく感じられなかった。屋敷の中にはいなかったのかもしれない。フランシスコが、そのように言い含めておいたのだろうか。

ふたりは建物や庭、町と周辺の地理など、あたりさわりのないことを話題にして昼食を終えた。相手は愛想のない、気むずかしげな老人だった。さしてうちとけた会食とはならなかった。

昼食が済むと、フランシスコはナプキンで口をぬぐって訊いてきた。

「また田島農機の工場の監査とうかがいました。あの工場で何かまずいことでも起きているのですか」

「製品の質が低下しているのです」と亮平は答えた。「その原因を探るためにやってきました」

「あの工場は、この町の誇りです。国会議員をやっているわたしの弟が誘致に動き、ようやくきていただいた工場だ。ひとごとではありません」

「原因が究明されれば、また質の高い製品が生産されるようになるでしょう。ご心配はご無用です」

「あの工場に、この町の住民の生活がかかっている。工員は四百人だが、その家族を入れると、三千人がタジマ・ファミリーというわけです。その三千人の購買力が、この町の経済活動の大きな支えとなっている。タジマには、引続きこの地での操業を続けていってもらいたいものです」

「事情はよく理解しているつもりです」

フランシスコ・バグタングが立ち上がった。亮平も椅子《いす》を立った。

フランシスコは中庭を突っ切って、建物の背後に広がる広大な庭園へと出ていった。ゴルフ・コースの一部と見まちがうほどに芝生の見事な、明るく広々とした庭だった。

「お国とは習俗も習慣もちがう。もちろん人の気質も、勤労観もね」フランシスコは歩きながら言った。「東京から見れば、工場のありかたには、さぞかし歯がゆいこと、首をかしげることばかり目立つでしょうな」

「サンビセンテの工場に、わが国のシステムをすべて押しつけるつもりはありません。可能なかぎりの現地化が、海外進出にあたっての我が社の方針です」

芝生の上に、白いクロスをかけた小さなテーブルがあった。ひとり、若い男がそばに立っている。近づいてゆくと、テーブルの上に一梃《ちょう》の散弾銃が置かれているのがわかった。それに弾丸を入れた赤い箱。

フランシスコはテーブルに近づいて銃を取り上げた。トラップ用の上下二連銃だった。

フランシスコは慣れた手つきで薬包をつめ、構えた。

フランシスコがそばの若い男にうなずくと、男は庭の奥、灌木《かんぼく》の茂みの方向に手を振った。直後、茂みの陰からクレーが飛び出してきた。亮平の耳もとで銃声がひとつ。クレーは青空に砕け散った。

フランシスコは言った。

「わたしが田島農機の事業や運営に口を出す権利はないのだが、どうでしょう、原田さん、少し長い目で見てやってはいただけませんか。目の前の瑣末《さまつ》な瑕《きず》を見て大局を見失われることのなきよう、切にお願いしたいものです」

また銃声。クレーは砕片となって庭の向うに散った。

フランシスコは空の薬包を取り出し、新しい薬包を装塡《そうてん》しなおした。

「少しの時間をいただけるなら、工場の事態もやがて収まりましょう。あの暗殺事件以来、国内が何か騒然とした落ち着かない雰囲気にあることは確かだが、もうじき大統領選挙だ。現大統領が圧倒的な信任を得て再選される。やがてこのざわついた空気もおさまります。撤退や操業停止を予定に入れることはありません」

「そこまでは考えておりません」

銃声。三つめのクレーもきれいに飛び散った。

フランシスコは散弾銃を亮平に手渡してきた。

亮平は受け取って正面を向き、構えた。もう一発、薬包は残っている。

フランシスコが横で男に合図したようだ。

クレーが空に飛び出してきた。

短く追って、引き金を引いた。クレーは砕かれ、空に散って消えた。

「射撃の経験がおありですかな?」と、意外そうにフランシスコが訊いてきた。

「学生時代に、合衆国の北東部で鴨《かも》を撃ったことがあります」銃を返しながら、亮平は言った。「サンビセンテの工場をどうするか、それを決めるのは役員会です。わたしの仕事は、役員会に対して正確で詳細な報告を提出することです。報告の匙《さじ》加減をするようなことは、できません」

フランシスコは再び銃を受け取り、また新しく二発の薬包を装塡した。ほとんど間を置かずにクレーが飛んだ。ひとつ目に命中し、すぐ次のクレーも空で砕け散った。

フランシスコは、クレーの消えた空に目を向けたまま言った。

「正直は必ずしも美徳ではありません。率直すぎることも、堅すぎることも。なにごとにも、いくらかのゆとりが必要なのではありませんかな。自動車のハンドルのように。あるいは、この銃の引き金のように」

この町では正直は必ずしも美徳ではない。確かノーマも似たようなことを言っていた。

亮平は言った。

「美徳を追求しているつもりはないのです。誠実さ、率直さは、わたしの仕事の必要欠くべからざる属性なのです。それを失えば、わたしの仕事は価値を持たなくなる」

「ご立派なお方だ」フランシスコは亮平に向き直った。左右非対称のフランシスコの目に、強い輝きが生まれていた。「四十年ほど前、あなたのような日本人を存じあげておりました。この地方に駐屯していた日本陸軍の将校でした。謹厳で、真面目、誠実、そして残忍な男でしたな」

黙っていると、フランシスコは銃を左手に持ち替え、右手を差し出してきた。

「楽しい昼食だった。原田さん、また近いうちにお目にかかりたいものです。お送りしませんが、帰り道はおわかりになりますな」

「ご招待、ありがとうございました」

亮平は振り返って、芝生の上をゆっくりと屋敷をめざした。背後で銃が折られる音がした。フランシスコが空の薬包を取り出そうとしているのだろう。ついでにもう二発、新しい薬包をこめるのかもしれない。カチリ、と銃身が再び銃床に正しく装着された音。

亮平は歩みを止めずに歩き続けた。心臓が縮んでゆくのがわかった。平衡感覚がおかしくなったようだ。自分は直立しているだろうか。

銃声。

なお足を運んだ。中庭の敷石まで、あと十歩ばかり。そこから屋敷への入り口までは、ほんの十五メートルだ。

また銃声。轟音《ごうおん》が長く余韻を残して、空に吸いこまれていった。

豚の首のつぎには散弾。三つめの警告はどんな形をとるのだろう。

敷石に足がかかった。亮平はテラスに上がって振り返った。予想していたとおり、フランシスコはこちらに身体を向けていた。散弾銃は芝の地面を向いている。亮平は皮肉っぽく一礼して、その中庭を大股《おおまた》で抜けた。

並木道を戻って国道へ出ようとしたとき、目の前の国道を警報器を鳴らして消防自動車が通過していった。四輪駆動車に放水設備を備えた小型の消防車だった。南方向、サンビセンテ・インやサンビセンテ橋の方向に向かっていた。

交差点左手の警察署からも、一台の警察車が急発進していった。消防車を追っていったようだ。建物の中から、エスピノス巡査長が飛び出してきた。エスピノスは亮平に気づくと、小さく頭を下げた。

亮平は警察署の駐車場に乗り入れ、自動車から降りてエスピノスに訊ねた。

「火事か?」

「ああ」エドガルド・エスピノスは、一台の警察車に乗りこみながら答えた。「マコパで、スラムが燃えてる。フェリシアードの手下が火をつけたらしい」

「フェリシアードの手下が? どうして?」

「連中、タジマの工員たちの狩り出しにかかってたんだ。そのトラブルだろう。余計なことをしやがる。昼には教会前でも、リカルドの葬儀に出ようとした工員と、フェリシアードの手下とがもめているんだ」

エスピノスは、話はこれまでと言うように手を振った。警察車は先の一台を追って国道へ飛び出していった。

亮平も自分の自動車でエスピノスのあとを追った。工員の狩り出し。荒っぽい手を使うものだ。なるほど、今野支配人は、こんなときのためにあのヤクザを抱えこんでいたというわけだ。

燃えていたのは、川に近い労働者街の一角だった。つぎはぎの粗末な住宅が盛んに炎を上げている。黒煙が空に立ち昇っていた。

消防車はすぐに放水にかかったが、どうみても火勢のほうがまさっている。一部の消防隊員は、周辺のバラックを取り壊しにかかっていた。延焼を防ごうとしているようだ。

多くの住民たちが火事を取り巻いている。泣き叫ぶ女たちもいた。茫然《ぼうぜん》と立ち尽くす男、怒りにふるえている青年たち。エスピノス巡査長が人ごみの中をかき分けていって、やがて腕が入れ墨だらけの青年を引っ張り出してきた。フェリシアードの手下のひとりのようだ。

入れ墨の青年はふて腐れたように腕を振り回し、エスピノスに抵抗していた。エスピノスはしばらく青年に好きなだけ暴れさせておいて、最後に警棒を青年の腹にたたきこんだ。青年は嗚咽《おえつ》のような声を上げてその場にへたりこんだ。

火事から離れた一角で、また騒ぎが持ち上がっていた。住民たちが大勢駆けている。亮平もその騒ぎの現場へ駆けつけてみた。

ふたりの男が、ひとりの青年をいたぶっているところだった。青年は地面に膝《ひざ》をつき、顔を両手で覆って、何ごとか叫んでいる。ふたりの、みるからにくずれた印象の男が、青年の横腹や尻《しり》を何度も蹴《け》り上げていた。彼らもまた何ごとか叫んでいるが、内容は聞き取れない。タガログ語なのだろう。

青年がいったん地面に転がったとき、顔がわかった。ホセだった。

「ホセ！」

亮平は飛び出していって、ひとりの男に足払いをかけた。男は不意の攻撃に無防備だった。なんなく倒れて、泥の上に尻をついた。

もうひとりの男がこれを見て、亮平に殴りかかってきた。亮平はその腕をはね上げて、右手を勢いよく繰り出した。男の鼻から血が飛び散った。ひるんだところで、みぞおちにひとつ。さらに股間《こかん》を蹴り上げた。その男は、大木でも倒れるように時間をかけて、地面にのめりこんでいった。

最初の男が立ち上がり、後ろから飛びかかってきた。避ける余裕がなかった。男は亮平の首を締め上げてくる。肘《ひじ》で男の顔を撃とうとしたが、男のほうが優位な体勢だった。熱い、魚臭い吐息が吹きかかった。亮平は身体をいったん縮め、足で男の向う脛《ずね》を狙《ねら》った。男が右足を引いた。腰も引けたようだ。すかさずもう一度肘を使った。男は亮平を離した。振り返って、男のあごに容赦ない一発をたたきこんだ。拳《こぶし》に何か堅いものが崩れる感触があった。男はあごをおさえて、その場にうずくまった。

亮平はホセに駆け寄って抱き起こした。

「どうしたんだ、ホセ。どうしてこんなことに？」

「ぼくは」ホセは泣きじゃくるように言った。「みせしめなんだ。みせしめになったんだ」

「どうして？　何の？」

「あんたと話したから。あんたに仕事を替えられたから。きょう、リカルドの葬式に出るのに、工場を休んだからだ」

「病院に行こう、ホセ」

「いやだ。もう放っておいてくれ」

「しかし」

「いやだ！」

取り囲んでいた住民たちが、ホセのそばに寄ってきた。数人の女たちがホセに手を貸し、スラム街の奥に連れてゆこうとする。亮平がついていこうとすると、何人もの男たちがそれを押し止めた。みんな無言だった。無言だったが、拒絶の意思は堅く明白だった。


工場に戻り着いたのは、午後二時をまわった時刻だった。

ラインはすべて停まっていた。何の機械の音も、モーター音もしない。工員たちは職場ごとに集められ、班長やその他の職制たちの言葉を聞いていた。叱責《しっせき》されているようにも見える。職制たちの表情には、焦慮めいた色がにじんでいた。午前中の応急処置は、うまく機能しなかったのだろう。フェリシアード一味の工員狩り出しも、功を奏さなかったようだ。

蟻坂工場長が青ざめた顔で通路を駆けてきた。

「きょうは、操業中止ですか」

蟻坂は立ち止まり、首を振って溜息《ためいき》をついた。

「みんな不慣れな作業を手伝ってるんで、とてもまともに動く状態じゃないんだ。割り振りをやり直しさせてます」

「フェリシアードたちが、欠勤の工員たちを狩り出しにかかっていましたよ。無理やり、工場に追い立てようとしていた」

「支配人の指示なんでしょう。こんなときに働いてくれなきゃ、大金を払ってる意味がない」

「大金？」亮平は不思議に思って訊いた。「彼とは何の契約もないとのことでしたよ。フェリシアードはボランティアでやっているんだと」

「あの男がただ働きなんてするか」蟻坂はふいに何事か思い出したようだ。「いや、べつに工場が金を出してるわけじゃありませんが」

「じゃあ、誰が？」

「よくは知りません」

「金ももらわずに、あんな無法をやるというのも妙だ。彼らは家に火をつけ、一部の工員をリンチにかけていたんだ」

「わたしの責任範囲じゃないんですよ」

蟻坂はまた通路を工場の奥に駆けて行った。

事務室に入ると、亮平はネリーを呼んで訊ねた。

「工場の経理元帳を見たいんだが、出してくれるか」

「プリントアウトしたものを見たい？」ネリーは、ベテランの事務員らしい甘えのない口調で訊いた。「それとも、ディスプレイで見る？」

「空いている端末があれば、貸してもらえるかな」

「きょう、休んでる子がいるの。その子の端末を使えばいいわ」

「フロッピー・ディスクを用意してくれ」

「すぐに」

そう答えながらも、ネリーは亮平のそばに立ったままだった。じっと亮平の顔を見つめている。

「どうかしたか？」

「救急箱も持ってきましょうか。血が出ている。シャツも裂けてるわ」

亮平は自分の両手を広げてみた。なるほど、乾いた血があちこちにこびりついている。かすかに疼痛《とうつう》があるところをみると、顔にも外傷や内出血の徴候が出ているにちがいない。

「頼む、ネリー」亮平はうなずいた。「それに、清潔なタオルを頼む」

亮平はその午後いっぱい、数字の列に没頭した。

一度だけ、疲れた目を休めるため、工場のフロアに降りてみた。蟻坂と出会ったので、ひとつ気になることを訊いてみた。

「サンビセンテ友愛協会って、いったいなんです?」

蟻坂は、なぜ亮平がそんなことに興味を持つのかわからないといった表情で答えた。

「慈善団体ですよ。ライオンズ・クラブみたいなものです」

「与党KBLの大衆組織という話も聞きましたが」

「ま、こういう国ですから、多少与党寄りということはあるでしょうね」

「タジマの社員はほとんど入っているとか」

「そうだと思いますよ。わたしも会員ですし、支配人は副会長を務めてる」

「会長は誰なんです?」

「フランシスコ・バグタング」

「事務局はどこにあるんですか」

「町の商工会館の中です」

「会費の給料天引きというのは、その事務局の要請ですかね」

「そこまではわかりません。社員の代表と話して決めたことじゃありませんか」

蟻坂は課長のひとりに呼ばれて、小走りに立ち去っていった。


けっきょくその日、工場は事実上、休業と変わるところはなかった。ふだんの日の七十パーセントの生産量を目標にしたが、結果はこれにはるかに及ばなかった。塗装部門が休んだため、明日は一部に欠ける部品が出てくる。もし工員たちの出勤率が平均まで回復したとしても、目標生産量はさらに減ることになる。

五時になり、亮平がディスプレイの電源を切って立ち上がると、今野が近づいてきた。

「今夜七時に、うちで対策会議を開く。出席してくれ」

「なんの対策会議です？」亮平はとぼけて訊ねた。

「この状態だ。工員の山猫スト。こいつにどう対処するかだ」

「フェリシアードが狩り出しにかかってましたよ。効果はあったんですか」

「あいつの手下が、スラムで放火までやりやがった。逆効果だったようだ。明日もこの状態は続くだろう」

「わたしが出て、どうなるんです」

「実態調査をしたんだろう？　だったら、有益な助言でももらえるんではないかと思ってな」

その義理はない、と言いたいところだったが、亮平は承諾した。今野はたぶん、責任を分散させようという腹なのだろう。何を決めるにせよ、その場に本社派遣の担当者を出席させ、手続き上本社の意向を入れて決定したという形にしたいのだ。

「うかがいますよ。ほかの出席者は誰々です？」

「蟻坂、警察から誰かひとり、それにフェリシアード」

「フェリシアードが必要なんですか」

「やつは工員たちに影響力を持ってるんだ。たとえ社員ではなくても、呼んだほうがいいんだ」

「警察から、というのはなぜです」

「違法ストの取締りは警察の仕事だ」

「組合のほうは？」

「組合は今夜、委員会を開くそうだ。連中は連中で忙しい」

町は妙にざわついた雰囲気だった。

教会の前には、昨日以上の人だかりがある。そこここで輪になり論じ合う住民の姿があった。不安げな、あるいは腹立たしげな顔で広場にたむろする男女も目立つ。マコパ地区での放火は、被害がそうとうに広がったのだろうか。あるいはリカルドの葬儀の続きでもあるのか。なんであれ、このどこか騒然とした空気の源泉となっているのは、田島農機のサンビセンテ工場だった。それは確実だ。

サンビセンテ・インに帰ると、ノーマがキーを渡しながら言ってきた。

「きょうは火事騒ぎがあったわ。知ってる？」

「行った」亮平はキーを受け取って応える。「フェリシアードの手下たちがやった。あの火事で怪我人なんかは出ていないのか」

「いないと思う。でも、タジマの工員のふた家族が焼け出されたそうよ」

「ひどいことがあるものだな」

「それが通用する町なのよ。もっとも、さすがにきょうは警察も、ゴロツキをひとり捕まえたそうだけど」

「見た。でもあれは、かたちばかりのものなんだろう」

「放火は重大犯罪だわ。かたちだけってことはないでしょうけど」

「フェリシアードと警察は、もっと強く結びついているのかと思ってた。ということは、連中は必ずしも一枚岩というわけじゃないんだな。少なくとも、警察が黙認してやったことじゃない」

「そうよ。どちらもタジマにどれだけ貢献できるかを競い合ってるのよ。競争し合ってるだけじゃない。ときにはきょうみたいに、ちょっとぶつかることもある」

「競い合って、どうする？」

「バグタングさんの覚えがよくなる。もしかすると、タジマからお金が動くのかもしれない。前の警察署長は、去年サンフェルナンドに大きな屋敷を新築したそうよ。給料と住民からの賄賂《わいろ》だけじゃ、あの屋敷は建たなかったと思うわ」

「タジマでは、そんな名目の金は動いていないようだが」

「じゃあ訊くけど、この町で大金を動かせるのは、いったいどことどこなの？」

「なるほどね」亮平はうなずいた。「それは一理ある。ところで、一時間後に夕食にしたい。用意を頼む」

「注文は？」

「まかせる」

亮平は部屋に戻ってバスをつかった。

今野支配人の家に到着したとき、ちょうど蟻坂工場長も門の前にきたところだった。彼は一軒おいて隣りの住まいから、自分のトヨタを運転してきていた。

門の脇には警察車が停まっていた。リカルドに続く闖入者《ちんにゅうしゃ》を警戒しているのだろう。庭に入ろうとすると、警官がひとり、運転する亮平の顔をのぞきこんできた。亮平も知っている警官だった。チコ、という名だったたか。二日前、亮平の脇《わき》の下に警棒を突き上げてきた男だ。

庭に自動車を停めて降りると、蟻坂も自動車から慎重に身体を降ろしてきた。何かを恐れているかのようだ。あたりに用心深く目をやっている。

「何をびくついてるんです？」亮平は訊ねた。「たった五十メートルの距離を、何も自動車に乗らなくたって」

「だって、この二、三日のことを考えたら、何があるかわかりませんよ」蟻坂はシャツの上から胸のあたりを押さえている。「こんなところで死にたくはありませんからね」

亮平はシャツの隙間から見えた黒い品物に目をとめ、訊ねた「拳銃ですか？」

「ああ、これね」

「使えるんですか」

「いざとなったら、使いますよ。ときどき射撃場に通って練習してるんです。外国企業の要人がよく誘拐されたり、襲われたりする国ですからね。この国で働く者の、必須のたしなみですよ」

亮平は感心したようにうなずいてみせ、べつのことを質問してみた。

「お宅で使っているメイドはなんと言う名前でしたっけ？」

「うちのメイド？　リーナですが」

「住みこみですか」

「いえ、通いです」

「アポストリという娘は？」

「ああ、あの娘はうちの女中部屋にいます」

「メイドですか」

蟻坂は少し言いよどんだ。「まあ、そのようなものです」

事情がのみこめてきた。

亮平たちは並んで支配人の屋敷へと足を踏み入れた。

リビングルームでは、今野支配人とエスピノス巡査長が、ほかの出席者の到着を待っていた。

亮平は時計を見た。午後七時三分前。あとフェリシアードがくれば、出席者はすべて揃《そろ》うことになる。

小さなテーブルを中心に、五つのソファが配置されている。とはいえ、膝を突き合わせることになるほどの親密さは、この場には要求されていないのだろう。ソファはそれそれが背後の壁に接するように、いわばテーブルからできるだけ遠ざけられて置かれていた。今野は、あるいは今夜、つかみあいや唾《つば》を飛ばしての口論となることを予測しているのかもしれなかった。

亮平がソファに着くと、今野が言った。

「うれしそうだな」

「べつに」亮平は応えた。頰《ほお》は確かにゆるんでいたかもしれない。「思いもかけない動きなのでね、少々興奮しているだけです」

蟻坂は憔悴《しょうすい》しているように見える。頰から血の気が失せていた。落ち着かない様子で、ソファの肘かけの端を指でたたいていた。

エスピノスは、警察を代表してやってきたのだろう。制服姿で、腰には拳銃をさげたままだ。勤務中なのかもしれない。口をへの字にまげていた。

ドアの外で使用人のアビトの声がした。最後の出席者が到着したようだ。

すぐにフェリシアードがリビングルームに現れた。Tシャツの上にオレンジ色のシャツをひっかけている。かなりいきりたっているようだ。シャツの下に革のベルトが見えた。拳銃のホルスターだった。この男も事態を深刻に受けとめているというわけだ。

「どういうことだ、エスピノス」フェリシアードは、ソファに腰をおろすなり言った。

「フィデルをすぐに釈放しろ。逮捕される理由はない」

「やりすぎだよ、フェリシアード」エスピノスが応えた。「スラムとはいえ、人が住んでいる家に火を放ったんだ。重罪だよ」

「火事はてちがいだよ。放火したんじゃない。それにおれたちはやるべきことをやってるんだ。おれたちが出ていかなきゃ、誰が工員たちを工場に引きずりだせるんだ？　エスピノス、お前たち警察が、工員たちをうまく扱えるのか」

「いつもこんな手が通用するとはかぎらない。それに、投票日も近いんだ。いまあんな無法をやられては、選挙の結果に悪影響がでる。バグタングさんは、大統領に十割の得票率をプレゼントするつもりなんだからな。八割じゃない。九割でもない。十割の信任得票率を贈るつもりなんだ」

「選挙なんか知ったことか。とにかく工員を工場まで追い立てなきゃならないんだ」

「うまくいかなかったんだろう。このままでは、明日も山猫ストは続くよ。いや、参加者はもっと増えるかもしれん。へたをすると、またＰＮＬＯのオルグがやってくる。支配人が一番おそれてる、本格的な労働争議が始まるかもしれん」

「忘れるな。お前たちはこのところ、昼寝ばかりだった。ＰＮＬＯのマクティガスとかいう男のことも、片をつけたのは警察じゃないんだ」

亮平は横目でフェリシアードの顔を見た。

エスピノスも軽い驚きを見せた。「あれは、お前たちだったのか？」

「そこまでは言ってないがね。それに今度のことも、もともとはリカルドを撃ち殺したことが原因だ。警察が種をまいたんだよ」

「工場の中で工員たちに規律を守らせるのは、お前の役目だったはずだ。こそ泥なんかが出ないよう、お前がしっかり監督していなければならなかったんだ」

「ヤスリ一本のことで、警察にそう言われる筋合はない。いずれにせよ、手下は今夜じゅうに釈放してくれ」

「できないよ、フェリシアード。署長はやつを送検するつもりだよ」

「そうなると、おれの配下の連中は黙っちゃいないぜ。たとえ警察が相手だろうとな。ここで騒ぎを大きくしたいのか。バグタングさんは、それを喜ばないだろうな」

「バグタングさんがどっちの言い分を取るかははっきりしている。タジマに迷惑をかけるな、それがバグタングさんの出す唯一の指示だよ」

やっと今野支配人が割って入った。

「そろそろ、よすんだ。それより、事態をこれからどう収めるかだ」

ふたりは不承不承、口をつぐんだ。

今野は双方の顔を交互に見ながら言った。

「無断欠勤も、山猫ストも、第二組合も、みんなもってのほかだ。とにかく工員を工場まで引っ張り出さなきゃならん。エスピノス、あんたは当分、よそ者を見張ってくれ。

マニラあたりからくるオルグは、どんな理由をつけたっていい。この町から退去させるんだ。小さなトラブルも警戒してほしい。ましてや、この家に頭のおかしい工員なんかを近づけるな。警備を強化してもらうが、いいな」

「承知してますよ」と、エスピノスは答えた。

「フェリシアード、お前もだ」と、今野。

フェリシアードは不敵な笑みを見せた。

「息のかかってる工員には、絶対無断欠勤などさせるな。締め上げてやれ。組合は今夜、こういう欠勤を山猫ストと認め、参加者には除名をもって臨むと決議するそうだ。うちはユニオン・ショップ協約は結んでいないが、非組合員の待遇がどんなものかは、みんな知ってる。欠勤はたちまち減るだろう。フェリシアード、お前は工員たちに、無断欠勤がどれだけ高いものにつくか、よく教えてやるんだ」

今野の口調は、まるで工場の部下に対するそれであった。亮平には、今野がなぜこの場でこれほど使用者然として振る舞うことができるのか、不思議だった。警察は独立した官僚機構であり、またフェリシアードとは一片の雇用契約もないというのに。

フェリシアードが言った。「おれは、入構を拒否されているんですよ」

「外を頼むということだ」

「もとに戻してください」

「新しく契約するまでは無理だ。本社の指示なんだ」

「あんたの権限でできるはずだ」

「いましばらくはできん」

「工場長」フェリシアードは蟻坂に顔を向けた。「あんたの意見はどうなんだ？　工場におれがいなくても、やっていけるのか」

蟻坂は一瞬ためらってから答えた。「もちろん」

「もちろん？　もちろんできると言ったのか」

「いや、つまり」

「どっちなんだ？　蟻坂」と今野。

「むずかしい問題です」蟻坂は頭をかいた。「ふだんなら、べつになんともないが、こんな事態になると、わたしだけではちょっと手に負えない」

「工場長、おれを締め出しておいて、それでやっていけるか。それ以上のトラブルを抱えこむことにならないか。フィリピン人にはフィリピン人の規律がある。それを知らずに、昨日のように日本人が工場の中をいじくりだすと、トラブルはもっと大きくなるんだ。それでもいいのか？」

「わかってる、フェリシアード」

「おれはあんたを助けてやろうとしてるんだよ。はっきり言いなよ」

出番のようだな、と亮平は判断した。このまま、暴力団の幹部会議めいたやりとりを続けさせておくわけにはいかない。どこかで、まともな市民社会の話合いに切り替えねばならないのだ。それにはまず、この中ではもっとも単純なヤクザ、このフェリシアードという男を排除するところから始めなければならない。

「蟻坂さん」と亮平は言った。「フェリシアードを切りなさい。遠慮することはない。こいつが言ってるのは、取るに足らないことだ。工場の管理は、あんたでも十分できるよ。しなきゃあ、ならない」

「このチキンにそんなことができるか」フェリシアードはせせら笑った。「日本では知らんが、血の気の多い若い連中を、この男が扱えるものか。このサンビセンテの町で、銀縁眼鏡をかけた男に工場のマネージャーはつとまらないよ。いまだって、この男の指示なんか鼻も引っかけられていないんだ」

「それは言い過ぎじゃないか」と蟻坂が弱々しく抗議した。

亮平は蟻坂をうながした。

「工場長、早く言ってやりなさい。この男は工場には必要がないんだと。この男のやりかたでは、もう工場は機能しないんだと」

「でも……」

「おれを切れるものか」とフェリシアード。

「蟻坂さん」亮平は言った。「あんたがこいつを切らなきゃならない理由はまだある。こいつを遠ざけなきゃならない理由があるんだ。こいつがどうしてこれほどこの場で強気になるか、わかりませんか。この色男が」

「どういう意味です、それは？」

フェリシアードも不思議そうに首を傾けた。

亮平は言った。

「この男に、一昨日の日曜日、午後にどこにいたかを訊いてみなさい」

「日曜？」と蟻坂。

「そう。あの日の午後、どこにいたか」

「お前、何を言い出す？」フェリシアードが亮平に向き直った。「そんなことが、どう関係あるんだ？」

「二日前の午後、お前はあの青いサンバードでどこの家を訪ねた？　言ってみろ、フェリシアード」

「おれは」

「どこだ？」

「何を言われてるのか、わからん」フェリシアードは首を振った。額に汗がにじみ出ている。

「わかってるはずだ。お前はあの日曜の午後に」

「待て。誤解だ。勘ちがいだ」

「じゃあ、どこにいた。二日前の午後、お前の青い自動車は、どこの家の庭に停まっていたんだ？」

「勘ちがいだ。おれはあのとき」

「どこの家を訪ねていた？」

今野がようやく聞き取れる程度の声でつぶやいた。

「おれたちが、ゴルフに行っていたときだ……」

亮平は今野の表情を確かめた。期待どおりだった。今野は目をむき、口を半開きにしてフェリシアードを凝視している。血が昇っているのだろう。額も頬も真っ赤に染まっていた。

ふいにリビングルームのドアが開いた。

みな一斉にドアに目をやった。まるで男たちの身体の内側で、バネがはじけたかのような反応だった。全員がびくつき、驚愕《きょうがく》していた。

立っていたのは美恵子だ。集まった男たちの表情にとまどいを見せている。

「宴会じゃなかったの？」美恵子はドアに手をかけたまま、蟻坂に向かって言った。

「いまマニラから帰ったの。姿が見えないんで、またお客さまかと思って飛んできたのよ。ご接待のお手伝いをしようと思って」

　蟻坂が美恵子に言った。

「仕事の話なんだ。出ていってくれ」

「いつものことでしょう。お酒、用意しましょうか」

「頼みます、奥さん」亮平が言った。

　蟻坂が亮平に目をむいてきた。抗議の意味がこめられていたようだ。亮平は黙殺した。

　美恵子はサイドボードに近寄り、グラスやアイスペールの支度を始めた。

「答えをまだ聞いていないぜ」と、亮平は話題を引き戻した。「フェリシアード。お前はどうして支配人や工場長にそんなに強気になれるんだ？　え、あの日のようなことが、あるせいか？　だからお前は、工場であれほど好き放題に振る舞えるのか？　答えろよ、あの午後、どこにいたのか」

「勘繰りすぎだぜ」

「おれが、何を勘繰ってると言うんだ？」

「おれはただ」言いながら、今野を横目で見る。

「続けろ。あの日曜の午後に、お前はどこにいたのか、それを言ってみろ。工場長の判断も、それ次第で変わってくると思うぜ」

　フェリシアードは亮平をにらんだまま、黙りこんだ。

蟻坂がつぶやいた。「そうか。あの日、そういうことか」その顔はすっかり青ざめている。

蟻坂はそばの美恵子に目をやり、それからもう一度視線をフェリシアードに戻した。

蟻坂はもう一度言った。「そうか。フェリシアード、そういうことか」

ほかの男たちは固唾《かたず》を飲んだ。息苦しい沈黙が、そのリビングルームを支配した。

美恵子は手を止めていた。サイドボードの脇に立ち、やりとりを注視している。好奇心に満ちた目の色だった。口もとには皮肉な笑みさえ浮かんでいたかもしれない。何が話題になっているのか、もう理解している表情だった。

亮平は言った。

「答えろ、フェリシアード」

蟻坂がシャツの下からそっと拳銃を抜き出した。銃身の短いリボルバーだった。一座の空気は凍りついた。

「待て。話を聞け！」フェリシアードの手も脇の下に伸びた。

「おれがチキンだって？」と蟻坂。「どういう意味だ、フェリシアード」

「待って！」美恵子が叫んだ。「あなた、そんな！」

その声が引き金だった。フェリシアードは素早い動作で、脇の下のホルスターから小型の自動銃を抜き出した。

エスピノス巡査長が立ち上がった。「待て！」

蟻坂の拳銃が火を噴いた。リビングルームに轟音が響き、硝煙が部屋に拡散した。亮平は一瞬、飛び散る血の飛沫《しぶき》さえ目にとめた。

美恵子が悲鳴を上げた。エスピノスは蟻坂に飛びかかった。蟻坂の身体がソファごとうしろへひっくり返った。エスピノスも床に転がりながら、蟻坂から拳銃を奪い取った。

悲鳴が続いている。亮平は美恵子に駆け寄ってその肩を押さえた。美恵子は激しくもがいた。恐慌《きょうこう》をきたしていた。亮平は美恵子の身体を揺すると、頬を強く張った。悲鳴が途切れた。亮平は美恵子の口をおさえ、その肩を抱いて、眼前のできごとから美恵子の目をそらした。

フェリシアードは自分のソファでぐったりしている。拳銃を持った腕が力なく垂れさがっていた。シャツの胸に赤いしみが広がってゆく。心臓のあたりの筋肉だけが、小さく痙攣《けいれん》していた。

今野は巨体をソファに沈めたまま、茫然と口を開けていた。腰でも抜かしたのかもしれない。

蟻坂はカーペットの床にへたりこんでいる。今野同様に口を開け、正面のフェリシアードに目を向けていた。自分の見ているものが何か、わかってはいないかのような目の色だった。

エスピノスは床から立ち上がると、フェリシアードに近寄り、その身体を調べた。

「だめだ」誰にともなく、エスピノスは言った。「助からない」

エスピノスは数歩あとじさってから、フェリシアードの背後の壁に向けて無造作に拳銃を発射した。蟻坂の持っていた拳銃だ。短く続けてふたつ、乾いた破裂音が響いた。

弾丸の一発は壁の朱竹画に当たった。ガラスが弾け飛んだ。もう一発は漆喰《しっくい》の壁にめりこんだ。

その二発の銃声で立ち直った。

亮平はエスピノスに訊ねた。

「何をやったんだ？」

エスピノスは、醒《さ》めた目を亮平に向けた。

「細工さ。こうも見事に決まってるんだ。工場長は、このままでは最初から殺意があったと見られてしまう。こうしておけば、素人が無茶苦茶に発砲したうちの一発が、運悪く当たってしまったことになるだろう」

亮平は美恵子をうながし、部屋の隅のスツールに腰をおろさせた。

美恵子は嗚咽しながら言っていた。

「どうして？　どうして確かめてくれないの？　どうしてわたしに訊いてくれないの？」

「落ち着いて、奥さん」

「わたしが信じられなかったの？　確かめるまでもないと思ったの？」

廊下で靴音が響いた。

「チーフ！」と叫ぶ声。表で警戒にあたっていたチコだろう。

ドアが勢いよく開けられた。

チコが拳銃をかまえて飛びこんできた。チコは室内の光景に顔色を変え、足を止めた。

「チコ」とエスピノスは若い警官に言った。「フェリシアードが拳銃を持っていたのに、中に入れたのか？」

「そのまま通してしまいました」チコはフェリシアードの死体から目を離さずに答えた。「お客だと思ったものですから」

「こいつは、蟻坂さんを撃とうとした。蟻坂さんの正当防衛だ。署に連絡しろ」エスピノスは蟻坂と美恵子に目をやって、つけ加えた。「医者も必要だな」

「はい」

チコは拳銃をホルスターに収めると、表へ駆け戻っていった。

警察署から駆けつけたのは、署長のサンチアゴだった。

まだ若い警察署長で、歳はせいぜい二十七、八。長身、細面《ほそおもて》で、フィリピン訛《なまり》のないアメリカ英語を話した。おそらくエリート官僚なのだろう。いまは田舎町の警察署で、本省に復帰するまでの修業中といったところか。

　サンチアゴ署長は、現場を見ても冷静さを失わなかった。現場の封鎖と写真撮影を指示し、その場に居合わせた関係者全員を調理場へと集めた。

「一部始終を見ていたそうだな？」サンチアゴ署長がエスピノス巡査長に訊ねた。

「ええ。目の前で発生しました」エスピノスはかしこまって答えた。

「経緯を簡潔に聞かせてくれないか」

　調理場の隅で、エスピノスが署長に説明し始めた。エスピノスはこう言っていた。

　工場の管理をめぐる問題で、蟻坂工場長とフェリシアードが口論となった。フェリシアードは工場内への立ち入り禁止の処置に不満を抱いていたようで、最初から喧嘩《けんか》ごしだった。脅迫の意思があったのかもしれない。拳銃を携帯してきていたことが、その証左とも言える。口論の果て、ついに激昂《げっこう》したフェリシアードが先に拳銃を持ち出した。恐怖にかられた蟻坂も拳銃を抜き、乱射した。その結果、一発の弾丸がフェリシアードの心臓を撃ち抜き、フェリシアードは即死した……。

　聞き終えると、署長は一同に言った。

「州警察の本部から捜査員がきます。明日朝から、関係者全員の事情聴取が始まるでしょう。関係者は所在を警察に明らかにしておいてください。けっして町を離れることがないよう、ご協力をお願いします」

「蟻坂はどうなります？」と、今野が訊ねた。

蟻坂自身は、キチンの隅で茫然自失の態だ。椅子に浅く腰をおろし、何ごとか意味の取れぬ言葉をつぶやいている。美恵子が泣きながら蟻坂の背をさすっていた。

「留置する」と署長は答えた。

今野は抗議したが、サンチアゴ署長は取り合わなかった。

「お国では」と、署長は皮肉っぽく言った。「我が同胞は、それほど鄭重《ていちょう》に取り扱われているのですかな」

今野は食い下がった。「しかし、現場にいたエスピノス巡査長も、あれは明らかに正当防衛だと」

「そのとおりであれば、明日の取調べのあと、すぐ釈放されるでしょう。いいですか、この留置は蟻坂氏の身柄を保護するためでもあるのです。ご理解ください」

エスピノスが横から言った。

「署長、いま留置場には、フェリシアード一味のフィデルが入っています。工場長と一緒ではまずいのでは」

「そうか」署長はエスピノスの肩をたたいて言った。「そのとおりだ。役場の建物の地下室は使えないかな。警備員が寝泊まりする部屋があったろう」

「警備はどういたしますか」

「若いのをひとり配置してくれ。どっちみち、一日二日の処置だ。それで十分だろう。逃亡の恐れはないと、こちらの支配人も先程保証してくれた」

医師による検死がすむと、フェリシアードの遺体は救急車で運び出されていった。三十二口径の弾丸が心臓を貫いていた。失血死というよりは、ショック死だろうとの医師の判断だった。

蟻坂は鎮静剤を注射され、若い警官に連れられて屋敷を出ていった。美恵子にも注射が打たれたが、彼女は自宅に帰されることになった。署長は蟻坂宅の警備をひとりの警官に指示した。

「さて」署長は言った。「たいへんなことになりましたが、すべては明日からのことです。お引き取りいただいてけっこうです」

亮平が玄関ホールへ出ると、そこに今野が立っていた。亮平が出てくるのを待ちかまえていたのかもしれない。巨体が悪寒でもするかのように震えていた。この男にとっても、事態がかなりの衝撃であったことはまちがいないようだ。

今野は亮平に指を突きつけて言った。「こういうことを望んでたのか？　お前はこんなふうにしてしまうために、本社から来たのか？」腕が痙攣していた。

腫《は》れぼったい小さな目が、それでもいっぱいにみひらかれている。声も震えていた。

怒りを抑えかねている。それとも、恐怖に耐えているのだろうか。本社からの譴責《けんせき》や処分が、そろそろ本気で恐ろしくなってきたのかもしれない。部下の工場長が現地人を射殺。そんなニュースが本社に伝われば、まずその上司は監督不行き届きと判断されることが確実だった。それでなくても、不良品発生の頻発で覚えめでたくはない支配人である。進退伺い、といった言葉が、脳裏に去来しているのか。

亮平は突き放すように言った。

「これは必然の成り行きですよ。わたしがここに来ていなくても、いずれこうなったにちがいないんだ」

「工場は麻痺《まひ》する。操業できなくなる」

「あなたの責任と判断で対処しなくちゃなりませんよ。でもこの様子じゃ、わたしが報告書を提出するまでもなく、数日中に本社から対策部隊が乗りこんでくるでしょうがね」

「おれは、いったいどうしたらいいんだ？　え、こんなことが、本社の海外工場管理マニュアルにあったとでも言うのか？」

「あなたがいますぐにやらなきゃならないことは、本社への報告と弁護士の選任だ。報道機関への対処のしかたも考えておいたほうがいいかもしれない」

「本社になんと報告したらいいんだ？」

「知りませんよ。ありのままに伝えるのが唯一の途《みち》でしょうがね」

庭に出て自動車に乗りこむと、エスピノス巡査長が屋敷から小走りに出てきた。

「驚いたな、まったく」エスピノスは自動車に近づいてきて言った。「おれは軍隊の経験もあるがね。目の前で人が死ぬところを見たのは初めてだよ」

「みんな似たようなものだろう」亮平もうなずいた。「おれもショックで口がきけなかったよ」

「あんなことを予想してたのかい？　あれをけしかけようとしたのかい」

「まさか。工場長が発砲するとは、とても予測できなかった」

「フェリシアード一味は怒り狂うぜ。弟のエミリオが黙っちゃいない」

「タジマが狙われるかな」

「蟻坂工場長は、できるだけ早く国外退去したほうがいいかもしれん」

「捜査に支障が出るだろう。裁判も受けなきゃならない」

「おれが万事うまくやるさ。略式起訴で済ませられるはずだ」

「あの人は、あんたには頭が上がらなくなるな」

エスピノスの顔がほころんだ。亮平のその言葉を期待していたのかもしれない。

「なあ、ひとつ教えてもらいたいんだが」

亮平が首を傾けると、エスピノスは自動車のウインドウの枠に手をついて訊いてきた。

「これがうまく処理できたら、蟻坂さんはおれに礼金をはずむだろうか？」

「エスピノス、それをおれに訊くな。いま金の話が出たら、あんたのやることは収賄《しゅうわい》ってことになる。すべて済んでから、蟻坂と交渉してみるといい」

「収賄は、この国じゃ、さほどの重罪じゃないよ。少なくとも殺人よりははるかに軽い罪だ。あの人のこれからのことは、おれの胸ひとつのことなんだぜ」

「いまは金のことは考えないほうがいい」

エスピノスは鼻白んだような表情で窓枠から離れた。

「まったく堅い男だな。今野支配人が煙たがるわけだよ」

「それより、工場長の家の警備を頼む。フェリシアード一味の報復を、くれぐれも警戒してくれ」

「手配してあるよ。だけどあんたの身だって、必ずしも安全とは言えないんだぜ。わかってるのか」

「今朝から二度も警告があったよ。おれがトラブルの源泉だと思ってる連中が多いようだしな」

「警告があった？」

「ああ。でもエスピノス、まだきみには手間をかけさせるつもりはない」

「用心してくれ。この町のパトロール警官は全部で六人しかいない。支配人と工場長を警護するだけで手いっぱいなんだ。支配人には、おれは私設の警備員を雇うよう勧めたところだ」

「おやすみ」

サンビセンテ・インのフロントに立つと、ノーマが不思議そうに言ってきた。

「顔が青いわ。幽霊でも見た？」

「フェリシアードが死んだんだ」喉《のど》がすっかり乾いていた。「おれの目の前で」

「アントニオが？　百歳まで生き延びそうなくらい、悪運の強い男だったのに」

「さっき、あいつのその悪運も尽きたのさ。心臓に鉛の粒が飛び込んだんだ」

ノーマはカウンターの下からウィスキーのボトルを取り出し、タンブラーになみなみと注いで亮平に渡してきた。

「ありがとう、ノーマ。これが欲しかったんだ」

ウィスキーをそのままひとくち喉に流しこんだ。焼けるような熱さが食道をゆっくり下っていった。亮平はもうひとくち飲んでから、事情を簡単にノーマに話した。

「ねえ」とノーマが言う。「この町がいくらかましになる前兆かしら。それとももっとひどくなるきっかけなのかしらね」

「どちらかよくわからないが、しばらくのあいだ、騒々しくなることは確かのようだな」

「気をつけたほうがいいわ、日本人」

「同じことをエスピノス巡査長からも言われた。じつは、今朝、おれの部屋に何者かから警告があった。豚の首をプレゼントされたんだ」

「ほんとう？」ノーマは驚いたようだ。「妙な人間は入れなかったつもりなんだけど」

「用心してくれるか。このホテルは、夜の警備はどうなっている？」

「鍵《かぎ》をかけるだけよ。一時から、朝の六時まで」

「自分で自分を護るしかないようだな」

「知り合いの男に、何日かのあいだ、ここのロビーで寝泊まりさせるわ」

「信用できる男がいるか」

「その点は保証するわ」

亮平は部屋に戻ると、ドアの前に椅子を引きずって、簡単なバリケードとした。

しばらくベッドの上で足を伸ばしていると、酒が体内にまわり、神経が弛緩《しかん》してきた。震えはいつのまにか消えていた。

亮平は東京に電話をかけた。倉持の自宅へ国際電話を入れたのだ。きょうの件は一刻も早く報告しておかねばならない。リカルドの場合は地元警察官による発砲、射殺だったが、こんどは日本人が加害者だ。プレス発表が行われれば、内外の関心を大いに集めることは確実だった。日本でならば、この国の大統領選挙以上の話題となることはまちがいない。本社の広報室にも早急に対策を立ててもらう必要がある。

倉持と電話がつながった。

亮平はきょうの山猫ストから事件までの概要を要領よく話した。途中、倉持はほとんど口をはさまなかった。ただときどき、深い溜息をもらしただけだ。

話し終えて倉持の言葉を待った。少しのあいだ、回線は空白となった。こちらからうながそうとしたとき、ようやく倉持は言った。

「明日、緊急役員会が開かれることになると思う。明後日には、何人か応援を送ることになるな。お前はとにかく自分の仕事を進めろ。調査をそのまま続け、膿《うみ》のありかをはっきりさせておくんだ。いいな」

もとよりそのつもりだった。

亮平は電話を切ると、ウィスキーのボトルを持ったままバスルームに入り、ぬるい湯につかりながらウィスキーを飲んだ。裸でベッドに倒れこんだのは、夜半一時すぎだった。

第　六　章

目を覚まして時計を見た。

午前六時半。

眠っていたのは、正味五時間ほどか。それもけっして熟睡ではなかった。何度も寝返りをうち、息苦しさに耐えながらの睡眠だった。酒も抜けきってはいない。不快な目覚めだった。

亮平はバスにぬるい湯を張り、身体を沈めた。昨夜のできごとが夢のように思える。発砲。銃声。硝煙の匂《にお》いと、血の飛沫《しぶき》。そして人ひとりの死。どれも非現実的で幻覚じみたイメージだった。亮平の身近ではそうそう起こりえぬことばかりだ。しかし、まちがいなくあれは厳粛な事実だったのだ。

バスから上がって着替えをすませ、階下に降りた。ノーマに朝食を断り、ジュースだけを頼んだ。ほかには何も胃に収まりそうもない。とりわけ動物性の蛋白質《たんぱくしつ》のたぐいは。

「昨夜のことは、町じゅうに知れ渡っているみたいよ」ノーマが言った。「うちの従業員たちも、今朝はその話ばかりだわ」

「人口一万二千人の町では、大事件だろうな」亮平は目をしばたたかせながら言った。寝不足がこたえている。「この町に放送局がなくってよかったよ。テレビ局なんかがあったら、もみくちゃにされかねない」

「いましがた、国家警察軍《CP》の自動車が走っていったわ。あれも、この件に関係あるんでしょうね」

「捜査員たちが到着したんだろう。武装警官が増援されたのかもしれない」

ジュースを二杯飲んだだけで、亮平は工場に出た。

工場の事務所では、事務員たちが方々に固まり、声をひそめて話をしていた。表情から察するに、やはり昨夜の工場長の武勇伝が話題になっているのだろう。横目で亮平に興味深げな目を向けてくる事務員たちもいた。

支配人室では、ちょうど今野が四人の日本人社員たちを集めて話しているところだった。声は聞こえないが、前夜の事情を説明しているようだ。四人の日本人の顔はみな神妙そうだった。

四人が部屋を出ると、今野がこんどは亮平を部屋に招じ入れた。

今野も昨夜はよく眠ることができなかったようだ。肥満した顔がいっそうむくみ、目の下のたるみは二重三重になっていた。

今野は言った。

「弁護士をマニラから呼んだ。いま接見中だ。本社の方からは、とにかく一両日、この事件を外部にもらすなということだ。お前にも口はつぐんでいてもらうぞ」

「外部にはね」

「午前中に、おれとお前の事情聴取がある。交替で警察署まで出向くことになるが、そのつもりでいてくれ」

「操業はどうなります？」

「もうじき八時だ。欠勤率を見て決める」

事務所のフロアをフィリピン人の副工場長が近づいてきた。五十がらみの副工場長は言った。

「四割、休んでます。理由はさっぱりわかりません。班長の中にも、欠勤者が出ています」

「四割」今野は目をむいた。「百六十人休んでるって言うのか。早急に配置を変えろ。九時からラインを動かす」

「四割も休んでいるんじゃ、やりくりもむずかしいところです」

「おれが何と言ったか、聞こえたな？」

「ええ」

「二度言わせるな。さあ、いけ」

副工場長は肩をすくめて工場に戻っていった。

事務室に戻ると、亮平はまたコンピュータの端末機を借りることにした。まだ経理の中身で、調べきれていない点がある。

亮平の推測では、どこかに不正な金の支出が隠されているはずだった。本社が関知しない不法、不当な金の流れ。不法とは言えないまでも、不道徳と非難されかねない、汚い金の流れが。そうでなければ、今野支配人はああまでも使用者然として、エスピノス巡査長やフェリシアード一味を扱えるはずがなかった。あのように横柄な口調で、あれこれ指図することはできなかったはずだ。

しかしこれまでの監査では、地元の役所に対する度を越えた寄付や、意味のわからぬ支出は報告されていない。となれば、表の金の流れとはべつに、どこかに裏の出入りがあると考えるしかない。それなしでは、この事態を説明することはできない。

「ネリー」亮平はいくらかなじみになったベテラン事務員を呼んだ。「さ、きょうも金の流れを記録したフロッピー・ディスクを持ってきてもらうぞ」

今野が支配人室の中で、腕を組んで亮平を眺めていた。不服げに唇を結び、頬《ほお》をふくらませている。亮平の監査に心おだやかならぬものがあるのか。それとも連日の厄介《やっかい》ごと続きで、単に不機嫌の度合が増しているだけなのか。亮平はその両方だろうと想像した。どちらについても、あの支配人の力の及ばぬこと。支配人の威光がまるで通用しない事態だった。命令形以外の動詞の活用を知らぬ男には、拘束衣でも着せられたほどの苦しさであるはずだ。

「工場長の話、聞きました」ネリーがフロッピー・ケースを差し出しながら訊《き》いてきた。

「ほんとうなんですか？　フェリシアードさんを撃ったんだって」

「まだ取調べが終わっていないんだ、ネリー。申し訳ないが、その話はできない」

「工場長って、意外と肝が太いのね、って噂《うわさ》してたんです」

「噂はほどほどにしておいてくれ」

「あの工場長、どちらかって言えば、拳銃よりは電卓が似合う人ですもの。信じられませんわ」

「おれはよく似合ってたと思うがね。さ、ネリー、熱い日本茶を一杯いれてくれないか」

　ラジオ体操の音楽が工場に流れ始めた。

　亮平は午前十時ちょうどに、警察署に到着した。

　警察署のオフィスは幼稚園の教室ほどの広さで、窓にはすべて鉄格子がはまっていた。カウンターの背後には机が五、六個、それぞれ独立して配置されている。警官がふたり、疲れきったような表情で、椅子《いす》の背によりかかっていた。亮平の知らぬ警官たちだった。壁際には無線電話の設備があり、制服姿の婦人警官が機械に張りついていた。レシーバを耳に当てている。

奥に名札のかかった署長室があった。部屋のドアは開いており、署長は不在のようだった。昨夜のひと仕事のあとだ。官舎で休んでいるのかもしれない。

事情聴取は、そのオフィスの隅で行われた。調べを担当したのは、州警察本部からきたという貧相な中年の捜査員だった。頭髪が薄く、落ちくぼんだ目をしていた。刑事は英語で亮平に質問をしてきた。

何度か同じ質問が繰り返された。刑事の関心は、やはりどちらが先に拳銃を持ち出したか、という一点だった。

ふたりとも興奮していた、と亮平も同じ答えを繰り返した。激しい言い合いが続き、ふいに蟻坂が拳銃を乱射した。何発発射したかは覚えていない。銃声が耳元で響き、自分も度を失っていた。気がつくと、フェリシアードがソファでぐったりしていた。彼の手にも拳銃が握られていた。もしかすると、フェリシアードが先に拳銃を抜き、蟻坂に向けたのかもしれない。順序については、自分は確信をもって言うことはできない……。

刑事は訊いた。

「蟻坂さんが拳銃を携帯していたのを、知っていましたか」

「ええ」亮平はうなずいた。

「誰に対して使うつもりだったと思います？」

「二日前にも、支配人宅に侵入した男がいました。ぶっそうだから、という意味のことを、工場長はその夜、言っていました」

「ぶっそうなことの中に、フェリシアードは入っていたのでしょうか」

「そこまでは聞いていません」

突然、遠くで爆発音が響いた。腹にも響くほどの、かなり大きな音だ。ふたりの警官がはね起きた。警察署の窓ガラスが震えた。

刑事も言葉を切り、顔を上げた。

東の方角だ、と亮平は見当をつけた。田島農機の工場とは反対側だ。つまりこの町の一等住宅地方向。サンラザロ通りやバグタングの屋敷がある地区のどこかだ。

ひとりの警官が窓に近寄って外を眺めた。

「日本人の家の方かな」

もうひとりが言った。

「あっちには、警察車が二台まわってるんだぜ」

婦人警官が振り返って叫んだ。

「サンラザロで爆発よ！　日本人の家。襲撃だわ」

ふたりの警官は顔を見合わせた。

婦人警官は続けた。

「フェリシアード一味。ダイナマイトか、手投げ弾。応援を頼むって」

警官のひとりが言った。

「ふたりとも出るのはまずい。ここにもいなけりゃ」

もうひとりが言った。

「お前が行け。おれは残る」

相棒がうなずいた。

「まかせた」

その警官はカウンター脇《わき》のスイングドアをはね飛ばし、表へ駆け出していった。

亮平は婦人警官に訊いた。

「工場長の家か？　支配人の家か？　どっちだ？」

婦人警官は首を横に振った。そこまでは報告されなかったのだろう。表の駐車場で自動車の発進音が聞こえた。警察車がタイヤのきしみ音を立てて国道へと飛び出していった。

「報復が始まったのかな」刑事は退屈そうに言った。「警察を相手にするつもりなんだろうか」

建物の外で、自動車が急停車した音。人の足音が聞こえた。自動車から飛び降りてきたようだ。

亮平も刑事も、そして残ったひとりの警官も入り口に顔を向けた。

開け放されたドアから、数人の男たちが飛びこんできた。ドアの脇の帽子掛けが倒れ、そばの椅子が床に転がった。三人。いや、四人。うちふたりが、散弾銃を手にしている。あとのふたりは拳銃だ。男たちは亮平らを取り囲むように散り、銃を突きつけてきた。一瞬のできごとだった。

「動くなよ」最初に入ってきた男が言った。太ったひげ面。見覚えがあった。フェリシアードの酒場の用心棒だ。確かアンドレスという名前だった。アンドレスは続けた。「手を上げて、おとなしくしていな」

とまどっていると、アンドレスは天井に向けて無造作に銃を発射した。天井の漆喰《しっくい》が飛び、砕片が雨のように亮平たちの頭に降りかかった。

亮平も刑事も、両手を上げた。一味のひとりがカウンターを飛びこえて、オフィスの中に入った。男は警官に近寄ると、その警官のホルスターから拳銃を抜きとった。

「テリー、さ、留置場に案内しろ」アンドレスは警官に言った。

ふたりの男が、テリーと呼びかけられた警官の背に銃を突きつけた。警官は両手を上げたまま、奥のドアへと歩いた。

刑事がアンドレスに言った。

「やることが大胆だな。警察署を襲撃とはな」

アンドレスは刑事を見つめ返し、口の端をゆがめて笑った。

「ふたりばかり、人を引き取りにきただけだ。すぐに済むさ」

「ふたり？」

「フィデルと、フェリシアードを撃った日本人と」

「どうするつもりだ？」

「まずおれたちで話をつけるつもりなのさ」

「国警《CP》も動員されているんだ。そんな無法が通用するかな」

「国警がどうした？　これはおれたちのことなんだぜ。サンビセンテの町のささやかなトラブルなんだ。あんたたちが出てくるまでもないのさ」

奥のドアから、男たちが出てきた。いましがた入っていったふたりと、おそらく中に留置されていた若い男。

ひとりが大声で言った。

「日本人はここにはいない！」

「いない？」アンドレスは亮平に顔を向けた。「やつはどこにいるんだ？　どこに留置されてるんだ？」

「知らん」亮平は首を振った。

アンドレスは亮平に散弾銃を向けてきた。「どこにいるんだ?」と、繰り返す。

「知らん」

銃口が妙に巨大に見えた。亮平の視野全体をふさいだように感じられた。じっさい、そうであったのかもしれない。銃口は亮平の眉間《みけん》に当てられたのかもしれなかった。亮平は目をつぶった。

口笛が鳴った。

「戻ってきた!」と、誰かが叫んでいる。

警報器の音が近づいてくる。警察車がこちらへ向かってくるようだ。

亮平は目をそっと開けた。アンドレスが銃を引いたところだった。

その顔には殺意や憎悪は見当たらず、狂気の色もなかった。興奮しているようですらない。たぶん彼は、ほんのわずかのきっかけさえあれば、眉《まゆ》ひとつ動かさず、顔色も変えぬままに、亮平の頭を吹き飛ばしていたことだろう。

アンドレスは仲間を振り返って言った。

「引き揚げろ。早くするんだ」

男たちは足音も荒く出ていった。ドアが閉じられる音がして、また自動車の発進音。ディーゼル・エンジンの音がたちまち遠ざかっていった。

「なんて町だ」刑事は両手を下ろすと、顔をしかめて言った。「いままで、やつらに甘すぎたんじゃないのか」

襲撃されたのは、やはり蟻坂工場長の住まいだった。

フェリシアード一味のものと思われる二台の乗用車が屋敷に接近、塀の外から庭に爆発物を投げこんだのだ。乗用車からは銃弾も撃ちこまれた。ちょうど屋敷の玄関先で警官がふたり、警備にあたっていた。すぐに警官たちも応戦、何発かの拳銃弾をその乗用車に撃ち返したという。

二台の乗用車はすぐに門の前から発進、サンラザロ通りを北方向に逃走した。自動車には五、六人の武装グループが乗っていたようだった。再度襲撃されたなら、警官ふたりだけでは防ぎきれるものではない。警官は無線ですぐに警察署に連絡を入れたのだった。警察署が襲撃されたのは、この直後のことである。

急を聞いて、官舎からサンチアゴ署長が駆けつけてきた。仮眠を取っていた警官たちも、警察署に集合した。この日、サンビセンテにいたパトロール警官は全部で十二人である。もともとのサンビセンテ駐在が六人、この朝、国家警察軍から増派された警官が六人だった。警官のうちふたりはそのまま日本人の住宅の警備を続け、ひとりが役場で蟻坂工場長の警護にあたっていた。警察署に集合したのは、エスピノス巡査長以下九名の警官であった。

　ちょうど事情聴取も終わったところだったが、亮平はそのまま残って警察の対応を観察していた。

　サンチアゴ署長は言っていた。

　いま日本人はサンラザロ通りの三軒の家に分かれて住んでいるが、フェリシアード一味が蟻坂工場長奪取の挙に出てきた以上、このまま分宿しているのは警備上うまくない。三軒全部に警官を張りつけるのは負担が大きすぎるし、警戒にも隙《すき》が出る。日本人にはどれか一軒に集まってもらうよう要請する。今野支配人宅は部屋数も多いので、ここに蟻坂夫人ら日本人全部に移ってもらうことにしたい……。

　サンチアゴ署長は、亮平に同意を求めるかのように視線を向けてきた。亮平は両手を広げた。それは署長におまかせしてもいい。蟻坂夫人も、あの家でひとりきり、襲撃の恐怖に耐えているわけにはゆくまい。

　亮平の反応を確かめると、署長は警官たちに続けた。

　今野支配人宅には、交替で常時ふたりの警官を張りつける。蟻坂工場長に対しては、そのまま役場での取調べを続ける。捜査員の判断次第では、きょうじゅうにも勾留《こうりゅう》を解かれるだろう。役場の方はひとりふやし、取調べが終わるまでふたり配置の態勢を取る。警察署には警官四人。残ったパトロール警官は市街地の巡回にあたり、フェリシアード一味の不穏な動きを牽制《けんせい》する。

最後に署長は言った。

「放火犯は再逮捕する。フェリシアード一味にその旨を伝えて、一時間以内に出頭させるんだ。さもなければ、連中は手痛い仕置きをくらうことになる」

エスピノス巡査長が訊いた。

「誰がエミリオ・フェリシアードにそれを伝えるんです？」

「きみがやりたまえ、巡査長。昨日、あの放火犯を引っ張ったのはきみだし、それにきみはあの連中の扱いに慣れている。つねづねそれを自慢していた」

「事態が事態です。昨日とは事情が一変している」

「どういうことかな？」

「あいつらのボスが日本人に殺されているんですよ。こちらのほうの決着がどうなるのかわからないまま、放火犯のほうまで厳格にのぞむと、この町はもっと騒々しくなります。それにマコパの放火も、もともとはタジマの工員たちを狩り出すために、タジマの意向を受けてやったことなんです。対応を変えたほうがいいかもしれません」

こんどはエスピノスが横目で亮平をうかがった。亮平はまったくの無関心で応えた。

署長が毅然《きぜん》とした口調で言った。

「逮捕だ。裁判にかける」

「お言葉ですが、署長」エスピノスは困惑していた。「フェリシアードの一味は二十人はいるんです。ボスの復讐《ふくしゅう》戦なんてことを抑えるためにも、放火犯のほうは見逃してやってはいかがです？　あれは取引き材料になる」

「手元にあってこその取引き材料なのではないかね」

「連中はそう簡単には差し出してきませんよ」

「彼らにまだダイナマイト遊びをやらせておくのか。巡査長、きみは本気でそんな無警察状態を放置しておけると思っているのか。出頭するよう、早く伝えたまえ。きみが日頃吹聴《ふいちょう》していたコネクションを使うなら、こちらの強い意向はしっかり伝えてやることができるだろう。一点の曇りも、疑問の余地もない、わたしの意向をね」

「連中は、武装しているんですよ。それも二十人」

「警察全体を敵にまわすほど、あいつらも愚かではあるまい。ちがうかな？」

「繰り返しますが、ボスを殺されたってのはおおごとです。黙っていては、彼らの面子《メンツ》もつぶれる。一味の結束も弱まる。いままでみたいな脅しすかしもきかなくなるんです。連中は黙ってはいませんよ。こいつをうまく処理するためには、少し融通をきかせたほうがいいと思いますがね。それとも署長は、この町で派手なドンパチが始まって、乗りこんでくる国警の応援部隊に気まま放題をやらせることをお望みなのでしょうか」

「下手に出ると、彼らはいっそうつけあがる。騒ぎはこちらのそんな弱気や躊躇《ためらい》を見透かして起きてくるんだ。それに考えてもみろ。明日は大統領が選挙キャンペーンの一環でこの町を訪れる。役場前の公園では演説会が行われるんだ。連中を野放しにしておいて、どうやって大統領を迎えるつもりだ？」

「まったく交渉の余地はありませんか？」

「出頭期限を数時間延ばす程度のことはできる。さ、電話したまえ」

エスピノスはあきらめたように口から吐息をもらした。

サンチアゴ署長はオフィスの奥のデスクに腰をおろした。彼には制服が見事に板についている印象があった。とても官給品を着ているようではない。じっさい誂《あつら》えた制服であるのかもしれない。サンチアゴはそばの警官から煙草を受け取って一本くわえると、自分よりもはるかに年長の巡査長に、冷やかな目を向けた。

エスピノス巡査長はためらいながら電話に手を伸ばし、ダイアルをまわした。警察署全体が彼を注視した。

相手が出たらしい。エスピノスは送受器を耳に当て、窓の外に目をやりながら言った。

「エスピノス巡査長だ。きょうのことで話がある。エミリオを出してくれ」

巡査長はそのままの姿勢で五秒ほど、窓を見つめたままでいた。一度まばたきをしたかもしれない。サンチアゴ署長が煙草の煙をゆっくり吐き出した。

エスピノスは署長に向き直ると、首を振った。

「切れました」言いながら、送受器を戻す。「聞く耳を持っていないということのようですな」

署長が言った。

「では、直接行って、言い聞かせるしかないな。巡査長、わたしは役場のほうの取調べ状況を確認に行くが、十五分以内に彼らの返事を聞かせてくれたまえ」

署長は一服しただけの煙草を手近の灰皿にねじこむと、帽子をかぶって警察署を出ていった。

エスピノスが亮平に身体を向けて、自嘲《じちょう》ぎみに言った。

「汚い仕事もやばい仕事も、たいがいおれがやるんだ」

「どうするんだ？」亮平は訊いた。

「しかたがない。行ってみるさ。チコ、ついてこい」

エスピノスとチコのふたりが、駐車場へと出た。亮平もふたりに続いて警察署を出た。日差しは相変わらず強く苛烈《かれつ》で、靴底を通して舗装面の熱さえ伝わってくるほどだ。フォード・エスコートのビニールシートも、そろそろ溶けだす気温かもしれない。

ふたりを警察車の前まで追って、亮平はエスピノスに訊いた。

「署長が言うのは、事実上の最後通牒《つうちょう》だろう。彼は連中を一気に潰滅《かいめつ》させるつもりなんだろうか」

「署長が何をやろうとしてるのかはわからん」エスピノスは肩をすくめて言った。「エミリオをとにかく交渉の席に引っ張りこむことが最上の策だと思うがね。蟻坂さんの刑事責任は免れないが、あとは金で解決したっていいんだ」

「そのほうが、この町のためだと思うのか」

「そうさ。フェリシアード一味がいるおかげで、この町じゃあ小さな犯罪は発生しないんだ。警察にとってもありがたい存在なんだよ。もちろん、一番の恩恵をこうむっているのは、あんたたちタジマだがね。ここで騒動が大きくなってみろ。タジマの工員たちにも動揺が出る。マニラからコミュニストがやってくるだろうし、工場の操業もこれまでみたいに順調にはいかなくなるぜ」

「このあと、あんたはどうするんだ」

「あいだを取り持つしかないさ。あの堅物の署長と、いきりたってるエミリオとのあいだで、なんとか丸く収める手立てを考える」

「署長の言うなりにはならないんだな」

「おれはこの町の生まれだ。署長にとっては、この町はキャリアのためのステップのひとつにすぎないが、おれはこの町でこれからも長いこと生きるつもりだ。近所づきあいには気をつかうんだよ」

「それで、あんたには何か見返りがあるのかい、エスピノス」

エスピノスは意味ありげに頬をゆるめた。

「フェリシアード一味の復讐を止めることができたら、日本人だっておれにもっと感謝しなくちゃなるまい？　大騒動を防いだとなれば、バグタングさんもおれの功績に報いてくれるだろうさ。正直に言うが、おれはドル紙幣の見返りを期待してるよ。なあ、ひとつ教えてくれるか」

なんだ、と亮平は首をかしげた。

エスピノスは、日本製の高級乗用車の名を口にした。排気量三千cc、香港の商人に内装デザインをまかせたような、派手できらびやかな自動車の名だ。「あいつは日本じゃたいへんな人気なんだってな。メルセデスよりも格が上だとか。ほんとうなのかい」

「額に汗して働く男が乗る自動車じゃない」

「わかってるさ。労働者が自動車を買えるかって」

「そうじゃない。あれは不動産業者や株屋が乗る自動車なんだ。まともな男は、むしろ避ける種類の車なのさ」

「要するに金持ちの自動車だな」エスピノスは合点したようにうなずいた。「そんな自動車にエアコンをきかせてさ、アメリカのポップスをがんがん鳴らして、マニラまで繰り出したいものだな。この国じゃ、自動車にかかる関税は百パーセントだからな。いまのままじゃ、自動車なんて夢の夢だけれど、こんどのことはチャンスだぜ。蟻坂工場長に恩を売ったし、つぎは今野支配人とバグタングさんから感謝されるんだ」

エスピノスはにやついて警察車のドアを開けた。

チコが訊いた。

「おれたち、どこに行くんです？」

「エミリオのガレージだ」エスピノスはルーフごしに答えた。「連中はいま、あそこのはずだよ」

「警官を通してくれますかね」

「おれが行くんだ。心配いらない」

「でも」

「かんちがいするなよ、チコ。おれたちは逮捕に向かうんじゃない。ただメッセージを伝えに行くだけだ。早まった真似《まね》はするな」

「わかりましたよ」チコは緊張した面持ちで言った。「やつらも、ふたりきりで出向く警官をなぶり殺しにしたりはしないでしょうからね」

「そんなことを怖がってるのか」

「連中がいきり立ってるのははっきりしてますから」

「必要以上にびくつくな。拳銃を持ち出すな。お前はただおれの横にいりゃあいい」

「ついていっていいかな」と亮平はエスピノスに訊ねた。

エスピノスは警察車の助手席に身体を入れながら答えた。

「いま日本人の姿をあんまり連中の前には出したくないがね」

「おれが気に入らないなら、連中はさっき警察を襲ったときに殺してくれていたよ」

「ついてきな」エスピノスは首を傾けて言った。「邪魔はしないでくれよな」

エスピノス巡査長らの警察車が向かったのは、町の北はずれ、瓦《かわら》工場の先にある埃《ほこり》っぽい一帯だった。そこから先には延々水田が広がっている。市街地と田園地帯とのちょうど境目にあたる場所だ。

国道脇の空き地に自動車のスクラップや建築の廃材が積み上げられている。スクラップの山の手前に壁も屋根もトタン張りの建物があり、その前に三台の乗用車とトラックが停まっていた。注意して見なければ、建物も自動車も背後の廃棄物の山と区別がつかなかった。あたりの何もかもが錆《さ》びつき、へこみ、たわんでいた。

エスピノスたちは国道の路肩に警察車を停めた。ちょうどバラックから真正面の位置だ。砂利を敷いたアプローチが、建物まで十メートルほど続いている。アプローチと道路との境界に、車止めの鎖が渡してあった。亮平も警察車のうしろに自分の乗用車を停めた。

警察車のクラクションが一回、短く鳴った。チコが鳴らしたものだろう。

建物のガラス窓の背後で、人の動く気配があった。五、六人はいたようだ。さっきの警察署襲撃の様子を思い起こすなら、中にいる連中もみな銃器で武装していることは確実だった。

エスピノス巡査長が警察車からゆっくりと降り立った。チコも警察車のエンジンをかけたまま、慎重な身ごなしで運転席から降りた。ガラス窓の奥の人の動きが止まった。それぞれ所定の位置に着いたということだろうか。チコは緊張した面持ちで警察車の背後をまわり、エスピノスの横に立った。

亮平自身は自動車を降りなかった。車の窓を通して、この情景を見守っていた。

エスピノスは鎖の前まで進むと、ベルトに両手の親指をひっかけ、大声で言った。

「エミリオ。いるなら聞いてくれ。署長からの使いできた。お前の返事をもらっていかなきゃならないんだ」

声はサンビセンテの熱気の中に溶け、消えていった。

静まり返った何秒間かが過ぎ、やがてバラックのドアが小さく開いた。

チコの肩がこわばったのがわかった。ぴくりと腰が引かれた。彼はエスピノスほどフェリシアード一味と親しい仲ではないようだ。チンピラたちを痛めつけてきた経験でもあるのかもしれない。

ドアの陰から銃身がのぞき、そのあとに男の身体が続いてきた。アンドレスだった。

手にしているのは、警察署襲撃の際にも持っていた散弾銃だ。

エスピノスは両手をベルトから抜き、腰の脇で広げて相手に向けた。敵意のないことを示したのだろう。

アンドレスは身体半分をドアの陰から出し、低いしわがれた声で言った。

「言ってみろ、エスピノス。あの気障《きざ》野郎はなんだって言うんだ？」

「フィデルを一時間以内に出頭させろとさ。やっこさん、それがいやならお前たち全部を相手にするそうだ」

「息子を手前の尻《しり》の穴に突っこんでろと言ってやれ」

「その通り伝えてもいいが、その前にエミリオを出してくれ。差しで話したいんだ」

「話すことなんかないよ。用件は終わった。さあ、帰りな、エスピノス」

「エミリオを出してくれ」

「うるさいことを言うなよ、エスピノス。昨日の晩には、お前はあの家にいて日本人の発砲を止めなかったって聞いてるぜ。エミリオはお前の顔はあまり見たくはないんじゃないかな」

「それについては説明できる」

「説明してくれと誰が言った？　誰もお前から説明を聞こうなんて思っちゃいないさ。説明ならサンタ・マリーアにさせてやれ、って言ってる若いのもいるんだぜ」

建物の方向から、いくつか金属音が聞こえた。意識を建物に集中させていなければ、絶対に聞き取ることはできなかったほどのかすかな音。拳銃の遊底をスライドさせたり、散弾銃の遊底桿《かん》を操作させるとき、これとそっくりの音がする。

「このままじゃ、戦争になる」エスピノスの声の調子が変わった。早口になり、トーンが高まった。切迫した響きだ。「いったん始まったら、お前らに勝ち目はないんだ、アンドレス。頼む、エミリオを出してくれ。ざっくばらんなところを話し合いたいんだ。血を流すなんて、馬鹿のやることだ。もっとうまい始末のつけかたがあるさ」

「どんな始末のつけかたがある？」

「フィデルをまず差し出せ。署長の顔を立てて、警察が介入する余地をなくしてしまうんだ。それから示談と行け。問題は、フェリシアードが撃ち殺された件だろ。こいつについては、タジマとバグタングさんに好きなだけ要求したらいい。とにかくテーブルに着くことが大事なんだ」

「ボスの命を金で売るわけにはいかねえよ。おれたちは、あの日本人にきちんと責任をとってもらうつもりだ。エスピノス、お前ら警察が出てくるのはその後からでいいんだ」

「アンドレス、日本人に手を出すことは、まずバグタングさんが許さない。警察だって同じだ。な、国警を敵にまわして、どうなると思ってるんだ？　ちったあ頭があるなら考えてみろ。撃ち合うよりは、示談に持ちこめ。いまなら、いい手を持っているのはお前らなんだ」

アンドレスはいくらか気を惹《ひ》かれたようだった。持っていた散弾銃の銃身が下がった。ドアからもう半歩出て、全身をエスピノスたちの視線にさらした。

エスピノスは続けた。

「不幸中の幸いだが、フェリシアードを撃ったのは日本人だ。いくらでも請求できる。向うにはいくらでも支払う力がある。アンドレス、お前にだってそのおこぼれはくるんだ。酒場を一軒持ちたくはないか。絹のシャツを着たくはないか」

アンドレスはすっかりかまえを解いていた。エスピノスの言葉を反芻《はんすう》している。その甘味を確かめている。エミリオにエスピノスの提案を伝えようかどうかと迷っているらしい。

亮平は運転席から助手席へと身を乗り出し、窓から小声でチコに呼びかけた。

「チコ、気をつけろ。銃が見えた。動いてる」

チコは振り向いて亮平を見た。どこだ、と訊いている顔だ。亮平はあごで建物の横手を示した。タイヤを取り払われたトラックが、その車体を地面に半分埋めている。何者か陰にひそむには都合のいい位置だ。

チコはホルスターに手を伸ばし、留め金をはずした。カチリ、と金具が鳴った。

その音に気づいたようだ。エスピノスがチコに顔を向け、あわてて言った。

「馬鹿野郎、手を引っこめろ！」

チコはすでに拳銃を抜きかけていた。

次の瞬間だった。ガラスの割れる音。それに重い銃声がまじって響いた。

チコの身体がうしろに撥《は》ね飛ばされた。どうと警察車にぶちあたり、直後に右手の先から硝煙が飛び散った。衝撃で収縮したチコの筋肉が、拳銃の引き金を絞ったようだ。

チコの足もとで小さく土煙が上がった。

アンドレスは素早くドアを閉じて、建物の中に消えた。エスピノスもすぐに地面に身体を投げ出した。

たて続けに数発、短く乾いた破裂音が響いた。警察車の窓ガラスにいくつか、蜘蛛《くも》の巣状のひびが生まれた。金属の弾ける音も混じる。建物の方々で小さな閃光《せんこう》が走った。

チコの身体は警察車のトランクの上で反転し、ずり落ちた。制服の胸のあたりが、広く血に染まっていた。

エスピノスは地面を転がって警察車の反対側へと回ってきた。亮平は自動車を出し、警察車の陰につけて助手席のドアを開いた。

「早く！」

エスピノスが背をかがめて助手席に乗りこんできた。発砲が続いている。金属の爆《は》ぜる音、ガラスの砕ける音が連続した。

エスピノスがドアを閉じるよりも早く、亮平は自動車を急発進させていた。閉じかけていたドアがまた大きく開いた。

「くそ！」エスピノスが怒鳴った。

ギアを二速から三速へ入れ、アクセルペダルを思い切り踏みこんだ。エンジンは苦しげな唸《うな》りを上げ、猛烈な勢いでドライブシャフトを回転させた。タイヤが舗装路面を滑り、白い煙を上げた。ドアが閉じられ、拳銃音が小さくなった。

「くそ！」エスピノスは悪態を繰り返した。「あの野郎、このおれに！　このおれに！」

亮平は表情を変えずに、そのまま国道を直進した。また事態は一段、深刻になったというわけだ。

警察署の駐車場に自動車を乗り入れて停めた。ちょうど通りかかっていた男が、急制動の音にあわてて飛びのいた。

ギアをニュートラルに入れてから、助手席のエスピノスの顔を見た。

エスピノスは蒼白《そうはく》な顔で亮平を見つめ返してくる。チコの血が飛んだのか、それとも散弾の一粒が当たったものか、エスピノスの頬にも血の斑点《はんてん》がひとつついていた。

「えらいことになるぜ」エスピノスは暗い声でつぶやいた。「あいつらと戦争になっちまう」

エスピノスは立ち上がった拍子に、頭をルーフに強く当てた。短く唸り声を上げ、身体を車の外に出そうとして、今度はセンターピラーに肩をぶつけた。

「くそっ」エスピノスはつぶやき、後ろ手にドアを勢いよく閉じた。

亮平も運転席を降りて、エスピノスの後から警察署の玄関口へと走った。何人かの警官が飛び出してきた。エスピノスが民間の自動車でひとり戻ってきたのだ。異常を察知したのだろう。エスピノスは同僚たちを突き飛ばすようにして、警察署へと駆けこんでいった。

警察署のオフィスにはすでにサンチアゴ署長が帰っていた。

「どうしたんだ？」署長はあくまでも平静な声で訊いてきた。「チコはどこにいる？」

エスピノスは帽子を取り、署長の前まで歩いていって答えた。

「撃たれました。エミリオのガレージの前で、やつらが突然発砲してきたんです」

警察署の中にいた警官たちは、敏感に反応した。表情の弛緩《しかん》が吹き飛び、目の輝きが強くなった。この国でも、警察官同士の結束は秘密教団や暗黒街のそれをしのぐ強さなのかもしれない。警官が撃たれたと聞いて、瞬時に内燃機関に火が入ったのだ。

エスピノスは何度もつっかかり言い直しながら、その現場の状況を説明した。

署長はエスピノスの目をまっすぐにのぞきこんで聞いていたが、やがて言った。

「では、彼は死んだようなのだな」

「そうです」エスピノスは目を伏せた。「わたしは逃げるだけで手いっぱいでした。不本意でしたが、チコはその場に残さざるをえませんでした」

「なあ、エスピノス」署長がふしぎそうに言った。「昨晩といい、いまといい、どうしてきみの目の前で人が死ぬんだ？　きみはそのような場面にいながら、どうして事件を未然に防ぐことができないんだ？」

その指摘が意外すぎたようだ。エスピノスは狼狽《ろうばい》を見せて言った。

「どちらの発砲も突発的です。止めようもありませんでした」

「微妙な状況であったことはわかる。しかし、その場の緊張を抑えることはできなかったのかな。何もないところから、いきなり銃が持ち出されたわけではあるまい。なんらかの段階を踏んで、拳銃なりショットガンなりが出てきたのではないか」

「わたしとしては、その場でできる最善のことをやってきたつもりです」

「よせ」と、署長はひとりの警官に向けて手を振った。

亮平も署長の視線の先に目をやった。ひとりの警官が銃架の散弾銃に手を伸ばしたところだった。警官は手を止めた。

「少し待つんだ」署長は続けた。「やみくもに連中を強襲しても、うまく片づくわけがない。関係方面と連絡を取り合ってみるが、いましばらくはこのまま待機だ」

警官は不服そうに銃架を離れた。

署長は奥の自室へと入っていった。自分のデスクから電話をかけまくるということのようだ。国家警察軍や、ことによったら軍隊。フランシスコ・バグタングとも連絡を取り合う可能性もある。いずれにせよ、サンチアゴ署長にとっても、警官がひとり撃たれるという事態は予想外だったようだ。新任の若い署長というせいもあり、フェリシアード一党の力と行動パターンの認識に欠けるところがあったのだろう。

ひとりの警官がエスピノスに訊いた。

「チコはどうするんだ？」

エスピノスは答えなかった。ゆっくりと顔をめぐらし、同僚たちの顔をのぞきこんでいる。そこに非難や侮蔑《ぶべつ》の色はないか、探っているかのような目をしていた。

エスピノスは亮平の顔に目を留め、ふと気づいたように言った。

「あんたもその場にいたな」

「何が？」と亮平は訊き返した。

「きのうきょうと、現場にいたのはおれだけじゃない。あんたもなぜか両方の現場にいて、一部始終を見ているな」

「偶然だよ。事件が起こることを予測してたわけじゃない」

「いや。思い出したぞ。昨日あの屋敷で、ふたりをけしかけたのはお前だった。いまもチコに何か言っていなかったか？　何かうしろから声をかけていなかったか？」

「誤解だよ、エスピノス。おれは何もけしかけたり、あおったりはしていない」

オフィスの隅で婦人警官が叫んだ。

「警察車が、市場の先に運ばれてきたわ。中でチコが死んでるって！」

警官たち全員が無線設備の方へ振り返った。

無線係の警官はレシーバを耳に当てている。町を巡回中の警察車からの連絡のようだ。

婦人警官は続けた。

「フェリシアードの一味の誰かが運転してきたらしい。放置されてるわ。すぐに行って」

警官たちはどっと署を飛び出していった。拳銃を抜いている者もひとりいた。エスピノスは、何か疑念をこらえきれぬといった目で亮平を一瞥《いちべつ》した。亮平はエスピノスの疑惑を黙殺した。そう、きっかけを待っていたことが、たまたま亮平のいる場面で起きてしまっただけだ。亮平の言葉には、事態を突き動かす力も変える勢いもあったわけではない。あったとすれば、なるものがなるようになる、その時期をほんの少しだけ早める磁力くらいのものだろう。

エスピノスは帽子をかぶり直すと、警官たちの最後に警察署を出ていった。

警察署の駐車場を出ると、亮平は自動車をサンビセンテ・インへと向けた。

正午を少し回った時刻だ。ノーマのレストランで昼食を取るつもりだった。朝はジュースを二杯飲んだだけだ。そろそろ空腹が気になってきていた。

店の前に自動車を停めて、サンビセンテ・インに入った。

ノーマが訊いてきた。

「町の騒ぎ、なんなの？」

亮平は答えずに昼食を注文し、ビールをつけ加えた。

「答える気がないの？　それとも知らないの？」

「よかったら、あっちのテーブルで一緒にビールでも飲まないか」

ノーマは不審げな目で亮平を見つめ返してきた。真意をはかりかねたようだ。

亮平は言った。

「ふたり目の死人を見てしまったのさ。気がたかぶっているんだ。こいつを鎮めないことには、言葉がまとまらない」

「こんどは誰なの？」

「チコ。ここでおれを小突いた警官だよ」

「ああ」ノーマは言った。「ビールはあたしがごちそうするわ」

亮平とノーマはレストランの隅のテーブルに向かい合った。ウェイトレスがサンミゲールを一本とグラスをふたつ運んできた。亮平はグラスをひと息に空けてからノーマの質問に答えた。

「警察署がフェリシアード一味に襲われたんだ。連中は留置場に入っていた放火犯を奪っていった。エスピノスとチコがフェリシアード一味のアジトに出向いたところ、こんどはチコが撃たれた。チコはおれの目の前で、散弾を浴びて吹っ飛んだよ」

「騒がしいわけだわ」

「フェリシアード一味は、蟻坂工場長の身柄も狙《ねら》っている。探しているようだ」

「あの人も留置されているんじゃなかったの？」

「べつのところで取調べを受けているんだ」

「蟻坂さんの命を狙っているということかしら」

「どんなものかね。エミリオ・フェリシアードって男は、そこまでやるかね？　いくら十四歳で人を殺した男でも」

「人殺しの頭の中までは想像つかないわ。でも、エミリオにしてみれば、自分の身内、それも血を分けた兄弟を殺されて、黙っていることはできないでしょうね」

「警察を向うにまわしても？」

「そのつもりはないでしょう。蟻坂工場長ひとり自分たちの手で裁いたら、あとはおとなしく手錠でもなんでももらう気じゃないの」

「チコを殺してしまったいま、それだけですみそうもないな。あの署長はそのへんは厳格な男らしい」

「鉄の男、って評判だわ」

「そう」亮平はサンチアゴ署長とエスピノスとのやりとりを思い起こしながら言った。「彼は本気でフェリシアード一味と事をかまえるらしい。少なくとも、そう公言していたよ。これも額面通り受け取っていいかな」

「まだ新任の警察署長だものね。まあ、コチンコチンの堅物という評判だけれど、でもあの人だって、バグタングさんの意向には逆らえないはずだわ」

「ミスター・バグタングが両者の衝突を望まなければ、署長も強攻策は取れないというわけだね」

「そう。衝突すれば確実に警察はフェリシアード一味をつぶすことができるでしょうけど、でも警察がこの町でフェリシアード一味に代わることはできない。誰もフェリシアード一味に代わって工員やチンピラたちを抑えて秩序を保つことはできないわ。それをバグタングさんが望むとも思えない。それにもうひとつ」

「もうひとつ?」

「これはあたしの勝手な推測だけれど、フランシスコ・バグタングはきっとフェリシアード兄弟が可愛いのよ。なんといっても彼らの父親は、バグタング農場の信頼厚い差配頭だったんだから」

昼食が運ばれてきた。

「ビール、もう一本飲む？」立ち上がりながらノーマが訊いた。「それとも、もう気は鎮まった？」

「ウィスキーを頼む」亮平は答えた。「ストレートで。ダブル」


警察署に戻ってみると、駐車場にある警察車は一台きりになっていた。警官がふたり、警察署そのものの警備についている。ひとりは両手をうしろに組んで戸口に立っており、もうひとりは入り口の内側で散弾銃を横抱きにしてスツールに腰をおろしていた。そのうちこの警察署は、青い制服の民間警備員を雇うことになるかもしれない。

オフィスの隅で、サンチアゴ署長がレシーバを耳に当てていた。亮平は署長の通話が終わるのを待った。署長はすぐに亮平に気づき、レシーバを婦人警官に返して訊いてきた。

「わたしに何か？」

「工場長はどうなりました？」と亮平は訊ねた。

「取調べが続いています。釈放の目処《めど》はたっていません」

「フェリシアード一味はどうなっているんです？」

「それは、あなたに何か関係がありますかな」

「もちろんです。彼らは工場長を私刑《リンチ》にかけようとしている。工場長の身の安全が心配です」

「わたし自身はいますぐにでも彼らの巣窟《そうくつ》を急襲したいところなのですがね。でもきょうはこれ以上の国警の増援が望めないのですよ。つまり、動きが取れない」

「それはまた、どうして？」

「サンフェルナンドにアキノ候補がきているんです。たいへんな人出の集会となっているそうで、この近辺の国家警察軍は全部そっちに回っているんです。連中を検挙するのは、今夜以降のことになりそうだ。もっとも、明日の午後にはこの町に大統領がくる。それ以前には片をつけるつもりでいますがね」

「それでは支配人宅の警備は、くれぐれも厳重にお願いしたいものですが」

「あなたも十分お気をつけください。タジマの関係者は、この数日はあまり目立ったことはしないほうがよさそうです」

「そのつもりですよ」

　亮平は署長にお辞儀をして警察署を出た。

　国道をはさんで反対側、公園ではステージの飾りつけ作業が行われているところだった。大統領の巨大な写真パネルが、ステージの奥に設置されていた。選挙戦もいまは大詰めにきているはず、両候補とも、マニラ首都圏に近い都市へと、遊説の舞台を移してきているのだろう。

市場前の人だかりを横に見ながら、亮平は自動車を熱帯樹の並木道へと向けた。バグタングの屋敷の手前からサンラザロ通りに折れ、徐行しながら今野支配人宅を目差す。いまごろ蟻坂美恵子は、一軒おいた隣りの家から移ってきているはずだった。今野支配人やほかの日本人たちは工場だろう。

門の前でクラクションを鳴らすと、鋳鉄製の門扉が内側から開いた。門を開けたのは若い警官だった。玄関先に警察車が停車している。運転席にもひとり警官が乗っていた。

亮平は自動車を庭の横手に入れて停め、屋敷の玄関口へと歩いた。アビトが玄関のドアを開けて、亮平を中に招じ入れてくれた。

「工場長夫人は、さきほどからこちらのほうへ」と、アビトが言った。「昨夜はよくお眠りになれなかったようですが、いまは落ち着いてらっしゃいます」

美恵子の部屋は二階のゲストルームだという。彼女に対する取調べも、午前中にその部屋で行われた。捜査員は昼前にはこの屋敷を退出している。いま二階には美恵子だけしかいないとのことだった。

二階のその部屋のドアをノックした。中からくぐもった声が聞こえた。美恵子の声だ。なんと言ったのかまでは聞き取れなかった。亮平はかまわずにドアノブを回してドアを押し開けた。

窓のカーテンは引かれていたが、外の強い陽光は完全に遮られているわけではなかった。やわらかな散光が部屋に満ちている。ベッドは空で、そばの肘《ひじ》かけ椅子にも美恵子の姿はなかった。

「いらっしゃい」部屋の隅から美恵子の声。

亮平は声のした方向に顔を向けた。ドアの左手、部屋の壁に背をつけて、美恵子が床に腰をおろし、膝《ひざ》をくずしている。紺と白のストライプのTシャツに、鮮やかなオレンジ色のスカートを身につけていた。スカートの上に小冊子のようなものが広げられている。床に置かれたトレイの上に、白ワインのボトルとグラスが載っていた。ボトルはほぼ三分の二が空だ。

亮平は一歩部屋に入って、うしろ手にドアを閉じた。

「ね、原田さん」と、美恵子は亮平を見上げて訊いてきた。何のとくべつな想いも感情も感じられない表情だった。目が果たして亮平の顔に焦点を結んでいるのかどうかさえあやしく見えた。「アメリカ先住民の一部族。あるいはジャズの名曲。五文字」

声にも動揺や悲嘆の調子はなかった。平静そのものだ。少なくとも、そう聞こえるだけの自制が感じられた。

「チェロキー」ほとんど反射的に言葉が出て、それから亮平は訊ねた。「なにをやってらっしゃるんです？」

美恵子はすぐに本に目を落とした。「クロスワード・パズルよ。じゃあ、次。ここから上には、もう木ははえません。最後が、イ、なんだけど」

「森林限界」

「シンリンゲンカイ？　あ、八文字でちょうどだわ」

「クロスワード・パズルがお好きなんですか？」

「ひとりで遊べるものが好きなの。迷路ゲームとか、ジグソーパズルとか、コンピュータ・オセロとかね。ジグソーパズルなんて、わたし、この国にきてからもう十種類くらい作ってるわ。ね、これはわかる？　朝鮮料理には欠かせない鍋《なべ》。いためものに使います。頭が、ボ、よ」また本から顔を上げて亮平を見る。「わたし、フランス料理の道具ならたいがい名前は知ってるんだけれども、朝鮮料理となるとね」

「そいつはボンチョルという鍋のことでしょう。でも、奥さん、いつまでそれを続けてるおつもりです？」

「この本のおしまいのページまでよ。山仕事の必需品、木をひっかけて運びます。これ、三文字でうしろふた文字が、トビ、なんだけど、わからないの。あなた、知ってる？」

「小鳶《ことび》、のことかな。ね、奥さん、ちょっとその遊びをやめにしませんか」

美恵子はもう一度亮平を見上げてきた。不思議そうに目をみひらいている。なぜ止めるの、といぶかっているようだ。邪魔をされて少しだけ気にさわったのかもしれない。美恵子がこの部屋で初めて見せる、感情らしい感情だった。

「あなたが遊んでくれるの？」美恵子は訊いた。「わたしがこんなこと、しなくてもいいように」

亮平は部屋の椅子に腰をおろして、壁ぎわの美恵子に向き直った。

美恵子は本を床に伏せて置き、まっすぐに亮平を見つめてくる。ついいましがたまでは、彼女は胸の内をどこまでも空しく無感覚なものにしようとしていたのだろう。しかし亮平が言葉をかけることで、その意図はくじかれたようだ。表情に不安とも苦悩ともつかぬ色が表れている。それに、わずかな割合にはちがいないが、挑発、あるいは亮平への敵意めいたもの。きのうのきょうだ。その美恵子の反応こそ正常だった。

「謝りにきたんです、奥さん」亮平は言った。「ご主人を殺人犯にするつもりはなかった。でも、わたしがご主人に引き金を引かせたようなものだ。謝罪したい」

ふん、と美恵子は小さく鼻を鳴らした。亮平が枕《まくら》も振らずにその話題を持ち出したことで、美恵子は動揺したようだ。口がわずかに開き、ふるえた。

言葉を待っていると、美恵子は聞き取れぬほどの小さな声で言った。

「どうして、けしかけたりしたの」

「フェリシアードを工場から追い出して欲しかった。出ていけと言って欲しかったんです」

　美恵子は納得しかねるように首を振り、視線を自分のスカートの上に落とした。

「それじゃあ、フェリシアードに言ったことは何？　日曜の午後に、どこにいたと訊いたのは何なの？」

「あれを言わなければ、目が覚めないと思ったんですよ。工場長は事実上フェリシアードの配下のような立場だった。今野支配人の立場は、もっとみっともない。わたしはそれに甘んじていていいのか、それを言いたかったんです。彼が信用ならない男だとわかってもらいたかった」

「それでも、うちの人が拳銃を持ち出すことを考えてもいなかったというの。殺人犯にするつもりはなかったって言うの？」

「まさか拳銃で解決をつけるとは、想像できなかった」

「拳銃で、何を解決するとおっしゃったの？」

「あなたたちのことを」

「わたしたち三人のことではなく？」

「フェリシアードは、関係のない男でしょう？」

　美恵子は亮平の問いには直接答えなかった。

「あなた、フェリシアードのことを間男と非難したのだと思っていたけど、かんちがい

「彼は間男なんてしていません。正確に言うなら、あなたとは性関係を持っていない。あなたとは性関係を持っていない。あなたはあの場で否定しなかったけれど、あなたはフェリシアードと寝たことはなかったはずですよ」

「ずいぶんあからさまな言葉を使うのね」

「根が率直な性質なものでね。これでいろいろトラブルを大きくしてきましたが。それよりどうなんです。あなたはまだ否定しようとしていないが、フェリシアードと寝たことがあったんですか？」

美恵子は亮平を見据えたまま、きっぱりと言った。「ないわ」

「あのときは、弁解しなかった」

「うちの人は、わたしにそれを確かめなかったわ。まるでわたしがフェリシアードと寝たと疑っていたみたい。ううん。それについては、確信があったみたいだったもの。あなたがフェリシアードを問い詰めたとき、一足飛びに、フェリシアードがわたしと寝たものと決めつけたみたいだった」

「ぼくの誤算だった」

美恵子は長い吐息をついた。せつなく、やりきれないほど暗い溜息《ためいき》だった。

亮平は弁明を続けた。

「あの日のことを持ち出せば、ご主人がフェリシアードを問い詰めざるを得なくなる。そのことを狙ったんです。ご主人には、ぼくが何をほのめかしているのか、容易に見当がついたはずだし、自分とあなたの名誉のためにも、必ずフェリシアードを追及するだろうと思った。笑って打ち消すことのできる問題ではなかったはずです。ご主人には、ほんのわずかだけですが、あなたの貞淑を疑うだけの根拠があった」

「フェリシアードはときどき、メイドのアポストリに会いに来てたのよ。うちのメイドのひとりってことになっているけど、支配人の現地妻よ。今野支配人が工場で目をつけて、フェリシアードに貢がせた女なの。フェリシアードもご執心の子だったんだけど、差し出さざるを得なかったのよ。でも体面上、同じ屋敷に住まわせるわけにはいかないので、うちのほうに住んで通っていたの」

「知っていますよ。ついでに言うと、その娘の給料は、タジマが払っているんです。今野支配人は会社の金で女を囲ってるんだ、と言い直してもいいんですがね」

「知っていて、それであんなことを言い出したのね」

「そう、フェリシアードはご主人にきちんと弁明することもできたが、そうするところどは今野支配人の不興を買う。フェリシアードはしどろもどろにならざるを得なかった。もっともぼくは、フェリシアードが正直なところを明かして、あの場で今野支配人とやり合うところを思い描いていたのですがね」

「うちの人は、あなたの想像よりもずっと強くわたしを疑っていたということね」

美恵子の言葉の最後は、かすれてふるえた。

美恵子は顔を伏せ、何度か鼻をすすった。やがてそれはすすり泣きとなった。つつしみ深く抑えられた泣き声が、何度かかすかにその部屋の空気を揺らした。

すすり泣きが収まるまで待ち、亮平は続けた。

「ご主人は、あなたと結婚したことを、いくらかうしろめたく感じていらっしゃるんです。重荷とも思っているのかもしれない。自分があなたには釣り合わないと感じ、自分は裏切られても仕方がないと意識していた。そう。こういう言い方を勘弁してもらえば、これは下心のある結婚だと周囲は信じていたし、いくらかはそれも事実だったでしょう。あなたの育ちや趣味のよさに、いくら背伸びしても追いつかないことをご主人は絶えず意識してらした。あなたがご主人を不満に思い、好き放題に振る舞うことにも、ひとことも口をはさめなかったんです。ちがいますか？」

美恵子は下を向いたまま、独白するかのように言った。

「結婚するとき、母は言ったわ。いまはいいわよ、美恵子。あなたはあの人に恋しているんだから。あの人の何もかもが、目新しく新鮮に見えるんだから。でも結婚したらどうなる？　あなたはいつかあの人の行儀や食べかたや教養や、あの人の親族やらが気になりだすのよ。それでもいいのってね。わたしはでも、いまのいままでそれを気にしたともなかったわ」

「でも、結婚生活そのものには不満だらけだった」

「性生活、とはっきり言ってくれてもいいのよ。あの人は自分のエネルギーの九割八分を仕事に注いでいる。とくにこの一年くらいは、不良品退治のためにむちゃくちゃなオーバーワークになってる。過労で五キロもやせたほどよ。夜には疲れ切って、わたしを相手する元気もなくなっているの。神経科に行くなら、はっきり病気と診断されるでしょうね。過労からくる勃起《ぼっき》不全とかね」

「ではご主人は、近ごろではあなたには二重の意味で頭が上がらなかったわけだ」

「セックスについては、そのとおりだわ」美恵子はさらりとその言葉を口にした。「その点では確かに、わたしはあの人に不満だった。それを口にしたことはないし、とりすがって求めたこともないけど、あの人はわたしの不満には気づいていたはずだわ。気づいていないはずがないわね。そうよ、最近はあの人は自分が寝室では男ではないことを恥じていた。わたしに蔑《さげす》まれてると感じていたと思う。だから一方で、あの人がわたしの貞淑さを疑うだけのことはあったんだわ。でも」

「でも?」

「でももう一度言うけど、あの人の育ちや家柄なんて、わたしは気にしたこともなかった。父もわたしたちの結婚を心から祝福してくれたのよ」

「お父さまはさばけた方のようですね。いまは田島工作機のほうの副社長でしたか。何度か社でお目にかかったことがある」

「そもそもは、父が引き合わせてくれたことなの。父に連れられて行った伊豆のゴルフ場で、あの人を紹介されたの。うちの工場の一番の有望株なんだ、と父は言ったわ。仕事ができて、元気がいい。惜しむらくは、まだひとり身だってことだ、ってね。

わたしは訊いたの。ゴルフはもう長いのですかって。あの人は答えた。ついこの一年ばかりです。自分ではさほど面白いスポーツだとは思っていないんですが、でも偉い人たちとおつきあいするには、テニスや水泳よりもゴルフだと思いますからねって。投資効率、そう、そのとおりの言葉を使ったわ。ゴルフは投資効率の高いスポーツだと思うと。

わたしはその言葉のあまりの率直さに驚いたし、そして惹《ひ》かれたのよ。わたしのまわりにはいなかったタイプの人なんだもの。そして予想していた通り、その次の日にはもうデイトの誘いの電話があったわ。あなた、ワインはお好き？」

「けっこう。ぼくにかまわずやってください」

美恵子はワイングラスを持ち上げ、白ワインを口に運んだ。

「とにかくそういうことよ。あの人はいろいろ負い目を持っていて、わたしに日曜の午後のことを確かめようともしなかった。あの人が間男と信じた男を、いきなりピストルで撃ってしまったんだわ。嫉妬《しっと》だったのかしらね。それともわたしの名誉を守ろうとした？　今野支配人やあなたたちの前で、フェリシアードにそのことを言わせまいとしたのかしら。ほんとうのわけがどうなのか、わたしにはわからない。でもどうであれあの人は、わたしたちの夫婦仲のことで悩み、苦しみ、そのために人を殺したんだわ。地位も名誉も捨てる覚悟で。あの人が夢見てきたたくさんのこと、いい生活やお金やベンツ、名門ゴルフ場の会員権、軽井沢の別荘、いい家柄の人々とのつきあい、そんなものを何もかも失うことを覚悟で、間男と信じた相手を殺してしまったんだわ」美恵子はワイングラスをトレイの上に置くと、顔を上げてまっすぐに亮平を見つめてきた。目はうるんでいたが、その底にたたえられた光は誇らしげだった。「あの人のことを、わたし自身もすっかりかんちがいしていたんだわ。あの人はただの野心家じゃなかった。ただ打算だけの男じゃなかったのよ。あの人はあの人なりの方法で、わたしを愛してくれてたんだわ」

沈黙があった。エアコンディショナーが窓の脇でかすかに唸りを上げている。ほかには何も物音はしない。庭からも階下からも、静寂を破るものは何ひとつもれてはこなかった。前夜射殺事件の起こったその屋敷は、その午後ひっそり静まりかえっていた。

亮平はあらためて訊いた。

「許してもらえますね」

美恵子は真正面から亮平を見つめたまま、言った。

「帰って」

「え？」

「帰って。大切なことがわかったからといって、あなたに感謝すべきものでもないわ。直接にはあなたがうちの人を殺人犯にしたのよ。それはまちがいのないこと。許せるはずがないわ。帰ってください」

それまでの口調とはうってかわり、その声音は毅然としていた。いっさいの曖昧《あいまい》さのない、切り詰められた調子があった。

亮平はうなずいて椅子から立ち上がった。

ドアに手をかけたとき、うしろから美恵子が言った。

「たったひとつだけ、ありがたく思っていることがあるわ」

亮平は足を止めて、続く言葉を待った。

美恵子は言った。

「あの夜、わたしを追い返してくれてありがとう。信じてもらえないかもしれないけど、わたしはうちの人を裏切ったことはないの。瀬戸ぎわまで行ったことすらない。たぶんあの夜がいちばんの危機だったと思うけれど、あなたのおかげで、裏切らずにすんだわ。ありがとう」

亮平はドアをそっと開けて、廊下へと出た。

工場に戻ったのは、午後二時をいくらかまわった時刻だった。

六割の工員しか出ていない工場は閑散としている。ラインは動いているし、工作機械もモーターもすべてオンの状態になってはいるが、一昨日までのあの人を駆り立て追い立てるかのような活気は失せていた。工場の内部はまるで通夜の支度中とでもいった様子で、工員たちの動きにも熱がなく緩慢だった。ときおり班長たちがラインのあいだを前かがみになって移動している。手が足りない部門への応援に駆けつけるところなのだろうが、班長たちもまた自分たちの応援が焼石に水であることを承知しているかのようだった。なかば途方に暮れ、あきらめていることが、その足音の重さから感じ取ることができた。

亮平は事務所に入ると、再び一台のＩＢＭの前に腰を落ち着け、電源スイッチを入れた。

支配人室の中では、今野がフィリピン人の副工場長と額を突き合わせている。今野の顔には焦慮の色が濃く、目が血走っているようにさえ見えた。やりとりまでは聞こえてこないが、一方的に副工場長を怒鳴りつけ、あるいは叱責《しっせき》し、追及しているようだ。副工場長はひたすら頭を垂れ、うなずいている。

亮平は調べの途中だったフロッピー・ディスクをセットし、画面に記録を呼び出した。この午後も午前中に引続き、ディスクに記録されている金の流れを、一件ずつ洗ってゆくつもりだった。以前の会計監査が発見できなかった以上、使途不明の金の流れが記録されている可能性は少ないが、一見辻褄《つじつま》の合う支出の中に、この工場の不正を示す数字が隠されているはずだった。フェリシアードの専横を許し、エスピノスの舌なめずりに根拠を与えている数字が。

三時過ぎになって、東京本社の倉持から電話が入った。

「明日、朝の便でおれと広報室長が飛ぶ」と倉持は言った。「マニラに着くのが三時ころだ。そちらには何時に入れるかな」

「五時くらいになるでしょう」と亮平。「財務の専門家も同行していただけると助かります」

「どうしてだ?」

亮平は簡単に事情を説明した。けっして経理面に明るくはない亮平にとって、いまの作業はいささか手に余る仕事であった。プロフェッショナルの応援がやはりどうしても必要であった。

倉持は承諾した。

「よし、経理からひとり連れて行こう。それまで、資料をしっかり守っておけ。支配人たちに処分させたりはするなよ」

「いまのところ、連中はそこまでの危機感は持っていないようですが」

「事件のほうはその後、どういうふうになってる？」

「蟻坂工場長の取調べはまだ続いています。釈放されるかどうかは、まだ微妙なところですね。弁護士もこちらに到着し、接見をすませているんですが」

「プレスのほうの動きはどうだ？」

「まだマニラでは発表されていないようです。少なくとも、日本人が殺人事件に関わったという形での発表は行われていないのでしょう。問い合わせの電話などは入っていません」

「明日の五時まで、とにかく抑えておいてくれ。騒ぎを広げたくはない」

「もう無理かもしれませんよ。この町は沸騰してきました」

「どういうことだ」

「警察とヤクザという、この町の二大勢力が武力衝突に入ったんです。警察とヤクザといえば、この町でバグタング一族とタジマの支配を支える二本の柱ですよ。うちがこの町で今後も平穏に操業を続けられるかどうか、あやしくなってきています」

「そんな言い方をするから、破壊的だと噂されるんだ」

「言い方などは瑣末《さまつ》なことです。とにかくそれが現状です」

「お前が行ったために、騒ぎが大きくなったのでなければいいがな」

「わたしがきたために、問題が顕在化し、亀裂《きれつ》がいっそう広がったのは確かでしょうね」

倉持は溜息をついた。「おれを後悔させないでくれ。お前をそこにやったのは、工場撤退を決める材料が欲しかったからじゃないんだ」

「明日五時、工場の事務所でお待ちしてますよ」

もう四時近くという時刻になって、今野支配人は副工場長のほか六人の課長を事務室に呼んだ。亮平にも声がかかった。

今野は集まった幹部職員たちに対して言った。

「明日、工場を休む。次の日曜の振替えということにする。その旨、部下の工員たち、職員たちに伝えてくれ」

意外な想いで、亮平は今野の顔を見つめた。確かに事実上の操業停止に入っているようなものだが、だからといって会社側から操業停止の挙に出るとは思い切ったものだ。たとえ休日の振替えということであっても。

ひとりの課長が訊いた。

「工員たちの給料はどうなります？　日給制の見習い工員たちの賃金は保証されるんで

すか」

「この国の法律の範囲内で」と今野は答えた。「日曜に操業できるようなら、正規の職員の賃金はカットされない。見習い工員たちにとっても、手取りは同じことだ」

「組合とは、話がついているんですか？」と、べつの課長。

「これから伝える。あいつらは工員たちの無届け欠勤を収拾する能力がないんだ。反対はできまい」

最初に質問した課長が、おずおずとした調子で訊ねた。

「これは、工場閉鎖につながるものじゃありませんよね。今週だけのことだと伝えてかまわないのでしょうか」

「いまのところは、明日だけ、今週だけの処置のつもりだ。明後日は平常どおりの操業となる。ただし、事情が大きく変われば、操業停止はまだ続くことになる。日曜もそのまま休み、その休みがさらに続くことになるかもしれん」

「どういう場合です？」

「明後日の出勤率もきのうきょうと同じなら、即刻閉鎖だ。工員たちのあいだに妙な空気が広がっていても、操業は再開しない。そのことを、きちんと連中に言ってやれ。工場が動くも動かないのも、手前らの心がけ次第なんだってな。それから、明日が休みだからといって、勝手な集会なんか持たないように言うんだ。明日は三時から大統領の演説会がある。友愛協会の幹部だけをやるつもりだったが、こうなったら、工員たちは全部そっちの集会に行くよう伝えろ。いいな」

今野は幹部職員たちを追い払うように手を振った。幹部たちはしばらくその場でためらい、とまどいを見せていたが、やがてひとりずつ支配人室を退出していった。

「なんだ?」と、今野がひとり残った亮平に訊いてきた。「何か不満でもあるのか」

「いいえ」亮平は首を振った。「でも、本社はこのことにどう反応してきました?」

「この工場のことはおれが決める。本社にはこれから休日を振り替えたと連絡するだけだ。問題が出るはずもない」

「明日、倉持常務と広報室長がきます。ご存じでしたか」

「さっき、本社に電話したときに聞いた。蟻坂の事件のほうの処理は、おふたりさんにまかせるつもりだ」

「工場のことは、口出しさせない?」

「こっちはおれの責任範囲なんでな。それがどうかしたか?」

「べつに。それだけです」

亮平は事務室に戻り、再びオフィス・コンピュータの前に坐り直した。

今野支配人が自室を出て行ったのは、それから十五分ばかりたってからだった。組合の幹部たちとの協議に、工場へと降りていったのだろう。亮平がちょうど一枚、前年下半期分の現金出納録のディスクをスクロールし終えたところだった。

亮平はネリーを呼んだ。

「ネリー、支出の記録に関しては、もうフロッピーは残っていないんだろうか？」

「ええ」ネリーはうなずいた。「資材、購買、それに給与、保険。全部ご覧になったでしょう」

「ぼくはこっちの方面には弱いものでね。このあと、どんな記録をチェックしなけりゃならないのかもわからないんだが、でも何か残っていそうな気がするんだけどね」

「支配人室のキャビネットの中に、もういくつかフロッピーがありましたわ。わたしが担当していたものじゃないので、何の記録かはわかりませんが」

「持ってきてくれるかい」

「錠がかかってますわ」

「キーは、支配人が？」

「たぶん、デスクの引出しの中です」

亮平はすぐに支配人室へ歩いた。彼はいま工場に行っている。ぐずぐず言わせずにフロッピーを確かめるには、いい機会だった。

支配人の両袖《りょうそで》デスクの前に立ち、右上の引出しを開けてみた。サラリーマンなら、ふつうここにキーや名刺、印鑑類を入れておくはずだ。案の定、キー・ホルダーがふたつ、トレイの中に収まっていた。

　亮平はふたつとも取り上げて、壁際のキャビネットに近寄った。ネリーが事務室から心配そうに見ているのがわかった。ということは、このキャビネットには、支配人にとってそうとう重要なものばかりが収まっているということだ。錠のシリンダーを確かめ、記号と数字を読み取った。キーをひとつひとつ点検して同じ物を探した。四つ目のキーがそれだった。

　亮平は素早くそのキーを鍵穴《かぎあな》に差しこんでひねってみた。ロックが解除される感触があった。レバーをまわすと、キャビネットの扉はいとも容易に開いた。

　フロッピー・ディスクのホルダーはすぐに見つかった。透明の合成樹脂でできたケースで、中に五枚の八インチ・フロッピー・ディスクが収納されている。亮平はケースを抜き出すと扉を閉じ、すぐに施錠した。

　ケースを抱えてデスクに歩き、キーを元に戻して支配人室を出た。

　ネリーが言った。

「わたしが持ち出したものじゃありませんからね。わたしが話したことも内緒にしていただけますか」

「わかってる」亮平はフロッピーのタイトルを点検しながら答えた。どれにもアルファベットの記号が記されているだけだ。内容についての表示はない。「ネリー。ぼくがこいつを持ち出したことも、支配人には内緒にしておいてくれるかい？」

はい、と小さく答え、ネリーは自分のデスクへあわてて戻っていった。階段から今野が姿を見せたところだった。亮平はフロッピー・ホルダーをそっとデスクの下に隠した。


その事実を発見したのは、午後五時直前だった。

持ち出したフロッピー・ディスクの一枚が、サンビセンテ友愛協会の入出金を記録したものだったのだ。

「どうしてこんなものが、ここにあるんだ？」

亮平は思わず口にしていた。

確かロシオの話では、サンビセンテ友愛協会は、現大統領の与党ＫＢＬ（新社会運動）の大衆組織のひとつ。ＫＢＬ派の国会議員や地方議員の後援会にも似た団体ということであった。蟻坂の説明でも、いくらか与党寄りのライオンズ・クラブ、といったものではなかったか。いずれにせよ、田島農機の工場内にその経理の記録があってしかるべき組織ではない。いくら工員の大半がこの協会に組織されているからといって、こんなフロッピー・ディスクが支配人の部屋のキャビネットに収まっていたことは妙だった。

亮平はネリーを呼んで、ディスプレイを示しながら訊いた。

「こいつは、サンビセンテ友愛協会の会計の記録じゃないか？」

「そのようですね」ネリーはうなずいた。

「友愛協会の本部は、町の商工会館の中にあるんだろう？」

「そのはずですわ。でも」

「でも？」

「友愛協会はタジマの持物みたいなものですもの。ここにあっても不思議はありませんわ」

「どうして？　友愛協会というのは、ＫＢＬの事実上の外郭団体だと聞いているぞ。そんな政治団体が、どうしてタジマの持物なんだ？」

「だって、会員のほとんどは、タジマの工員たちですわ」

「副会長は支配人だったな」

「ええ。会長はバグタングさん」

「支配人は個人の資格で？」

「よくわかりません。でも、今野支配人が音頭をとって、従業員たちに入会を勧めたんですわ。いまは、正社員全員が加入しているはずです」

「強制か？」

「正社員になるとき、加入するかどうかを聞かれるはずですが、断った人がいるとは聞いていませんわ」

「このディスクの管理担当者は誰だい？　まさか今野支配人が自分で記録してるわけじゃないだろう」

「きょうは休んでる子です。イネスって子」

「デスクはどれだ？」

ネリーは窓際のデスクのひとつを指差した。

「友愛協会関係の伝票は、彼女が扱ってるんだね」

「ええ。帳簿も伝票も、すぐうしろのキャビネットに入ってるはずだわ」

「ようし、わかった、ネリー。くれぐれもぼくがこいつを調べていることは内緒だからね」

亮平はディスプレイの画面を少しずつスクロールさせてみた。

バランガ油脂工業という名の企業が、友愛協会にかなりの額を寄付していた。サンビセンテ工場に塗料を納入している取引き先だ。タヤバス・スチールという企業も、年末にそうとうのまとまった金額を寄付している。タヤバス・スチールはネジやジョイント金具を製造しているタジマの下請け工場である。同じく頻繁に寄付を繰り返しているサンビセンテ化学工業は、樹脂成型部品の下請け工場。これらの企業からの寄付は、みなリベート代わりということなのだろうか。

さらにスクロールさせてゆくと、友愛協会の支出の部分で気になる記録があった。

昨年十一月、友愛協会はサンビセンテの町に対し五万ペソもの額を寄付している。大統領選挙の繰り上げ実施が決まった直後の日付けだ。十二月には、いくつか正体不明の団体にも、合計十二万ペソ近くの金額を寄付している。おそらくはどれも大統領選挙のための運動資金の提供なのだろう。

田島農機は海外では、現地の体制に、あるいはどちらか一方の政治勢力に過度の肩入れをしないのが方針だった。イランでの手痛い教訓から学んだことだ。シャーに取り入っておけば商売は絶対安全と信じこみ、三億円近い工作費を無駄にしてしまったことがあるのだ。もしあのとき革命が起きていなければいなかったで、タジマはあの国にさらに二十億円を注ぎこんで、あげくの果てイラクのミサイルによって一切を霧散させてしまっていたことだろう。それ以来、政治献金や、仲介者への口銭、工作費用のたぐいは、日本の常識の枠内でのみ支出されている。現地法人も厳格にこの方針に従っているはずだった。

ただ、サンビセンテ友愛協会のような組織を使うことは盲点だった。今野はおそらくこの団体を通じてフランシスコ・バグタングに取り入り、町の行政に介入し、警察やフェリシアード一味への支配を強めてきたにちがいない。取引き先や下請けからのバックマージンも、本来なら納入価格の引き下げの根拠としなければならない種類のものだ。

もしこれが今野の指示で行われた寄付であるのだとしたら、今野は軽度の背任罪にあたるのではないか。

午後五時のサイレンが構内に鳴り響いた。

亮平はぎくりとして画面から目を離した。すっかりその記録に没頭してしまっていたようだ。時間のたつのを忘れていた。亮平は背を起こしてあたりを見回した。

事務室では誰もが、その日一日の空気をいつになく息苦しく重いものに感じていたにちがいない。ふっと緊張が解かれ、従業員たちが気兼ねなく息を吐き出した。

スクロールの途中だったが、亮平もいったんコンピュータの電源を切ることにした。ノーマの宿に食事を取りに戻り、それからもう一度この事務所にくればいい。明日の夕刻には本社から倉持がくる。それまでにもう少し、提出すべき成果を増やしておきたかった。きょうが言わば残業となるのはやむを得なかった。亮平はフロッピー・ディスクを取り出し、コンピュータの電源スイッチをオフにした。

ガソリンスタンドの脇から国道へ出ようとしたときだ。目の前で一台の乗用車が、けたたましくクラクションを鳴らしながら、数台の自動車を追い越していった。

追い越す際に反対車線まではみ出したのだろう。対向車線を走っていたトラックが急制動をかけ、道路をふさぐように横になって停まった。その荷台からいくつか、竹の籠《かご》が転がり落ちた。鶏をいれた籠だった。そこにもう一台、乗用車が突っこんできた。乗用車は籠を蹴散《けち》らしてスピンし、いったん鼻を道路の肩に突き出して停まった。

警報器の音が接近してくる。警察車と追跡戦を演じていたようだ。その乗用車はいったん後退すると、地面に耳障りなタイヤの擦過音を立てて、再発進していった。直後、警察車が一台、また散らばった鶏籠の真ん中に突入し、ハンドルを取られてトラックの横腹に激突した。鶏がその場に飛び出し、白い羽根が一面に舞った。

警察車から警官が降りてきた。増援部隊のひとりのようだ。拳銃を抜いて、乗用車の逃げ去った方向をにらんでいる。何か悪態をついていた。

交差点が静まると、亮平は自動車を国道へと乗り入れた。ひとり、笑みがもれてくるのを止めることができなかった。

警察署の駐車場へ入って自動車を置き、警察署の様子をうかがってみた。

オフィスの中には四人ほどの警官がいて、ある者は電話に向かって怒鳴り、またある者は警察無線と署長室とのあいだを駆け、さらにまたある者は壁の地図を指差しながら、同僚と大声で論じあっていた。取り上げる者のいない電話がひとつ、鳴り続けている。エスピノス巡査長が署長室から頭を振りながら出てきた。エスピノスの制服に汗がしみだしている。

亮平はエスピノスに訊ねた。

「いま、何があったんだ？　警察車が二台の車を追いかけていたようだが」

エスピノスが答えた。

「フェリシアード一味が、応援を集めてるんだ。きっと検問を突破した自動車だろう」

「応援なんて、どこから集めるんだ？」

「さあてね。連中はこの地方にけっこう仲間がいるんだよ。いざとなれば、サンフェルナンドやアンヘレス・シティ、マバラキャットあたりからも人を集めることができる」

「警察の増援のほうはどうなんだ？」

「サンフェルナンドでは、まだアキノの集会が開かれてる。こいつが終わるまでは、これ以上の応援は無理だろうな」

そのとき、無線係の婦人警官が叫んだ。

「テレサの店の前で撃ち合いよ！」

署内の全員が一斉に振り返って無線係に目を向けた。

婦人警官はレシーバを耳に当てたまま続けた。

「ホアキンたちが、ラモンを撃ったらしいわ」

署内に低くどよめきがもれた。いきどおりとも、嘆息ともつかぬ声だった。サンチアゴ署長も自室から駆け出してきた。

ひとりの警官が訊いた。

「応援が必要なのか？」

婦人警官は首を振った。

「もう終わったって。ホアキンは無事。ラモンは死んだみたいだけど、念のために救急車を呼んでくれって言ってるわ」

警官たちは肩から力を抜いた。ホルスターの蓋《ふた》を閉じる警官もいた。ひとりが、もうほとほとうんざりとでも言うように、長い溜息をついた。

亮平はエスピノスに訊ねた。

「何があったんだ？」

エスピノスは苦り切った表情で答えた。

「ホアキンは、殺されたチコの従兄弟《いとこ》にあたるんだ。敵討《かたきう》ちを勝手に始めたんだろう」

「勝手になんて、そんなことを許してるのか」

「やつは警官だ。理由なんて、あとからいくらでも作ることができるさ。たぶん向うが銃を持ち出したとかなんとか」

「そうすることがわかってるのに、そいつをパトロールに出すのか」

「人手不足なんだ。支配人の屋敷の警戒を解いてもいいのか？」

「ラモンって言うのは？」

「フェリシアードの一味。エミリオの稚児さんだよ」エスピノスは震える指で煙草の箱を取り出し、一本口にくわえた。「こんなことになっちまうと、日本製の乗用車どころの騒ぎじゃなくなる。おれが最後まで生きていられるかどうかもあやしくなるぜ」

「あんたたち警察が出ていくまでもなく、向うから報復にやってきてくれるな」

「そのとおりだ。だから大学出は困るんだよな。引きどき、手打ちのときってのを知らない」

「バグタングさんからは、まだ和解の要請は出ていないのかな」

「まだ、さほどの騒ぎとは見ていないのかもしれない」

「可愛いフェリシアードが死んだのに？」

「撃ったのがタジマの偉いさんでは、どちらに加担するか困るところさ」

「そういえば、うちの工場長の取調べはまだ続いているのか。まだ役場に留置されているんだろうか」

「いや。もう終わった。今野支配人の屋敷で保護されてるはずだぜ」

「起訴は免れないんだろうな」

「そいつは検察のほうが決めることさ。でも勾留が解かれたんだ。正当防衛が認められる公算は大きいぜ」

　国道の方角から警報器の音が聞こえてきた。いましがた乗用車を追跡していった警察車が戻ってきたのだろうか。それとも救急車がテレサの店に向かおうとしているのか。

亮平にはこの国の緊急自動車の警報を聞き分けることができなかった。

エスピノスは煙草をそばの灰皿にねじこむと、ひとりごとのように言った。

「さて、とにかくホアキンのところまで行ってみるとするか」

亮平はエスピノスに手を振って警察署を出た。


帰り着いたとき、サンビセンテ・インの前の路上には警察車が停まっていた。

亮平はいぶかりながら自動車を駐車場に入れた。たったいま警察署に寄っていたが、誰も自分を探していたようではなかった。エスピノスも、とくにそんな素振りを見せてはいなかった。警察のいったい誰が、自分と会いたがっているのだろう。

ロビーに一歩足を踏み入れて、自分の誤解に気づいた。

ふたりの警官が、ふたりの若いフィリピン人に職務質問しているところだったのだ。ちょうど三日前、亮平自身も同じ場面に遭遇していた。

警官のひとりは、警察署が襲われたとき署にいた男だった。テリーと呼ばれていた。

テリーは亮平に気づくと、愛想よくあいさつしてきた。

「ハロー」と亮平も返した。カウンターに目をやると、ノーマはやはり憮然《ぶぜん》とした表情でこの職務質問の情景をにらんでいる。

若いふたりは、質素だが清潔ななりで、ひとりは小柄、もうひとりは亮平に近いほどの長身だった。足もとにビニール製のバッグがふたつ置かれていた。ふたりとも、目にははっきりと敵意をたたえて警官を見つめている。

警官のひとりが、身分証明書のようなものを眺めながら言った。

「ＰＮＬＯだってよ。知ってるかい？」

テリーが答えた。

「知ってるさ、アガピト。このあいだきた男も、ＰＮＬＯのオルグだった。マクティガスとか言う男じゃなかったか」

「死んだそうだな」

「マニラで、誰かに撃たれたって、新聞で読んだぜ」

「ＰＮＬＯというと、きらう人間が多いんだな」

「そう。だけどおれたち、ＰＮＬＯの連中をしっかり守ってやることはできるだろうか」

「物騒なところだし、ＰＮＬＯときたらきらわれてるからな。とても守りきれるもんじゃないよ」

テリーがふたりのＰＮＬＯのオルガナイザーに向き直り、ことさら皮肉な調子で言った。

「そういうことだよ。おれたちはお前らの安全を保証できない。早く帰ったほうがいい」

オルグのひとりが言った。

「評判どおりの町だな」

「どんな評判があるんだ？」

「この国を鍋に入れて二日間ぐつぐつ煮込むと、サンビセンテになるってさ」

「おもしろいことを言うやつだな」テリーはアガピトに向かって言った。「な、愉快な男だな。まわりをとても愉快にしてくれる」

アガピトは答えた。

「おれには、おもしろくないよ」

「知ってるさ、阿呆《あほう》」

言いながら、テリーは長身のオルグの腹に拳《こぶし》をたたきこんだ。オルグは短くうめいて身体を折った。

テリーは鼻で荒く息をしながら言った。「きょうは仲間がひとり死んでるんだ。おれたちはみんな気がたってる。生意気はひかえたほうが利口だと思うぜ」

オルグは腹をおさえたままだ。もうひとり、小柄なほうのオルグは壁に張りつき、目をむいている。

テリーはその男に指をつきつけて言った。

「明日の朝、チェックアウトしたら、まっすぐマニラに帰りな。バスは七時と八時半にある。どちらか好きなほうに乗るんだ。ただし遅れるな。八時半に乗り遅れたら、お前たち、マニラに帰るのは何日も遅れることになるんだ。わかったか」

男は言った。

「あんたたちには、おれたちを追い返すことなんかできないよ。おれたちは法の範囲内で労働運動をやってるんだ」

「法律を論じ合おうっていうんじゃない。お前らがトラブルに巻きこまれるのを見たくないんだ。そいつはおれたちにとっても厄介ごとなんだぜ。ただ仕事が増えるだけなんだからな。それに明日は大統領がくる。お前らみたいのに、会場周辺をうろついてもらいたくないんだ」

「忠告は聞いたよ」

「忠告なんかじゃないってんだよ」

テリーはその男の腹にも拳をたたきこんだ。男は腹を抱えこみ、その場にひざまずいた。ひざまずき、ちょうど祈りでも捧《ささ》げるかのようにゆっくり頭から前へ倒れこんだ。

遠くで爆発音が起こった。今朝にも聞いたような、鈍い衝撃音。方向までは特定できない。いずれにせよ、このサンビセンテ・インから北の方向。役場や警察署、教会やテレサの店、フェリシアードのガレージのある方向だった。

テリーはアガピトと呼ばれていた警官をうながして、外の警察車へ戻っていった。

亮平はノーマから部屋のキーを受け取って言った。

「十五分後に、こっちで夕食にしたいんだけど」

「え？」ノーマが訊き返してきた。「ああ、食事ね。すぐ用意するわ」

亮平は同じことを繰り返した。

「十五分後でいいんだ。まずシャワーを浴びたい」

「あの人たち、だいじょうぶなの？」

「警官は訓練を受けてる。内臓が破裂するような殴りかたじゃない。じきに痛みも引くさ。立ち上がって、自分で部屋まで歩いていける」

「冷たいのね」

「おれはタジマの社員だ。立場上、いま彼らと親しくなるわけにはいかない。銃弾や爆発物が飛び交ってる町だよ、ノーマ。冗談ではなしに、彼らは本気で自分たちの身の安全を心配したほうがいいんだ。二日もすれば、すぐに町は平常に戻るはずだから」

「とにかく、水でもあげなきゃ」

うしろで咳《せき》の音がした。

亮平は振り返った。ふたりがゆっくりと身体を起こしたところだった。想像したとおり、気を失うほどの痛みではなかったようだ。長身の男のほうは、頬に苦笑さえ浮かべている。たぶん彼にしても、そんな仕事に就いている以上、殴られたり蹴られたりは何度も経験してきているはずだ。殴られかたにも習熟しているにちがいない。

亮平はキーを手にしてカウンターを離れた。

サンビセンテ・インで夕食をすませると、亮平は再び国道を北に戻った。事務所で作業の続きにかかるつもりだった。たぶん今夜は、深夜の帰宅となるだろう。

日はすでに沈んでいた。南国の空が、色あせたオレンジ色から暗い灰色へと変わってゆく時刻だ。国道ぎわの人出は、昨夜ほどではなかった。はやばやと扉を閉ざした店も多く、周辺の路上に駐車しているトラックの数も数えるほどしかない。行き交う住民はみな足早で、表情にかすかな脅《おび》えか不安の色が見えた。周辺を眺めわたしても、所在なげにたむろしている男女の姿などはまったく見当たらなかった。

警察署の前まできて、駐車場に幌《ほろ》つきのトラックが一台増えていることに気づいた。国家警察軍が増援されてきたのだろうか。亮平は国道から駐車場へと自動車を入れた。

トラックはやはり増援部隊のものだった。まわりに十人ばかりの武装警官が集まっている。命あるまで待機、ということなのだろう。みな一様に緊張した面持ちだった。到着早々、この町の異様な空気をかぎとってしまったのかもしれない。

警察署の中に入って内部を見渡した。警官たちは出払っていた。婦人警官のほかには、オフィスにはエスピノス巡査長がいるだけだ。エスピノスは無線設備の前で、ちょうど応答を終えるところだった。パトロール警官から報告を受けていたか、指示を出していたのだろう。エスピノスは送受器を戻すと、オフィスの隅のベンチに浅く腰をおろし、ぐったりした様子で背板によりかかった。目の下に隈《くま》のようなものが見える。

亮平はエスピノスに訊ねた。

「さっきもまた爆発音がしたが、こんどはどこが襲われたんだ？」

エスピノスはほとほとうんざりといった調子で答えた。

「爆発は、フェリシアードの賭場《とば》だ」

「フェリシアードの？　どういうことだ」

「警官の誰かが手投げ弾を投げこんだらしい。誰がやったのか、みんなしらばっくれてるが、あのとき町の警備に出ていた六人のうちの誰かさ」

「チコの報復が続いてるのか」

「それだけじゃない」

「ほかにも？」

「いましがた、国道の北で撃ち合いがあった。検問に突っこんできた自動車を停めようとして、レイノルドって警官が撃たれたんだ。いま病院に運ばれた。うちの連中はてんやわんやだ」

「どんどんエスカレートしていくな」

「向うはフェリシアードとラモンのふたりがアウト。こちらはチコひとり。勘定合わせるつもりだろうな」

「フェリシアードは警察が手を下したわけじゃないが」

「なあ、あんた」エスピノスは背を起こした。「いまははっきり確信持って言えるんだが、フェリシアードが死んだ直接のきっかけは、あんたが作ったんだ。チコのときにも、あんたさえけしかけなければ、チコは撃たれることはなかったんだよ。フェリシアード一味がどう思ってるのかは知らんが、おれがエミリオなら、蟻坂工場長よりはあんたのほうを狙うところだね」

「けしかけたと言うが、おれがこの町で拳銃を配って歩いたわけじゃない」

「みんなうまくやってたところに、あんたが楔《くさび》を打ちこんできたように見えるぜ」

「おれは工場の操業を円滑にするためにここにきた。それだけだよ。この町の縄張争いなんかには興味がない」

「そうは見えないがね」

「そのうち、誤解を解くさ」亮平は外をあごで示した。「増援がきたみたいだな」

「ああ」エスピノスもドアに顔を向けた。「また十二人きた。これからアジトの包囲にかかるそうだ。逮捕状は四通請求している。おれたちはいま、アンドレスたちの分が揃《そろ》うのを待っているところなのさ」

「エミリオは？」

「あいつはまだ表に出てきてない。逮捕状を請求する根拠がないんだ」

「いずれにせよ、連中もおとなしくされるがままにはなるまい」

「警官も二、三人死ぬよ」

「先頭には署長が立つんだろう？」

「どうかね。署長はおれが適任と思ってるみたいだが」

「やるのか？」

エスピノスは答えなかった。憎々しげに署長室のほうへ目をやり、口の端をゆがめただけだ。

その署長室のドアが開いた。相変わらず制服をりゅうと着こなした署長が出てきて、エスピノスを呼んだ。

「巡査長、ちょっと相談があるのだが」

「ほら、きた」エスピノスはつぶやいて、ベンチからのっそりと立ち上がった。

署長はその場で言った。

「バグタングさんから電話があった。休戦して話し合ってはどうかと言うんだが」

エスピノスはその場に突っ立ったまま、署長を見つめ返した。眉がぴくりと動いたように見えた。

署長は続けた。

「そんなことができるものかね。巡査長としてのきみの意見を聞きたいとこなのだが」

「わたしはこれまでも何度か、それを言ってきましたが」とエスピノス。

「知っているさ。きみの進言を受け入れる時機が、ようやくきたのかもしれん」

エスピノスが重そうに足をひきずり、署長とともに署長室のドアの向うに消えた。

亮平は警察署を辞すことにした。午後六時三十分。亮平の増援部隊が到着するまで、あと二十二時間余りだ。


再び工場に戻り、警備員に事務室のドアを開けさせた。

エアコンディショナーが切られていたせいで、事務室の中には戸外なみの熱気がこもっていた。亮平はまずドアのそばの配電盤に手を伸ばして主電源スイッチを入れ、明りをつけた。天井の蛍光灯がまばたきしてともり、無人のオフィスをしらじらと照らしだした。亮平は続けてエアコンディショナーのスイッチを入れた。部屋のどこかで、モーターが鈍い唸りを上げて回転し始めた。

使っていたデスクの前に腰をおろし、コンピュータをオンにした。冷えた炭酸水でも買ってくれればよかったと思ったが遅すぎた。給湯室のクーラーには、たぶんミネラル・

ウォーターくらいは入っているだろう。亮平はフロッピー・ディスクをセットし直した。

核心をつかんだ、と思うことができたのは、それから三時間近くたってからのことだった。

亮平はデスクの周囲を見渡した。友愛協会関係の帳簿や伝票の綴《つづ》りが、あたりに散らばっている。亮平が担当の事務員のデスクをかきまわし、あるいは錠のかかったキャビネットを開けて引っ張りだしたものだった。フロッピー・ディスクの記録と対照するためだった。

亮平はその帳簿や伝票綴りをまとめると、自分のゼロ・ハリバートンに収納した。フロッピー・ディスクもケースに収め、これを一番上に置いて蓋をする。ロックすると、亮平はあたりを見まわした。明日の五時、倉持と経理の担当者が到着するまでは、どうしても他人の手には渡すことのできない品々だった。かといって、あの笑い首の警告のあったようなホテルには、持って帰るわけにはいかない。最も安全なのは、この工場の中であった。

天井の裏やエア・ダクトの中がすぐに思い浮かんだが、こういったところは探す側にとっても最初に思いつくところだろう。亮平はゼロのアタッシュケースをさげたまま事務室を一周した。うまい隠し場所は思い当たらなかった。

明日は操業がないことを思い出した。となれば、工場のほうに隠しても不都合は出ないわけだ。亮平は事務室から工場へと降りた。

事務室の窓ガラスから明りがもれているので、工場の照明を入れる必要はなかった。亮平は人気《ひとけ》のない静まり返った工場を慎重に歩き、隠し場所を探した。靴音がコンクリートの床に妙に大きく響いた。まるで大太鼓の上を鋲《びょう》を打った靴で歩いているような気分だ。靴音は工場の壁や機械に反響し、もとの音の何倍にも増幅されて聞こえた。

組立て部門の隅に、保守係の道具置き場があった。ゼロに似た金属製の工具箱が、棚に整然と並べられている。ゼロをそばに当てて見ると、そのケースも工具箱のひとつのようにしか見えなかった。少なくともこのゼロを探している者ではないかぎり、ここにひとつ異様なものがあるとは感じないだろう。

亮平は工具箱のあいだに隙間を作り、自分のゼロ・ハリバートンを押しこんだ。

時計を見ると、午後十時十五分。

そろそろサンビセンテ・インで、ビールをあおりたい気分だった。

第七章

その時刻、町はほとんど闇《やみ》の中にあった。

開いている商店はほとんどなく、まばらな街灯の明りは、夜空の恒星か蛍の光ほどにも頼りなげだ。国道には人通りはまったく見当たらない。市場の裏手のほうにでも行けば、まだいくらかにぎわっている場所もあるのかもしれないが、町の表はすでに寝入った顔だ。あるいは、ただ単に息をひそめ、声を殺しているだけなのだろうか。

警察車が一台、屋根の警告灯を回転させてすれちがっていった。抑えた速度であったところを見ると、どこかへ急行する途中ではないようだ。国道を警戒しているだけなのかもしれない。

亮平には、その夜の町のたたずまいからは、警察とフェリシアード一味とのあいだの衝突が回避されたのか、それともいっそう緊張が強まっているのか、判断することができなかった。

警察署の前まできて、亮平は自動車を徐行させてみた。駐車場には警察車が一台停まっているほか、国家警察軍のトラックが二台、頭を国道側に向けて並んで駐車している。増援された警官たちは、駐車場の横手で姿勢をくずして休んでいた。警官たちは煙草を喫《す》い、談笑しているように見える。ということは、やはりフランシスコ・バグタングのひと声がきいて、休戦が決まったのか。窓からオフィスの中が見えたが、エスピノス巡査長の姿は見当たらなかった。亮平はそのままサンビセンテ・インへ帰ることにして、アクセル・ペダルを踏みこんだ。

自動車を駐車場に入れて、カウンターでノーマからキーを受け取った。

「町の様子はどうだい」亮平はノーマに訊《き》いた。「静かになったようかい」

「そういえば」ノーマは答えた。「あなたが出ていってから、警報器の音や爆発の音はしていないわね」

「じゃあ、休戦が成立したんだな」

「明日はこの町に大統領が顔を見せるのよ。バグタングさんにしても、撃ち合いが続いてるところにはきてもらいたくないでしょうからね」

「あのＰＮＬＯのふたりは？」

「でかけていったわ。工員街のほうにいったんじゃないかしら」

亮平はノーマにまたサンミゲールとウィスキーと氷とミネラル・ウォーターを注文した。自分でそのまま持って部屋に上がりたいところだったが、ウィスキーや氷は使用人に運ばせるとノーマが言う。亮平はとりあえずサンミゲールの瓶だけ持って、二階へ通ずる階段へ向かった。

薄暗い廊下を突き当たりまで歩いた。キーをドアの鍵穴《かぎあな》に差しこんだときだ。背後、廊下の反対側で物音がした。亮平は何げなく振り返った。非常口のドアが開くところだった。外の踊り場に男がいた。男は身体を素早く廊下に入れてくる。片手に何か黒っぽい物が握られていた。男と目が合った。合った瞬間に、亮平はさとった。襲撃。

亮平はとっさに一歩退き、男に向けて思い切りサンミゲールの瓶を投げつけた。瓶は非常口のガラスに当たって派手な音を立てた。男はひるんで顔を片手で覆った。男の胸のあたりで閃光《せんこう》が走り、破裂音が響いた。

細長い狭い廊下だ。逃げようも隠れようもなかった。階段は非常口のすぐ手前。客室のドアはすべて閉じられている。亮平は大声を上げて廊下を突っ切り、男に体当たりを食わせた。男はドアと共に踊り場へはね飛ばされた。再びガラスの割れる音が響いた。

亮平は全身を男に押しつけ、男の腕をとってねじ上げた。貧弱な身体の相手だった。筋力はさほど鍛えられていない。亮平は男の喉《のど》を締め上げ、そのまま踊り場の手すりに押しつけた。見たことのない、小柄なフィリピン人だ。黄色い半袖《はんそで》シャツに白いパンツ姿。歳は二十代なかばか。

男はそれでも必死で抵抗してきた。拳銃を持った右手を、なんとか自由にしようともがいてくる。亮平は不自然な体勢のまま、さらに男の首を押し続けた。木製の手すりがきしんだ。

　つぎの瞬間、手すりの横木が音を立てて折れた。手すりは破裂したかのように壊れ、木片が四散した。男の身体がふっと宙に浮いた。亮平は男から手を離して、ドアの枠に手をかけた。男は壊れた手すりとともに、下の地面に落ちていった。

　身体をようやく支えて、下をのぞいた。男は少しのあいだ、身動きしなかった。身体を横向けにして倒れたままだった。死んだか？　しかし男はのっそりと背を起こし、一回頭を振った。手にはまだ拳銃が握られたままだ。顔にも手にも、赤い斑点《はんてん》がある。割れたガラスの破片で切ったか、いまの落下の際にできた傷のようだ。

　男は頭上を見上げ、拳銃を向けてきた。亮平はすぐに顔を引っこめた。また破裂音が響き、非常口のドアの一部がはじけ飛んだ。それから靴音。いくらか足をひきずっているようだ。やがて自動車の発進音が聞こえた。そのエンジン音はすぐに遠ざかり、国道の北方向へと消えていった。

　もう一度下をのぞいたとき、下の路面にはガラスや木片が散らばっているだけだった。黒っぽい染みがいくつか見えたが、これは男が流した血の跡のようだ。傷は思いのほか深かったのかもしれない。

「原田さん！」うしろでノーマの声。「原田さん、だいじょうぶ！」

亮平は非常口のドアを閉じて、廊下で振り返った。ノーマが横手の階段を駆け昇ってきたところだった。手には刃の厚い菜切り包丁。

亮平は両手を広げて見せて言った。

「怪我は、して、いないよ」呼吸が乱れていた。「殺し屋は、逃げた」

「殺し屋？」

亮平は荒く息をつきながらうなずいた。

「おれを狙《ねら》っていたんだ。自分の部屋に入ろうとしたとき、それを確かめた上で発砲しようとした」

「あなた、血が出てるわ」ノーマが近づいてきて、亮平の頰《ほお》に触れた。「ガラスで切ったのね」

「たいしたものじゃないだろ」

「下へ来て。手当てしなくちゃ」

階下へ降りて、フロント裏手の事務室で手当てを受けた。頰の一カ所も、右手についた何カ所かの傷も、さほど重いものではなかった。バンドエイドですむ。包帯をまくほどのことはなかった。

「相手が誰かわかるの？」救急箱を片づけながらノーマが訊く。

「いいや」亮平は首を振った。「昨日の警告はフェリシアード一味のものだったろうが、こんどは誰かな。おれはいまじゃ、この町に敵が多すぎる。見当もつかないよ」

「フェリシアードの手下たちじゃないの？」

「その見方は、単純すぎる」

外でフロントの電話が鳴りだした。ノーマはそばにあった電話に手を伸ばし、送受器を取った。

「あなたにだわ」ノーマが亮平に送受器をわたしてくる。「女の人よ。さっきも一度かかってた」

亮平は電話を代わった。

「原田さんね」女は言った。美恵子だ。「そこ、危ないわ」

「え？」亮平は訊き返した。「危ないって、何が？」

美恵子は早口で言った。

「あなた、殺されるわよ」

「誰に？　どうして？」

「いいから聞いて。今夜、この屋敷で集まりがあったの、知ってる？　支配人や警察署長、エスピノス巡査長、フェリシアード兄弟の弟のほうも来たわ。殺し合いはやめることが決まったの。うちの人の安全も保証されたわ。でも」

「でも？」

「あなたは、フェリシアードの一味に殺されるわよ。警察は黙認するわ」

「どうしてそれを知ってるんです」

「支配人がうちの人に伝えたの。陰で全部聞いたわ。今野さんは、あなたをエミリオに差し出すことで、あの人たちに折れてもらった。警察も、あとあなたひとりの死ですむなら、あの人たちをこれ以上追及しないことにしたのよ。すべては、きっかけを作ったあなたの責任ということらしい。どうしてかは知らないけど、今野さんはあなたが殺されることを望んでいるわ」

「そうしなければ、逆にあいつの身が危ない」

「どういうこと？」

「ぼくはあいつを追放するつもりなんですよ。この工場からも、タジマからも。ぼくはやつの背任の証拠さえつかんだ」

　ほんの少し沈黙があった。

「ああ。そういうことだったのね」

「情報、ありがとう。許してもらえたんですね」

「早くそこから逃げて」

「ご厚意はありがたいが、そうするわけにはいかないんです」

「あ、人が」

「え？」

「切るわ。逃げて」

電話は一方的に切れた。

ノーマが亮平の顔を見つめてくる。説明してくれと言っているようだ。

送受器を戻すと、亮平は言った。

「警察とフェリシアード一味と、それにタジマとで手打ちになったんだ。生贄《いけにえ》がおれだ」

「じゃあ？」

「またやってくる。警察には保護を頼むわけにはいかない」

「どうするの」

「パンとか、水とか、缶詰とか、丸一日分の食料を用意してくれないかな。あんたがもしバイクか自動車を持っていたら、そいつも貸してもらいたいんだけどな」

「ホンダがあるから使って。でもどうするつもりなの」

「工場にこもる。明日の五時まで、おれは死ぬわけにはいかないんだ」

「ここ、どうしたらいいのかしら」

「七号室のおれの部屋の常夜灯をつけ、カーテンを引き、中で小さくラジオをかけて、ドアをロックするんだ。トップシーツの下にはクッションを丸めておいてくれ。ほかの客たちは、全部離れた部屋に替えてしまう。それから警察に電話するんだ」

「なんて？」

「さっきあったことを、その通り言えばいいのさ。お客を守って欲しいと頼むんだ」

「すぐきてくれるかしら」

「いや」亮平は確信を持って首を振った。「すぐ行くという返事があるだろうけど、警察はきやしないよ。言ったこと、やってくれるね」

「あなた、ただのサラリーマンじゃないのね」

「サラリーマンのプロなんだよ」

亮平はノーマからバイクのキーを受け取った。


小型のバイクに乗って、亮平はそっとサンビセンテ・インの駐車場を出た。国道は通らなかった。一本西側の道を、北に向かって走ったのだ。ちょうど市場の裏手を通り、サンビセンテ高校の前へと出る道だ。ウエスト・ドライブと名がついている。途中、すれちがう自動車はなかった。

高校の前から左手に折れ、田島農機の工場へと通じる道に入った。右手に運動競技場を見ながら直進し、ゲートの手前五十メートルばかりのところでバイクを停めた。門衛の詰所に明りがついており、ふたりの警備員が門扉の内側にいる。ほかには人の姿はない。工場が見張られている様子はなかった。

　ゲートの前までバイクを進めて、ギアをニュートラルに入れた。ひとりの警備員が散弾銃をかまえて、門の中央へと出てきた。亮平は身分証明書をかざし、入構したい旨を告げた。さきほど残業を終えたときにも声をかけていた警備員だ。すぐに門扉が開かれた。

　亮平は警備員に言った。

「今夜、おかしな連中が侵入してくる可能性があるんだ。十分注意してくれ」

　警備員は無言でうなずいた。言われるまでもないということのようだ。

　亮平はつけ加えた。

「身分証明書を持たない男たちも、ここを通せとやってくるかもしれん。支配人の指示は知っていたな」

「わかってますよ。どんな人間がやってきたって、ＩＤカードを持ってないかぎりは、絶対入れないってことですね」

「警備にあたるのは、きみたちふたりだけなのか？」

「ええ。明日の朝の六時に交替するまでは、わたしたちだけです」

「交替で眠るのか？」

「いえ。ときどきひとりが構内の巡視に出るけど、眠ることはありません」

「その散弾銃、スペアはあるのか？」

「ありません」

「ひとつ貸してもらえないだろうかね」

「無理です」警備員は散弾銃を身体のうしろに隠すように引いた。「あなたは、何時ごろまで工場にいるんです？」

「明日の夕刻まで。日本から交替がやってくるまでだ」

「工場は明日は休みと聞いています」

「おれは中にいる。ずっと帳簿を調べなくちゃならないんだよ」

「日本人は例外なしに仕事中心の生活ですね」

事務室に入ったが、天井灯はつけなかった。わざわざ標的のありかを外に知らせてやる必要はないのだ。亮平は窓のシャッターをすべて下ろすと、もっとも奥まった位置にあるデスクへ歩いた。外に向いた窓からも、工場を見下ろすガラス窓からも、もっとも離れているデスクだった。そのデスクの上のライトを床におろし、光が外にもれぬように点灯した。

電話機も床におろし、あぐらをかいて坐《すわ》りこんだ。一本、市外電話をかけねばならない。亮平は胸から手帳を取り出して開いた。

ボタンを押してしばらく待つと、受話器に男の声。

「ホァンだ」と男は不機嫌そうな声で名乗った。

亮平は言った。

「日本人の原田だ。先週、あんたにガイド料を支払った」

ホァンは驚いたようだ。しばらく言葉が返らなかった。

もう一度名乗ろうとしたとき、ようやくホァンは言った。

「なんだ？　いまからマニラ観光に出かけたいって言うのか」

「あんたを通して、ひとつ品物を買いたいんだ」

「品物？　ガイドじゃなくか」

「あんた、射撃場にも案内してやると言ってたな。日本の暴力団に拳銃を密輸したこともあると。だったら、拳銃やショットガンのブローカーにも強いコネクションがあるんだろうと思ってな」

「おれははったりはかましてないぜ」

「ショットガンを一梃《ちょう》、手に入れたいんだ」

また無言。

亮平は相手の沈黙にはかまわず、続けた。

「二連銃じゃなく、連発の自動銃がいいんだが、手に入るか。むずかしいなら二連銃でもいい。それに弾丸。三号弾を二十五発入りの箱でもらいたい」

「勤め人だって命を張るのさ」


「お前、ほんとうに堅気なのか」

「勤め人だと言ったろう。だけど近頃は、勤め人だって命を張るのさ」

「教えてやろうか。ペレスは肋骨《ろっこつ》を一本折った。丸一日苦しんで病院にいったぜ。きょうはもう動いてるがな」

「おれから、身体には十分留意してくれと伝えてくれ」

「な、日本人。手下をそこまで痛めつけられてるのに、おれがお前の頼みを聞かなきゃならない理由が何かあるのか」

「おれたちは約束したんだ、ホァン」

「約束なんて、くそくらえだ」

亮平は相手をくすぐってやることにした。

「お前の男を見こんで、取引きをもちかけてるんだぜ。おれはそのへんのチンピラやペテン師とは取引きしない。おれが相手にするのは、男だけなんだ。太っ腹で肝の据わった男しか、相手にしたくないんだ。おれは、あんたは男の格がちがうと信じた。だからあのとき、わざわざあんたに会いにいったんだぜ。それっきりでもよかったことなのにだ。それともおれが買いかぶっていたのか？」

ホァンはまんざらでもない声で言った。

「お前は目が高いよ、日本人」

「じゃあ、この話に応えてくれないか。金は払う。細かい商売だが、損にはならないだろう」

「自動銃だな。新品がいいのか」

「中古でもかまわないさ」

「高いぞ」

「あんたの言い値で買うよ」

「日本円で二十万」

「決まった。それで買おう。今夜、二時間後に引き取りたい」

「二時間後？」ホァンはあわてたようだ。「いま何時だと思ってるんだ。店が開いてる時刻か」

「店で買えるなら、あんたに頼んだりはしないよ、ホァン。二時間後、パンパンガ州のサンビセンテという町のはずれで受け取りたい」

「サンビセンテだって？　お前！」

亮平は抗議に耳を貸さなかった。

「ホァン。おれはあんたの言い値で買うと言ってるんだ。一ペソだって値切ったりしていないんだぜ。そのくらいの便宜をはかってくれてもいいと思うがね」

「三時間くれ」ホァンはいくらか弱気になった声で言った。「三時間後に、サンビセンテに届けてやる。ただし、二十万、現金で、その場で支払ってくれ」

「あんたなら、頼りになると思ってたよ」

「サンビセンテのどこに行けばいいんだ？」

「サンビセンテの町はずれに、タジマという会社の工場がある。その工場のゲート前。警備員がいるから、おれの名を出してくれ」

亮平は工場への道を詳しく伝えた。ホァンは一時四十五分に引き渡すことを約束した。物さえ手に入れば、深夜の自動車道はすいている。マニラからこの町まで、一時間少々で走ってくることができる。一時の約束でもよかったほどだが、ホァンは銃の入手に大事をとったのだろう。あくまでも三時間後を主張して譲らなかった。亮平は折れるしかなかった。

電話を切ると、亮平はいったん工場へ降りて武器となるものを探した。工具のほかには、長さ一メートルほどの鉄のパイプが見つかっただけだった。しかし、何もないよりはましだ。亮平はその鉄パイプを持って事務室に戻った。

すべてのドアに施錠し、念のために内側にデスクを運んでバリケードとした。三時間、まんじりともせずに過ごすことになる。連中がここに気づくまで、何時間かかるだろう。マニラにでも逃げたと見てくれるなら安全なのだが、今野には自分の執念深さを何度もアピールしてきた。案外早く見いだすかもしれない。

亮平は床に腰をおろし、壁にもたれかかった。心臓の鼓動が、いくらか速くなっていた。亮平はライトのスイッチをひねって、明りを消した。

事務室はいったん闇となったが、やがて目も慣れた。ゲートの前の街路灯の明りと、夜空のほの明りとが、シャッターの細い隙間《すきま》を通して事務室にも入りこんでくる。文字こそ読むわけにはいかないが、妙なものが闖入《ちんにゅう》してきたらすぐそれと気づく程度の光量はあった。警備員は事務室が完全に暗くなったことをいぶかるかもしれないが、そのうち亮平が典型的な日本人であることをやめて、怠惰にも寝入ってしまったのだと想像してくれるだろう。

どのくらいの時間がたったか、暗闇の中で、ふいに電話が鳴りだした。

亮平はぎくりとして身体を起こした。

事務室のどこかで、電話が鳴っている。深夜の事務室で、その音はまるで空襲警報のように大きくけたたましく響いていた。それまでの亮平の沈黙や警戒を嘲《あざわら》うかのような、野放図で無神経な響きだった。

時計を見た。午前零時八分。まだホァンが到着するには早すぎる。

いまこの事務室に誰かがいると知っている者は誰だろう？　心あたりと言えば、ノーマだけだ。

事務室を見渡し、鳴っている電話を探した。事務室の奥のほうだ。小走りに通路を歩いて、ひとつ送受器を取った。まだ鳴っている。すぐ戻して、次の電話。これだった。電話は鳴りやんだ。

「原田さん？」ノーマの声だ。切迫した響きがあった。

「ぼくだよ、ノーマ。どうかしたか？」

「いま。いま」ノーマは軽く動転している。また何か起こったようだ。「また襲われたの。あなたの部屋に、マシンガンが乱射されたわ」

予想どおりだ。

「誰かに被害は？」

「ないわ。あなたの部屋だけ。ベッドもバスルームも、何もかもめちゃめちゃ。あなたのスーツケースもね。いま警察が調べにきた。エスピノスは、あなたがいなかったことを知って、腹を立ててるみたい」

「警察は守りにきてはくれなかったんだろう？」

「あなたの言ったとおりだった。かわりにきたのは、また殺し屋たちよ」

「襲ったのは誰だか、わかってるのかい」

「いいえ。わたしの知らない連中だった。ひとりがわたしに銃を突きつけ、ふたりが二階へ駆け上がって、軍の自動ライフルをぶっ放したのよ。廊下に空薬莢《からやっきょう》がザラザラ転がってるわ」

「ノーマ、ぼくがここにいることは、もうばれたのか？」

「チェックアウトしたって答えたんだけど、スーツケースが置いてあったものだから、エスピノスは信じてないわ。知ってる？　警察は国道の北と南で検問してるの。あなたがまだ町にいるのは確かだと言ってる。いずれ、そこも探し当てられてしまうわ」

べつの電話が鳴りだした。ずばり、エスピノスがここと見当をつけたのかもしれない。

「ノーマ。ありがとう。悪いけど、これで切る。自分の身に気をつけてくれ。いいね」

「わかったわ。あなたも気をつけて」

送受器を戻して、新しく鳴りだした電話を探した。総務課長の席の電話のようだ。亮平は飛びついて送受器を取り上げた。

「ゲートです」と、さきほどの警備員の声。「お客さまがきています。ホァンという人ですが、お呼びですか」

「入れてくれるか」

「それはできません。入構許可証もＩＤカードもお持ちじゃありませんから」

「わかった。自動車できてるのか？」

「そうです。一台。ふたりですが」

「じゃあ、その自動車を門のすぐ前につけさせてくれないか」

「はい」

もう一度、窓に寄って外をうかがった。門の外に、黒っぽい乗用車が一台停まっている。前部の座席にふたりの影。まさかホァンは、この取引きにペレスを同行したりはしまい。たぶんピノというやせた青年が運転手を務めているのだろう。

亮平は鉄パイプと札入れを手にして、事務所の階段を降りた。

その自動車の後部座席に身体を入れた。ホァンも助手席から移ってきた。

自動車のすぐ正面、ゲートの内側では、警備員が不審そうに亮平たちの様子を見守っている。いかにも風体《ふうてい》のあやしげな男ふたりが、こんな深夜にやってきたのだ。警備員たちの不審も当然だった。

ホァンはルームライトをつけると、用意してきたビニール製のガンケースを開いて見せた。

「ブロウニングだ」ホァンは得意そうに言った。「この時刻なんで、手に入れるのに苦労した。中古だが、よく手入れしてある」

亮平はその銃を取り上げ、遊底桿《ゆうていかん》を操作して、持ち具合を試してみた。もとより、この銃ひとつしかないのだ。たとえ程度が悪いとしても、べつのものを要求することはできない。

「いいだろう。弾は？」

「こっちに」と、ホァンは赤いボール紙製の箱を差し出してきた。三号弾二十五発入りだ。まだ封がしてある。

亮平は用意しておいた札をホァンに渡した。ホァンは金を数えて、満足げに胸の内ポケットに収めた。

「着くのが早かったな」

「サービスだよ」ホァンは答えた。「こんなものを夜の夜中に注文してくるんだ。切羽詰まった事情があるんだろうと思ってな。自動車をぶっ飛ばしてきたんだ」

「ありがたくて涙が出るよ」

「それにしても、この町はずいぶん荒れてるようだな。お前がこんなものを欲しがる理由がわかるよ」

「どうして？」

「橋のところで、警察が検問をやっていた。町から出る自動車を片っ端からあらためていたみたいだぜ。町に入ってみると、ホテルみたいなところに警察車がきているのが見えた。明々と明りがついてな。人だかりがしているんだ。大騒ぎがあった様子だった」

「きょうだけで、ずいぶん弾丸が飛びかったようだ」

「手伝いはいらないか。マニラで探してやるぜ。ひとり二十万も出せば、命知らずが拳

とした。

「結構だ。ありがとう」

亮平はガンケースのファスナーを閉め、弾丸の箱を小脇《こわき》に抱えて、自動車を降りよう

銃持参できてくれる」

ホァンが愉快そうな顔で言った。

「なあ、日本人。お前みたいなのは初めてだ。おれはお前が気に入ったぜ」

右手を差し出してくる。握手をしたいということだろうか。

「かんちがいするな」亮平は笑みを見せたまま言った。「こんな取引きはしたが、おれ

はお前が好きじゃない。おれはお前にこんなことを頼まなきゃならなかった自分が、情

けないんだ」

ホァンの顔がこわばった。差し出した手が宙に浮き、行き場を失った。

「おやすみ、ホァン」

亮平は散弾銃のケースと弾丸箱を抱え、自動車のドアを勢いよく閉じた。

深夜、二時すぎに、また電話が鳴りだした。

亮平は陣取ったデスクの陰から立ち上がり、鳴っている電話を探した。呼出し音を出

しているのは、少し前に警備員がかけてきた電話機だった。

送受器を取ると、「支配人がいらしてます」と、警備員の声。「お通ししますよ」

「支配人が？」亮平は訊き返した。「ひとりか」

「ええ。いまゲートを開けます」

「彼は、ここにおれがいることを知ってるのか？」

「そのようですよ。あなたに話があるのだとおっしゃってます」

彼もとうとうここに思い至ったというわけだ。亮平は送受器を置いて窓に走った。シャッターの隙間からのぞくと、ちょうど乗用車が門の間を抜け、駐車場へと進んでくるところだった。からし色のメルセデス。警備員が今野ひとりと言ったところを見ると、今野自身で運転してきたのだろう。

メルセデスは駐車場の照明灯の下で停まった。今野が運転席から降りてきた。無防備と見える。とくべつ誂《あつら》えの大きなシャツの下には拳銃ぐらい隠すことはできそうだが、運動不足で太りすぎの彼のことだ。いざそれを抜き出すとなると、たっぷり三分はかかる。安心して入れてやってもいい。

亮平はドアの前のデスクをよけ、錠を解除した。天井灯はつけなかった。代わりに床に置いたライトを、手近のデスクの上に置き直しただけだ。雛《ひな》の雄雌を鑑別するわけではないのだ。会話をするには、これだけの明りで十分だろう。

ほどなく階段の方向から、今野が階段を昇る苦しげな呼吸の音が聞こえてきた。加えていかにも重たげな足音。やがてドアが用心深く開けられた。

今野はドアの横に立ったまま、言ってきた。

「原田、どこにいる？」

「ここですよ」亮平は銃をそばのデスクの脇に隠して応えた。「こんな遅くに出勤とは、ご苦労さまですね」

今野は事務所に身体を入れ、ドアを閉じた。

「ものものしいこったな」今野はドアの左右に運ばれたデスクを見て言った。「何かに脅《おび》えているのか？」

「ご承知とは思いますが、ホテルが二度も襲われていますのでね。用心してるんですよ」

「その話は聞いた。フェリシアードの一味が襲ったらしいな」

ふたりのあいだには、デスクの列がふたつある。亮平と今野は、七、八メートルの距離を置いて、大声を出し合う格好となった。

亮平は皮肉に言った。

「わたしがここで無事と知って、さぞかし落胆されたでしょう」

「何をくだらないことを言ってる？」今野はしらを切った。「それより、事務所でこんな夜中に何をやってるんだ？　構内にはおれの許可なしに勝手に入るな」

「本社の権限で入れてもらっていますよ。わたしが何をしているかは、支配人もよくご存じでしょう」

「何だと言うんだ？」

「理由はふたつあるんです。そのひとつ。殺し屋たちの手からの避難。もうひとつは、あんたの背任の証拠を守ることです。きょうの午後には、常務と経理の専門家がきますのでね。そのときに洗いざらい開陳しなくちゃなりませんから」

今野は黙りこんだ。

亮平は続けた。

「支配人、もう上っつらをとりつくろうのはやめましょう。あんたがわたしをフェリシアード一味に売ったことは、もう漏れているんです。あんたはわたしを売って、子飼いの蟻坂工場長を救い、ついでに自分の首も救おうとした。ところが少し遅すぎましたね。きのうの午後、わたしはサンビセンテ友愛協会の経理記録をすっかり調べ上げてしまったんです。あんたの方針逸脱と背任の証拠を握ったんですよ。サンビセンテ友愛協会、つまりこの工場の工員たちが強制的に加入させられ、会費を天引きされている協会のことですよ。ご存じですね」

今野は応えない。苦しげな鼻息をたてているだけだ。亮平はその暗い事務室で、今野の猜疑《さいぎ》をたたえた目を見つめながら続けた。

「今回の事態は、すべてあんたの高圧的、強権的な労務管理が原因だ。土地のヤクザまで使った工員支配、警察を巻きこんでの労働運動つぶし。こちらの人間の誇りを逆撫《さかな》でするような日本中心主義の押しつけ。度を越した忠誠心の要求。細かすぎ、厳しすぎる就業規則。これじゃあ山猫ストやサボタージュが頻発しても不思議じゃありませんよ。そしてもっとひどいことには、工員から賃金をピンはねし、下請けにもバックマージンを支払わせて、与党ＫＢＬと大統領一派に貢物《みつぎもの》攻勢だ。うちには現地の政治勢力に過度に関わるなという基本原則がある。なのにあんたはこの方針を無視し、結果として工員たちの大半から総スカンを食っているんだ」

「この国で大統領に取りいらなきゃ、誰に取り入るというんだ？」と、ようやく今野は反論してきた。「きれいごとだけで商売がやっていけるか？　いいか、ここでは大統領一族が唯一絶対だ。こうしないではいられないんだ。もしまた外貨封鎖のような事態が起こってみろ。この工場はたちまち操業停止に陥る。税制面での優遇措置が、ある日突然消えるかも知れん。そんな事態が怖くはないのか？　そんなことが予想できるのに、それでも大統領やその取り巻きとは疎遠でいろと言うのか？」

「あんたの身体には、筋肉細胞と海綿体以外には何もないのか？」亮平は教え諭すように続けた。「あの暗殺事件のあと、アメリカの国務省は、現大統領の政治生命はあと二カ月と予想した。国防総省の判断はもっと甘かったが、それでもせいぜいあと二年、との見通しだった。あいにくその二年も過ぎた。大統領の命運はもう尽きかけているんですよ。大統領べったりであった企業には、これから北風が吹く。きょうの夕方になれば、仮借のない不正追及が始まるんだ。あんたはこの工場の存立を危機にさらすことになったんですよ」

「その見通しはでたらめだ。あの大統領の統治は終生続くさ。こんどの選挙だって、ただのセレモニーにすぎないんだ。この国で企業活動をやる以上、大統領一族にはできるかぎり近づかなきゃならない。その懐の奥に飛びこんでいかなきゃならないんだ。たしかにあまりご清潔な一族じゃないかもしれん。いや、じっさい肥《こ》え溜《だめ》の臭《にお》いすらしているさ。しかし、この国で事業を円滑にやるつもりなら、その肥え溜の中にでも入っていかなくちゃならないんだ。おれはそれをやってきただけだ」

「その判断の当否は、すぐにはっきりしますよ。もうじき投票日ですからね。それに、会社のためにやっていると言うから訊きますが、友愛協会の振り込み先のひとつに、東京銀行マニラ支店のとある個人口座がある。マニラ・セービング・バンクには、正体不明の有限会社がひとつ。あんたはこれを説明できますか」

「それは」いったん言葉に詰まった今野は、口調を変えて言った。「若僧にはわからん。だいいち、友愛協会の支出がどうであろうと、それがタジマにどう関係があるんだ？友愛協会は有志によるボランティア団体で、おれが副会長だ。お前にガタガタ言われる筋合のことじゃない。本社があれこれ口出しできることじゃないんだ」

「そんな論理が通用するかどうか、ま、役員たちや監査室の面々の前で試してみてください」

「なら言うがな、これは専務の了解を得てやっていることだ。おれにはやましいことはない。あの口座は、専務がこの国で政治工作をやるための資金をプールするためのものだ。だいいち、金額を日本円に換算してみろ。いったいどれほどの額になると思ってるんだ？　ほんのささやかな接待費用が捻出《ねんしゅつ》できるだけだ。堅すぎる本社の方針のために、現地じゃこういう方法で資金をひねりだすしかないんだぞ」

「じゃあ、専務にも説明を求めることになるでしょうね。しかし、アポストリという女子工員を囲い、工場長宅のメイドの名目で給料を払ってる件は、説明のつけようもないでしょうね」

今野は突然そばのデスクを蹴飛《けと》ばした。

「何だって言うんだ？　何が問題だって言うんだ？　そのために会社がどれほどの被害をこうむったって言うんだ？　ちっぽけな問題だろうが」

今野はデスクのあいだの通路を大股《おおまた》に歩き始めた。

「いいか、若僧。本社のエリートだからっていい気になるな。タジマを支えてるのは、おれたちだぞ。生産の現場も営業の現場も知らんお前たちじゃない。おれたちだ。おれたちが作り、おれたちが売ってるんだ」

今野は立ち止まり、もう一度そばのデスクの横腹を蹴り上げた。息がいっそう荒くなっている。今野は通路を引き返し、端まで歩いて再び同じ通路を戻った。熊を連想させる歩きっぷりだった。

「ある日、役員室の誰かが思いつく。生産コストを十パーセント下げよう、ってな。十パーセントのコスト削減は、現場の人間にとっては無茶苦茶な要求だ。工場では課長や職長たちの半分がノイローゼになる。飯も喉を通らない人間が大勢出てくるんだ。下請けいじめも、労働強化もやむを得ないってことになる。

またある日、役員室のべつの阿呆《あほう》が言い出す。今期は売り上げ二十パーセント増を目標にしよう。すると営業所長たちの大半が胃潰瘍《いかいよう》で倒れるんだ。それもこれも、みんな貴様らの思いつきのせいだ」

「わたしは役員じゃありませんよ」亮平は首を振った。「役員室を代表してもいない。そんな不満を聞くために、わたしはここにいるんじゃない」

「黙って聞け」今野は歩きながら亮平に指を突きつけて怒鳴った。「覚えているか。うちが市場規模も考えずに、ゴルフ場向けカートを売り出したときだ。福井工場の倉庫にたまった在庫を片づけたのは、結局誰だ？　家庭用芝刈り機で業界に新規参入したときの失敗を覚えているか？　あの跡始末をしたのは、いったい誰なんだ？　お前たち本社の秀才たちじゃない。現場のセールスだ。一日三百キロも走って売りこみにまわった現場の人間だろうが。あんな売れない製品でも、目標が指示されればみんな売らなきゃならない。身体をこわし、胃をやられながらも、お前たちの思いつきの跡始末に走ったのは、現場の人間なんだぞ。あとになってから、あれは押しこみ販売だったのなんだのと、誰が非難できる？　役員室で芝刈り機の失敗の責任を取った男はいるのか？」

「問題をすりかえないでください。わたしはこのサンビセンテ工場の現状を問題にしているんだ」

「同じことだ。サンビセンテ進出を決めたのはおれじゃないぞ。役員室が決めたんだ。ろくに現地の事情も知らず、足を運んだこともない連中が、お人好しの担当役員の報告を真に受け、サンビセンテ工場建設をあっさり決めてしまったんだ。何十億も投資して工場を建ててしまったんだ。さあ、そうしてうまく操業を軌道に乗せろと辞令をもらって送りこまれるのがおれたちだ。バグタング一族やらフェリシアードの兄弟やら、州の商工担当官やら、町役場やら、警察やら、事前にはろくに聞かされていなかった厄介《やっかい》ごとが腐るほど待ちかまえてる。工員の採否に横槍《よこやり》を入れ、人事に口をはさみ、昇給昇格にまで口を出してくる連中がいる。社員食堂の衛生管理が悪いと言っては金を要求し、排水処理施設が不備だと言っては、また手を出してくる役人たちがいる。ゴネたり、許認可権をちらつかせたり、袖の下を要求したり、予想もつかなかったようなトラブルが毎日のように起こる。おれたちはそんな土地で苦労してるんだぞ」

「苦労は察してますよ。だけど、あんたは解決の方法をまちがえてる。やっちゃならない解決策をとってるんだ」

「黙れ。東京の感覚でこの工場を見るな。おれは現場の判断で、よかれと思ってることをやってるんだ。こうすることが会社の利益だと信じてやってるんだ」

「企業はこの地上のモラルを離れて存在できるものじゃありませんよ。あんたは何をやってはならないか、まともな人間の感覚で判断すべきなんだ。こんな工場の存立が許されるのかどうか、それを判断しなくちゃならないんだ」

「会社の利益がすべてだ。その点じゃ、おれはこれっぽっちも非難されることはない。これがおれの判断だ。お前が言うところの、モラルってやつだ」

「かわいそうな人だと言うしかない。支配人、あんたの生き方はあまりにも寂しすぎる」

「なんとでも言え。とにかくここの支配人はおれだ。お前は専務の了解もとらずに送りこまれてるんだし、監査するための権限もない。すぐここを出ていくんだ」

「出ません。理由はさっき言ったとおりだ。いまとなっては、手続きのあるなしも瑣末《さまつ》な問題でしかない。わたしがここで何を見たか、何を発見したかのほうが重要なんだ。それにあんたは、わたしの排除を決めたのが遅すぎましたよ。まだ警察やフェリシアード一味を自在に操っているつもりかもしれないが、一部には離反も始まってるんだ。あんたの将来に見切りをつけ、わたしのほうに保険をかける者も出てきたんですからね」

今野は意味がわからなかったようだ。少しだけ首をひねった。

「エスピノスか？」声が意外そうだった。

「わたしの口からは言えません」亮平は思わせぶりに答えた。「とにかく昨晩の密議の中身はすっかりわたしの耳にも伝わっている。二度の殺し屋の襲撃も、こちらには事前に知らされていたんです。あんたはそうとは夢にも思わず、わたしが殺されたという吉報をずっと待っていたんでしょうがね」

今野は唸《うな》るように言った。

「あの野郎、裏切りやがって」

「ということで、わたしはきょう、常務たちが到着するまで、ここを出ません。明日、わたしが常務たちに何もかも説明したあと、ここでお会いしましょうかね」

「小僧、いい気になるな」今野は拳《こぶし》を亮平に突き出して言った。「おれがフェリシアードたちに無駄金を払ってきたと思うな。そのまま夜明けを迎えられると思うな」

「その言葉は殺人教唆《きょうさ》の証拠としても使えそうですがね。ま、もう眠る時間ですよ。そろそろ切り上げませんか」

答える代わりに、今野はもう一度近くのデスクを蹴飛ばした。デスクはまるでダイスを転がしたかのように、あっさりひっくりかえった。少しのあいだ、事務室に金属の振動音が残った。

今野は亮平に背を向けると、ドアへと向かって歩いていった。全身が痙攣《けいれん》でもしているかのように激しく震えていた。ドアが勢いよく閉じられ、足音が階段の下に消えていった。


深夜三時ごろ、町が騒がしくなった。警報器を鳴らした警察車が、国道やウエスト・ドライブを激しく行き来しているようだ。

亮平は耳をこらして爆発音や銃声を聞き取ろうとしてみた。聞こえなかった。少なくとも、閉め切ったこの事務室の中までは響いてこない。騒ぎの内容も規模も、つかむことはできなかった。暗闇で亮平はそっと銃を持ち替えた。右手のてのひらがじっとりと汗ばんでいた。てのひらをパンツの腿《もも》でふくと、亮平は銃の遊底桿を操作して、薬包をつぎつぎとはじきだした。五発の赤い薬包が床に転がった。すべてをはじき出してから、あらためてその薬包を装塡《そうてん》しなおした。必ずしも緊張ゆえの無意味な動作だったわけではない。こんどもしここが襲撃されたなら、戦いの最中に同じことを要求されるかもしれないのだ。いくらか慣れておくにこしたことはない。

夜が明けた。

まったく眠ってはいない。何度かまどろみかけたが、そのたびに給湯室へ立ち、コーヒーをいれて飲んだ。酒を入れる前に襲撃があって幸いだった。もし酒を飲んでいたなら、以降これほどの緊張は続けられるものではなかったろう。早々と寝入ってしまったはずだ。

明るくなった事務室で身体を起こし、窓のシャッターの隙間からゲートを確かめた。ちょうど午前六時。警備員たちが交替するところだった。夜間のふたり組と日中シフトの三人とが、詰所で引き継ぎをしている。新たな三人が詰所に入ると、徹夜のふたり組は自動車で工場を出ていった。門扉が再び閉じられた。常務たちの到着まで、あと十一時間。

亮平は窓から離れると、陣取っていたデスクの陰に戻って、朝食をとることにした。ノーマが軽食を用意してくれていた。パンとボイルドエッグ、ソーセージの缶詰がひとつ、それにオイル・サーディン。その貧しいメニューを、亮平は味わうこともなく口に入れ咀嚼《そしやく》した。こんなとき、食事は単に熱量補給以上の意味を持たない。十分だった。

食事をすませると、銃を抱いたまま洗面所にゆき、用をすませた。便座に腰掛けながらも、聴覚は外に集中させていた。自動車の近づく音、門扉を動かす音が聞こえたら、すぐに体勢を整えるつもりだった。

顔を洗い、口をゆすいだ。ひげそりの道具は用意していない。不精ひげはそのままでいるしかないようだ。

壁の時計が八時を示す直前、ラジオ体操の音楽が工場内に流れてきた。テープは自動でセットされていたようだ。ひと気のない工場の内部に、その日本語の指示のまじったラジオ体操の曲は、むなしく滑稽《こっけい》に響きわたった。曲が終わると、工場内にはいましがたよりもいっそう深い静寂が訪れ、やがて八時。始業のサイレンが鳴りわたった。

サイレンの余韻がまだ残っている中、事務室の電話が鳴りだした。鳴っている電話へ歩きながら、亮平は相手と用件を想像した。何か業務上のものという可能性もある。始業時刻となったので、取引き先がかけてきたのかもしれない。それとも、自分を呼び出す電話だろうか。だとしたら誰？　警備員か、今野支配人か、ホァンか。

電話の相手は、ノーマだった。

「おはよう、無事ね？」ノーマは安堵《あんど》の吐息をついて言った。「気が気じゃなかったの。でも深夜に電話をかけるわけにもいかないように思って」

「さすが、ここまで襲ってくるやつはいなかったよ。町の様子はどうだ」

ノーマは答えた。

「エスピノスが殺されたわ」

「エスピノスが」

予想できないことではなかった。今野はやはり、フェリシアード一味にその名を告げたようだ。一方的な思いこみと疑惑を根拠に、彼を裏切り者と決めつけて売った。

可哀そうなエスピノス、と亮平は思った。卑小な男だったが、根っからの悪党というわけでもなかった。この国の警官の水準に照らしても、とくべつひどかったわけでもない。少なくとも、お前を売った男ほどには。

亮平は訊いた。

「殺されたのは、いつのことだ」

「夜中よ。官舎で寝入っていたところを、散弾銃で乱射されたの。ベッドの上でミンチみたいになって死んだそうだわ。休戦は御破算みたいね」

「相手はフェリシアード一味か」

「アンドレスが先頭に立ってたらしいって話よ。申し合わせが一方的に破られたんで、署長は怒り狂ったみたい。国警の部隊を繰り出して、フェリシアード一味のガレージを包囲したそうよ。きょうの午後には大統領がきて、役場前の広場で演説するのよ。それまでになんとか騒ぎを収拾しなくちゃならない。署長もバグタングさんも必死だと思うわ」

「ガレージを包囲したのは、何時ごろだい？」

「エスピノスが殺されてすぐじゃないかしら。警察の自動車がうるさく町を走り回ってたから」

どうりで襲撃がなかったわけだ。亮平は時間を追って相手の動きを想像してみた。今野とのやりとりは深夜二時すぎ。そのあとすぐ今野はエミリオに連絡し、エスピノスが裏切ったこと、自分がここにいることを告げただろう。フェリシアード一味がこれに触発されて動き出したのはそれから三、四十分後で、まずエスピノスが襲われた。本来ならすぐ工場にも刺客がやってきて不思議はないところだったが、サンチアゴ署長の反応は素早かった。すぐに町を厳戒態勢に置き、一味がひそむガレージを包囲、身動きとれない状態にしてしまったというわけだ。となれば、あらたに休戦となるようなことでもない限り、フェリシアード一味の襲撃を恐れる必要はなくなったのかもしれない。

いや、と亮平は思い直した。エミリオたちも、エスピノス殺害を決めた時点でサンチアゴ署長の反応には予測がついていたはずだ。彼らにとっては肝心の標的、この原田亮平をそのまま生き長らえさせるような真似《まね》はすまい。何か方策を講じたうえで、エスピノスを襲っているはずだ。そうでなければ、いくらなんでも連中が単純すぎるということになる。

「包囲して、そのままなのかい。また休戦交渉が始まってるんじゃないだろうな」

「署長は時刻を限って投降を言い渡したらしいわ。これを無視したときには、突入ですって」

「刻限って言うのは？」

「九時」

「いま、もう八時だよ」

「じゃあ、いよいよ始まるんじゃない？　わたしのホテルからは、そこまでは見えないわよ」

となると、急いで一本電話しなければならない。

「ノーマ、ありがとう。礼を言うよ」

「この番号で通じるかどうか、心配だったんだけど、通じてよかった」

「もし何か起こったら、また電話をくれないか。二度コールしていったん切る。それがきみだ」

「わかった。ほんとうに気をつけてね。エスピノスが死んだからと言って、あんたへの報復が解けたわけじゃないんでしょう？」

「連中は、おれもミンチにするつもりでいるはずだよ」

もう一度礼を言って電話を切った。

亮平は電話帳を探し出し、フェリシアード一味のアジトになっている解体工場の番号を探した。すぐに見つかった。フェリシアード資材工業。

番号を押して最初のコールが鳴った瞬間、相手が出た。出た、とはいえ、名乗ったわけでも、ハローの挨拶《あいさつ》があったわけでもない。無言でこちらの言葉を待っている。

「日本人。原田と言うんだ」亮平は名乗った。「エミリオかアンドレスを出してくれ」

「アンドレスだ」相手はようやく声を出した。いぶかしげな声音だった。「お前が何の用だ?」

まだ警察隊の強行突入はないようだ。

「エスピノスを襲ったそうだな」

「それがどうかしたか。次はお前だ。人のことなど心配するな」

「おれのことはともかく、エスピノスを殺したのはまちがいだったよ。お前は殺さなくてもいい相手を殺してしまったんだ」

「どういうことだ?」

「今野が電話してきたんだろう? エスピノスが裏切り、おれを逃がしたんだと。だけどそれはちがう。今野はおれを殺し、ついでにお前たちも警察に一掃されることを望んでいたんだ。だから警察がお前たちを一網打尽にする機会を作った。お前たちにあることないことを吹きこみ、エスピノス巡査長を殺させたんだよ。警察が猛反撃に出ることを期待してな」

「よくわからん」アンドレスはほんとうに理解できなかったようだ。「どうして支配人は、おれたちを一掃しようとするんだ？」

「お前たちが金のかかりすぎる存在になってきたからさ。それに少々やることが荒っぽくなってきた。このままでは自分の権威も落ちるし、支払う金にも苦労する。おりから本社からは、フェリシアードたちを切れとの命令が繰り返されてる。あの男は自分の首を守るため、お前たちを切る機会をずっとうかがってたんだ」

「嘘《うそ》だろう。まさか」

「今野に確かめてみろ。もっとも、あいつはこのおれを嘘つき呼ばわりするだろうがな」

「それがほんとうだとしたら、あいつにもそれなりの報いはあるだろうよ」

「あいつは、アポストリという娘のことで、フェリシアードを恨んでもいたんだ。自分が囲っている女なのに、フェリシアードがこっそりいただきにあがってたんだからな。こんな場合、フィリピン男ならどうする？」

「相手の男の睾丸《こうがん》を切り取るだろうな」

「同じことさ。フェリシアードとアポストリのあいだのことを勘づいて、あの夜、支配人はフェリシアードを殺したくてたまらなかったはずだ。だから工場長とフェリシアードの口論に割って入ろうとはしなかったのさ。黙って工場長に撃たせたんだよ」

また沈黙があった。言葉はアンドレスの胸のどこかに届いたようだ。

やがてアンドレスは言った。「さて、こっちはいまとりこんでるんだ」おだやかな、ひとつ諦念《ていねん》すら感じさせる、もの静かな口調になっていた。「話はそれだけか？」

「いまのこと、エミリオにもよく伝えろ」

電話の向うで、何か衝撃音があった。ガラスが割れたか、何か小さな爆発が起こったかだ。

「少し早いが、始まっちまった。いいか。次はお前なんだぜ」

電話はそこで切れた。

亮平はガンケースを開けて銃を中に収めた。フェリシアードのガレージまで、出向いてみるつもりだった。一味がすっかり包囲されているというのであれば、殺し屋たちによる襲撃はとりあえず心配しなくてもよいだろう。証拠物件も、明日まではまず見つかりそうもないところに隠してあるのだ。少しの時間、この工場を留守にすることはできる。

工場のゲートを飛び出して三分。亮平は田島農機の輸送用トラックをあおるだけあった。

激しい銃撃の音が前方から聞こえてくる。数十梃の小火器が休みなく火を噴いているようだ。警察がガレージに一斉射撃を加えているのだろう。銃声の規模から考えるに、フェリシアード一味のほうも黙って射的屋のぬいぐるみにはとどまっていないようだ。道端の通行人たちが不安げに国道の北に目を向けている。

と、大きな衝撃音が響いた。何か質量のあるものが一気に壊れたときのような音。でなければ、爆発。もし爆発だとしたら、ドラム缶のガソリンに引火でもしたような、広がりと重みのある爆発音だ。ふたつが同時に起こったのかもしれない。ひときわ銃声が激しくなった。

前方に目をこらした。目的地のあたりで、黒煙が噴き上がったところだった。煙はたちまち成長し、空に広がっていった。銃声が散発的になり、それもじきにやんだ。

瓦《かわら》工場の前を通りすぎると、行く手に何台もの自動車が見えてきた。ちょうどフェリシアード資材工業のガレージ前のあたりだ。国道を完全に塞《ふさ》いでいる。黒煙は、その群がる自動車の向う側で上がっていた。

道が封鎖されていた。警官がひとり、手を振って迂回《うかい》を指示している。亮平は田島農機のトラックをその場に急停車させた。

封鎖線の向うに三台の警察車があった。みなてんでの方向へノーズを向け、屋根の警告灯を回転させている。その周囲に十人以上の警官の制服が見える。拳銃を抜き、あるいは散弾銃やライフル銃をかまえたままだ。国道の縁石に坐りこんで、茫然《ぼうぜん》自失の表情の者もいた。顔を赤く染めた警官がひとり、同僚に抱き抱えられて警察車に乗せられるところだった。

一台の幌《ほろ》つきトラックがガレージの真正面に停まっている。シャツ姿の男たちが七、八人、そのトラックの荷台に乗りこむところだった。うしろには、銃を突きつける警官が数人。

国道をはさんでガレージの反対側、水田の中に一台のトラックが横倒しになっていた。その向うでは、乗用車が燃えている。黒い煙が立ち昇り、あたりには異臭が立ちこめていた。水田の中にひとつ、血まみれになった男の死体が見えた。トラックも乗用車も、ボディには無数の穴がうがたれている。

テリーという警官が目についた。きのう、サンビセンテ・インでPNLOのオルグを歓迎していた警官だ。大型の自動式拳銃を手にしていた。亮平はトラックを降りてテリーに近づいていった。

テリーは亮平の顔に気づいて、あきれたように首を振った。

「話には聞いたけど、運の強い男らしいな」

「計算に強いだけさ」亮平は答えた。「ひどく派手な撃ち合いがあったようだな」

「両方で四人死んだよ」テリーは顔をしかめてあたりに目を向けた。「警官のほうはホアキンがやられた。連中はアンドレス以下三人。怪我してる者はもっと多いな」

「署長は？」

「署長もやられた。命は助かると思うが、自慢の制服は穴と染みで焼却処分だろうな」

「連中は投降を拒否したのか？」

「よそから応援にきていた雑魚《ざこ》たちだけが投降してきた。逮捕状の出ていた連中は、あくまでも逃げとおすつもりだったのさ。最後にはガレージの中からトラックとセダンで飛び出してきて、あのとおり蜂《はち》の巣になった」

「エミリオは？」

「それが妙なんだ」テリーは不思議そうに首をひねった。「あいつの姿が見つからない。最初からここにいなかったんじゃないかな」

「ボスは取り逃がしたってわけか」

「あいつには、逮捕状は出ていないんだ。取り逃がした、というのも、正確じゃないがな」

「アントニオ・フェリシアードのあとの地位は、エミリオが引き継いだんだろう。殺人謀議、殺人教唆、いろいろ逮捕の理由はあるだろう」

「知るか、そんなこと」言いながらテリーは拳銃をホルスターに収めた。「とにかくこうしてガレージに百万発もの弾を撃ちこんでみると、やつはいなかったんだよ」

「エミリオのほかに、取り逃がしたやつはいるのか？」

「いや。いまのところ、わかってるのはエミリオだけだ。おれたちの知らない新参がいたのでもない限りはな」

「じゃあ、とりあえずこの町は静かになるわけだな」

「跡始末でごたつくよ」

「署長の代行はあんたがやるのか？」

テリーはほんの少し顔を赤らめた。

「エスピノスの次の序列は、おれなんだよ」

「これからは何ごとも、あんたに相談しなくちゃならないわけだな」

「当面はな。だけど、おれはタジマには便宜をはかる。なんといっても、この町の最大の産業なんだからな。悪いようにはしないさ。それを覚えておいてくれ」

「心強いよ、テリー」

振り返って乗ってきたトラックに戻ろうとすると、うしろからテリーが呼びとめてきた。

「いま、どこにいるんだ？」

「工場だ。おれの職場だよ」

「きょうは休みと聞いてるが」

「おれの仕事は、続いてるんだ」

「大統領の演説会にはくるのか？　三時にヘリコプターでやってくるんだ。一時間だけだけどな。そのあと、バグタングさんの屋敷でパーティがある。パーティには大統領は出ないが、町の名士は全員出席するようだ」

「おれには招待はきていないよ」

亮平は手を振ってトラックへと戻った。

時計を見ると、八時二十分。自分の増援がくるまで、あと九時間弱だ。眠れるかな、と亮平は期待した。フェリシアード一味がほぼ潰滅《かいめつ》したとなれば、もうあの休戦協定の欠かせぬ条件、原田亮平殺害の件は反故《ほご》になったと考えていいわけだ。エミリオが残っているとはいえ、ひとりきりでは工場を襲うことはできまい。亮平は運転席に身体を入れて、しょぼつく目をこすり、自動車を発進させた。工場への帰路、消防自動車と救急車が、警報器を最大音量で鳴らしてすれちがっていった。

工場に戻ると、事務室の奥の応接室に入り、銃を足もとに置いてソファに横になった。十分もしないうちに、亮平は熟睡に入った。


再び目覚めたのは、五時間以上たってからだ。

電話が鳴っている。事務室のどこかだ。

ソファの上に身体を起こし、意識が戻るのを待った。すぐに事情を思い出した。銃撃戦の現場から帰り、仮眠のつもりで寝入ってしまったのだ。

応接室を出て、鳴っている電話を探した。事務室の代表電話だった。送受器を取りながら、壁の時計で時刻を確かめた。午後二時になっていた。

「ミスター・ハラダを」と相手が言った。ホァンの声だった。

「おれだよ、ホァン」亮平はひとつ咳払《せきばら》いして、のどを湿した。「昨晩はありがとう」

「そこ、お前のデスクなのか？」亮平が電話を取ったことが意外だったようだ。彼はきょうの工場の事情を知らない。

「きょうは交換手もやってるのさ。それで、用件は？」

「サービスでひとつだけ教えてやろうと思ってな。おれにはお前なんかにここまでやってやる理由はないが、せっかく売ってやった銃を無駄にするのも惜しいだろう」

「どうした。もったいつけてないで、早く言えよ」

「今朝になって、マニラで人探しがあった。銃を使える男が三人必要だってことでな、口入れ屋が動いたんだ。マニラの前科者が三人見つかって、少し前にマニラを発った。行く先はどこだと思う？」

「サンビセンテ」

「お前、ほんとうに頭がいいな」

「おほめにあずかってうれしいよ、ホァン」

「その三人のことだけどな。お前が銃を買ったことと関係あるんじゃないかと思ってよ。

それで電話したってわけだ。あのブロウニング、うまく使ってくれよな」

「雇い主は誰かわかるかい」

「いや、そこまでは訊かなかった。だけどあんた、もう心あたりはあるんだろう？」

「まあな」今野だろうが、エミリオという線もないとは言えない。

「話がきたのは、今朝と言ったか？」

「話が動き始めたのは今朝からだ。しかし、昨夜のうちに口入れ屋には依頼がきていたのかもしれん。そこまではおれも知らない」

「とてもいい情報だ、ホァン。いつか礼をしなくちゃならないな」

「きらいな相手なのにか」

「おれは義理堅いんだよ」

「サービスついでにもうひとつ教えてやるよ。三人の中にペレスが入ってる。ずいぶん張り切って出ていったそうだ。じゃあ、達者でな、日本人」

亮平はそっと送受器を戻した。もう眠気は吹き飛んでいる。

あらためて時計に目をやった。日中、男の運転ならマニラからここまで一時間半くらいだろう。つまりその三人の殺し屋たちがサンビセンテ入りするのは、午後三時前後ということになる。工場を直接襲うかどうかはわからないが、二度ホテルへの襲撃が失敗したことは聞いているはずだ。連中が襲ってくるとしたら、まず工場と予測していい。

あるいは、亮平が工場から出るのを待って、工場から市街地に到る道の途中で襲うかだ。

テリーに工場周辺の警備を依頼しよう、と亮平は考えた。その連中が警察の警戒線を突破してきたとしても、次にゲートの警備員が控えている。最後はこの事務室にたてこもる自分。まったく無防備というわけではないのだ。昨夜、フェリシアード一味と警察と今野支配人とのあいだで休戦協定が結ばれたときとは事情がちがう。さほど恐れることもないだろう。

しかし、亮平の警備強化の要請に対して、テリーから返ってきた応えは意外なものだった。

「大統領の演説があると言ったろう。警察は全部そっちの警備に回る。とても検問や工場の警備まで手が回らないよ」

「さっき、きみは便宜をはかると」

抗議しようとすると、テリーは笑うように言った。

「フェリシアードの一味はほとんど留置場だよ。何かまだ心配ごとでもあるのかい。いったい誰が狙ってるって言うんだ？」

すでに彼も今野の支配下に？

亮平は心臓が急速に収縮してゆくのを感じながら、電話を切った。

二十分後、亮平はノーマの宿へ電話を入れた。

「やっと静かになったと言うのに」とノーマは言った。「ずいぶん憂鬱《ゆううつ》そうな声ね」

「ノーマ、ひとつ頼みがあるんだが」亮平は言った。「きょうの夕方、東京からこの町に日本人がくる。倉持という名前だ。おれにもしものことがあったら、彼に伝えてほしいんだが」

「もしものことって、何よ？」

「もしものことさ。サンタ・マリーアと言うんだったか」

「まだ安心できないの？」

「ああ。もうひと組、参加チームが残っているんだ。だから、もしものことがありうるんだが、その倉持って日本人に伝えてくれないか」

「なんて？」

「ゼロって」

「それだけ？」

「そう。ゼロ。ひとことでいい」

「そんなこと、伝えるはめにならなきゃいいけど」

「もしもの場合さ」

「あたし、何か手伝えることはない？」

亮平は少し考えてから答えた。

「ありがとう、ノーマ。でも、こいつはおれがひっかきまわして起こしたことなんだ。自分で書いたシナリオなんだよ。おしまいまで、自分で書き上げるさ」

「こういうことに慣れているの？」

「ほんとの殺し合いは初めての経験さ。おれは脅えているし、がたがた震えてもいるが、でも同時におれは、このゲームに高揚もしてるんだ」

「なぜ？」

「たぶんおれは」亮平はいましがた見てきた銃撃戦の現場の様子を思い起こした。血と硝煙に満ちた殺戮《さつりく》の舞台。既視感のある光景。むかし川崎の手配師の事務所へ乗りこんだとき以来、いつか立ち会うことになると感じ続けていた、惨劇の現場。「たぶんおれは、なるようにしかならない物ごとが、なるようになるのを見るのが好きなんだ。あいまいさも、中途半端さもなく、きっちり落ち着くところに落ち着くのを見るのが好きなんだ」

「たとえ、落ち着く先が殺し合いでも？」

「論理がゆきつく先なら、おれはどんな結論でも受け入れるよ」

送受器を戻したとき、亮平は自分の脅えも震えも消えていることに気づいた。身体の中にはっきりとアドレナリンの分泌を感じていた。濃密で確かな熱量を持った体液が身体のどこかから噴出し、身体をかけめぐっていた。ほんの少し、頬がほてってきていた。

窓の外から、細かく破裂音を断続させた発動機の音が聞こえてくる。大型のヘリコプターが、町に近づいてきているようだ。大統領が到着するところなのかもしれない。

腕時計に目をやった。午後三時五分前。そろそろだ。

ヘリコプターのエンジン音にまじって、自動車のエンジンの音も聞こえたような気がした。亮平は窓のシャッターに隙間を作り、外をうかがった。

門扉が開かれていた。警備会社のステーション・ワゴンが、構内の駐車場からゲート前まで移動してきている。詰所の警備員のひとりが、事務室の窓の方向を気にしながら、自動車に合図を出した。自動車は門を抜け、そのすぐ外側でまた停車した。

警備員は詰所のドアを閉じると、銃を持ったまま門の外に出て、外側から門扉を閉じた。鉄製の重い門扉が閉じられると、警備員はすぐに自動車の後部席に乗りこんだ。自動車はタイヤの擦過音を残して急発進していった。詰所は、無人となった。

ようやく事態が呑《の》みこめた。警備員たちは、持ち場を放棄したのだ。工場に亮平ひとりを残し、警備の職務を捨てたのだ。

なぜ？

最初にひとりの警備員に質問したとき、自分はただ支配人の指示にのみ従う、との答えが返ったことを思い出した。じゃあ、これも支配人の指示か。

自動車は国道へと通じる一本道を、まっすぐに遠ざかってゆく。そのまま見送っていると、道の途中、ちょうど競技場のあたりからべつの一台の乗用車が動きだしたのがわかった。黒っぽい自動車だ。少し前からそこに駐車していたようだ。警備会社の自動車が立ち去るのを待っていたのかもしれない。

乗用車は工場のゲートの前まできて停まった。ひとりが何か長いものを手にして、後部席から飛び降りてきた。額に赤いバンダナを巻き、編み上げ靴をはいている。兵隊くずれのようななみなりだった。男は門扉に手をかけて、左右へ押し開けた。乗用車は素早くゲートのあいだを抜けて、駐車場で大きく向きを変えた。いつでもまた外に飛び出してゆける態勢だ。男が手にしているのは軍用ライフルのようだ。M16と言ったろうか。

いっぽう前部席のドアも開いて、男がふたり降り立った。助手席から降りたのがペレスだった。相変わらず、あのナス型のサングラスをかけている。手には、銃身を短く切った散弾銃。もうひとりはやせた長髪の男で、やはり散弾銃を手にしていた。

三人は一メートルばかりの間隔を置いて横一列に並び、それぞれの銃をかまえなおした。足もとに、南国の陽光がくっきり黒い影をつくっている。

男たちは用心深くあたりに目を向けてきた。駐車場、工場の工員入り口、ガレージ、資材倉庫、そして管理棟。三人の視線が事務室の窓にそそがれた。亮平は思わず身体を引き、シャッターの隙間を縮めた。

男たちは一回うなずき合うと、ゆっくりと前進を始めた。ペレスと兵隊くずれは事務室の入り口方向へ。長髪の男は工場の工員入り口へと向かってゆく。亮平が事務室に潜んでいると判断したようだ。長髪の男は、工場側の脱出路をふさぐ作戦なのだろう。

亮平は手元に銃を引き寄せ、薬室に薬包が送りこまれていることを確かめると、安全装置をはずした。警備員たちが何者かの指示で遁走《とんそう》してしまった以上、自分だけで受けて立つしかない。それも数に勝り、踏んだ場数で優位に立つ連中が相手である以上、どこまでも狡猾《こうかつ》に、しかも非情に立ち向かうしかないのだ。

用意しておいたキーの束を手にとると、亮平は階段を駆け降りて工場へと入った。昨夜とはちがい、この真っ昼間だ。事務室で対決するわけにはゆかなかった。もっと有利な位置を占めて、ひとりずつ倒してゆくほかはない。それにはまずあの長髪だ。亮平はラインの工作機械の裏手をまわりながら、工員の入り口を見渡せる位置へと走った。

入り口の大扉の手前に、資材を積むパレットが積み上げてある。頭上には鋼索式のコンベアがあり、モーターからケーブルが延びて手元のスイッチへとつながっていた。亮平はパレットの陰まで進み、身体を隠してコンベアのスイッチを手元に引き寄せた。

外に人の気配。外の男はかんぬきをはずそうとしていた。内側のアームが持ち上がり、重い音を立ててかんぬきははずれた。

男は外から大扉を開けようとしている。重い大扉はレールの上をそろそろと滑った。強い日の光が、その隙間から差しこんできた。亮平はまぶしさに目を細めた。

男が姿を現した。大胆にも、まったく身を隠そうとはしていない。銃をかまえ、戸外の光を背にして、堂々と立っている。

亮平はいぶかった。やつらは、自分が武装していることを知らない？　ホァンはペレスにそのことを告げなかったのだろうか。だとしたら、あの男も自分なりの商道徳めいた原則を持っているということだ。あるいは、だらしのない手下にすっかり愛想をつかしてしまったのか。

男の身長は百七十センチはあるだろう。フィリピン人の平均をかなり上回っている。やせた案山子《かかし》のように見えないこともなかった。長髪はむさ苦しく感じられるほどだ。

案山子は通路へと足を踏み出してきた。左右に目を配りながら、工場の中へと大股に進入してくる。

パレットの山を通りすぎたところで、亮平はうしろから言った。

「銃を捨てろ」

男は立ち止まった。声のした方角を探ろうとするかのように、顔がほんの少しだけ振れた。銃はかまえたままだ。

「捨てろ」と、亮平はもう一度言った。

男はゆっくりと身体をひねってきた。言葉の意味がまったく伝わっていなかったようだ。あるいは、ブラフと決めこんだか。

向き直った男の頬には、嘲笑《ちょうしょう》めいた笑みさえ浮かんでいた。愚鈍で傲岸《ごうがん》な笑みだ。この期《ご》に及んでもまだ事態を把握していない。男の目は亮平の姿を探して、宙をさまよった。銃口が目の動きと同調した。

亮平はコンベアの始動ボタンを押した。ふいにモーターの音が大きくなり、鋼索式コンベアが動きだした。フックのひとつが男のすぐ頭の上を動いた。男は素早く身体をひねって、そのフックに向けて銃を発射した。亮平はボタンから指を離した。コンベアは停まり、フックは一斉にふらりと揺れた。男はべつのフックに向けて、もう一発弾丸を放った。

相手の殺意は疑う余地もない。もう留保する理由も、容赦する根拠も消えた。亮平はパレットの陰で銃を持ち直し、男に向けて引き金を引いた。

男はうしろへ撥《は》ね飛んだ。すぐうしろに部品棚があった。男は棚に背中を打ちつけ、部品箱をひっくりかえした。男は驚愕《きょうがく》に目をみひらき、銃を持ち直そうとした。それが最後の生体反応だった。次の瞬間、胸からどっと血が噴き出した。膝《ひざ》が枯枝のようにもろく折れ、男は前のめりに床に崩れ落ちた。

亮平は男に駆け寄って、銃を蹴飛ばした。確かめるまでもなく、男は死んでいた。大量の血液が床に広がってゆくところだった。

「サンタ・マリーア」と亮平はホァンの口調を想い起こしながらつぶやいた。おれを恨んだりせず、まっすぐに冥王星《めいおうせい》の彼方へ失せろ。そこが天国と呼ばれる場所であろうと、地獄と名づけられた宇宙であろうと、おれはかまいやしない。要するに、二度と帰れぬ遠くへ、消え去ってしまえ。

銃のそばに走って、それを拾い上げた。米国製の自動銃だった。その銃を左手に下げたまま駆け、大扉を閉じた。工場の内部はまた暗くなった。

事務室と工場とを隔てるガラス窓に目をやった。ふたつ、影が見える。いまの銃声で、ペレスたちが亮平の位置を知ったのだ。亮平は腰をかがめてラインの陰を走り、制御室へと走った。

スチール製の階段を駆け上がり、錠を素早く解除してその三面ガラス張りの小部屋に入った。ちょうど事務室のガラス窓からは死角になる位置だ。

亮平は配電盤を開けて、動力機械の電源スイッチをすべてオンに入れた。照明はつけなかった。連中は工場内部に不案内だ。わざわざ照明を入れて、彼らを有利にしてやることはないのだ。亮平はさらに組立て部門のコンベアのスイッチを入れた。独立型の機械はべつだが、コンベアの稼働、速度の増減はこの制御室でコントロールすることになっている。亮平はコンベアの電源をオンにした上で、モーターのスイッチを入れた。モーターの駆動音が、薄暗い工場の内部に鈍く低く響き始めた。コンベアが動き出した。

制御室を出ると、亮平は暗い工場のフロアに駆け降りた。もう事務室の窓に男たちの姿は見えない。やつらもいま、工場へ飛び出してくるところだろう。

工場の内部では、ほうぼうに青いランプが点灯していた。機械の電源がオンになっていることを示す明りだ。亮平は通路を走りながら、手近のジグウェルダーやスポット熔接機のスイッチを片っ端から入れていった。天井走行型クレーンの電源もオンにした。鋼索式コンベアや昇降機のモーターの響きもつぎつぎに加わり、ランプが青から赤に変わっていった。この音と光は、連中の集中力をそぎ、判断力を狂わせ、行動を制約してくれるはずだ。連中はしょせん遊び人。工場の設備や雰囲気にはまったく不慣れなはずだから。

組立て部門を抜け、プレス部門のフロアに入った。亮平は通路の端に並んでいた蓄電池動力の運搬車の一台に飛び乗った。キーを探して差しこんで、いつでも動かせる状態にした。隣りの機械にも飛び移り、これにもキーを入れる。シートのうしろの隙間に、いま手に入れたばかりの銃を突っこむと、銃はうまく隠れた。

さらに奥のフロアへと移ろうとしたときだ。銃声が連続した。頭上の排気管に火花が走り、金属片が散った。亮平は床に身を投げ出し、横に転がってプレス機の陰に回りこんだ。銃声が工場内に反響し、その余韻がまだ残っていた。三連射あったようだ。M16

ライフルだろう。

足音が聞こえる。ひとりは左手、壁に沿って走り、もうひとりは工場の奥へと回りこむようだ。亮平は身体を起こし、銃をかまえて左をうかがった。ペレスらしい人影が身をかがめて近づいてくるところだった。

また三連射。弾丸がプレス機の重い鉄塊に撥ねた。亮平はもう一度床に身を投げ出し、プレス機の横手、フォークリフトの陰に身を隠した。このままでは、二方向から挟まれる。亮平は背を丸めてフォークリフトの陰を飛び出した。また銃声。こんどはM16に散弾銃の発射音がまじった。耳元で金属音が響いた。

そのまま工場の奥の暗がりへ駆け、荷受台のうしろへ隠れて息をついた。左肩に火傷《やけど》のような痛みがあった。見てみると、シャツが裂け、血がにじんでいる。あわてて傷口を探してみた。散弾がいくつか、肉に食いこんだようだ。いくらか粘性のある液体が指のあいだから垂れて、床に赤い斑点を作った。

耳をすました。靴音のひとつは、金属板の上を歩いている。連絡用通路を歩いてくるようだ。上からなら、探索も射撃も容易ということか。

亮平は視線を上に向け、連絡通路に目をこらした。通路には金属ネットが張られている。歩いている者の姿は、下からもまた発見しやすいのだ。十メートルばかり先で影が動いた。亮平はたて続けに三発放った。狙ったあたりで火花が散った。影は動かなくなった。命中したか？

「日本人！」

向う側で誰かが呼んだ。ペレスの声だとすぐに気づいた。声は工場内に響きわたった。

「お祈りをすませておけ」ペレスは怒鳴っていた。「いま、おれがそこに行く」

声のした方向に目をこらすと、ベルトコンベアごしに黒い影が見える。亮平はその影に向けてまた二発発射した。続けてもう一回引き金を引いたが、今度は銃の内部でカチリと虚しい音がしただけだった。

荷受台に背をつけて、新しく薬包を装塡した。装塡が終わった瞬間に、またライフルの発射音。亮平の肩のすぐそば、荷受台の鉄板に穴が開いた。兵隊くずれは無事だったようだ。

亮平は連絡通路の真下を走った。背後で銃声が続いた。かまわず全力疾走し、プレス部門の裏手へ駆けこんだ。いったん息をついだ。左肩の痛みが気になってきた。走ったおかげで、傷口が広がったのかもしれない。応急手当てが必要のようだ。

亮平はさらに成形された鋼板の並ぶ棚のあいだを駆けた。とにかくいったん、引き離せるだけ引き離しておかねばならない。時間の余裕を作って、止血しなければならない。

また一発の銃声。散弾が天井から散って、金属の板の上でパラパラと音を立てた。

入り組んだ通路を駆けて、ようやく組立て部門のフロアの昇降機のそばにたどり着いた。

「日本人！」と、またペレスが怒鳴っている。「お前は世界じゅうから見放されてるんだよ。警察からも会社からも、誰からもだ。さ、あきらめてお祈りしろ。せめて苦しまずに死ねるよう、十字を切ってろ」

ペレスの声の残響が消えると、工場の中が静かになった。機械のうなりのほかには、靴音も人の声も聞こえなくなった。自分の荒い息づかいだけが、妙に大きく聞こえた。

ペレスはあの血痕《けっこん》を発見したろうか。血の跡をたどれば亮平の潜む場所に行き着くと気がついたろうか。

どうであれ、手当てはいまだ。近づいてくる足音がしないいま、手早く傷口をふさいでおかねばならない。亮平は銃を床に置くと、ポケットからハンカチを引き出し、なんとか二の腕に止血帯を巻いた。

また頭上で金属が反響する音。連絡通路の金属ネットの上を、足音が近づいてくる。工場の内部を縦横に走る連絡通路を伝って、着実に亮平に追いすがってくる。

亮平は銃を持ち上げてあたりを見まわした。ベルトコンベアの上には、組立て途中の発動機本体がいくつか並んでいる。コンベアの端は昇降機と接続していた。発動機を昇降機で次の工程へ送り出すためだ。

亮平は昇降機の台に発動機を一台押しこみ、スイッチを入れた。モーターの音が高くなり、昇降機は鋳鉄製の発動機本体を載せたまま、ゆっくり上がっていった。三メートル垂直に上昇すると、連絡通路の真正面に出る。昇降機が上がりきると、すぐに連射の音が二回続いた。発動機の表面で金属が激しく撥ねたようだ。まさか穴は開いてはいまい。内燃機関のシリンダーブロックは、さほどやわではない。

亮平は二台目の発動機を昇降機に載せた。靴音が近づいてくる。昇降機は再びガタつきながら垂直に上がっていった。足音が止まり、また銃声。発動機に弾丸がはじけ、乾いた空虚な音が工場にこだました。

亮平は三台目の発動機を載せると、そのうしろに身を隠した。銃をまっすぐ前方に突き出し、いつでも引き金を引ける態勢にした。靴音が連絡通路を駆け寄ってくる。二度はともかく、三度は同じ手に引っかからぬとでも決めたのだろう。あれは追手を混乱させるための引っかけだと気づいたようだ。躊躇《ためらい》も遠慮もない足音だった。

昇降機は連絡通路のレベルに頭を出した。兵隊くずれは、もう五メートルばかり先にまできていた。昇降機の動きなど、もう気にもかけていない様子だ。通路の下に油断なく目をやっている。かまえた軍用ライフルの先は、斜めを向いている。発動機が男の胸の高さまできたとき、やっと男は三台目のトリックに気づいた。軍用ライフルを持つ手が動いた。亮平は引き金を落とした。肩に反動があった。空薬包が宙に飛んだことを確認したうえで、二度目を引いた。

兵隊の胸と顔で血の飛沫《しぶき》が上がった。兵隊は真うしろに撥ね飛び、連絡通路の金属ネットの上に仰向けに倒れた。身体はさらにネットの上を滑り、通路の繋《つな》ぎ目にぶつかってようやく止まった。

昇降機はいったん後方へ水平に移動し、停止した。亮平はすぐに昇降機を降り、連絡通路へと踏み出した。また銃声があった。連絡通路の脇の電線ケーブルが火花を上げた。ビニールの焦げる臭《にお》いがした。どこか電気系統がショートしたかもしれない。

続いてもうひとつ銃声。頭上の排気管に穴が開いた。亮平は思わず右手で顔を覆った。手がそばのパイプにぶつかり、銃はてのひらから離れた。すぐつかみ直そうとした。遅すぎた。銃は連絡通路のネットの端にぶつかり、一回はずんで床に落ちていった。落ちた瞬間、銃は暴発した。

失策。しかし、すぐに反応するしかなかった。兵隊くずれの持っていた銃は、彼の死体の下だ。あれを取るか。あるいは。

亮平は連絡通路からステップへ移り、一気に駆け降りた。フロアに降りた刹那《せつな》、また銃声があった。散弾のはじける音は、どこかよその方向だ。亮平は一本の柱のうしろに駆け、背中を張りつけた。

「もうよそうぜ、日本人」ペレスが言っている。どこか冷笑のこめられた口調だった。

「素人にしちゃなかなかの腕だが、そこまでだよ。世話を焼かせるな」

彼も弾丸を装塡し直しているようだ。銃を操作する音が聞こえた。
柱の陰から飛び出した。銃声はたて続けに二発。ダイブするように身を床に投げ出し、前転しながら一台のスポット熔接機の陰にたどりついた。

靴音が聞こえる。もう堂々たる歩調だ。反撃されることなど、夢にも想定していないのだろう。勝ち誇ったペレスの顔が想像できるような気がした。

愚か者め、と亮平は胸のうちでつぶやいた。暴力をなりわいとする輩《やから》は、どうしてそう素人を見くびる？　多くの場合、素人が貴様たちに対抗できないのは、自分のみならず相手さえも傷つけたくはないという自制が働くからだ。血はどちらからも流れるべきではないとの信念に従うからだ。汝《なんじ》殺すなかれの戒律にきつく縛られているからだ。それは人間の社会で生まれ育った者なら当然身につけている、動かしがたい自然な倫理だ。連中から見るなら、人間ゆえの弱みとも言うべき点だろう。しかしいったんその抑制さえ捨てることができたなら、素人にも連中の暴力はさほどの脅威とはならないのだ。みずからを守るために、相手と同様の暴力を繰り出せばよいだけのことだ。

「ペレス」と亮平は小声で呼びかけてみた。もとよりそれは、相手には聞こえるはずもなく、ただみずからの決意をふるいたたせるためだけの言葉だったのだが。「ペレス、おれはその抑制を、もう捨ててしまっているんだ。手配師や右翼や麻薬密売人を相手にしたときには、ついに越えることのできなかった一線を、おれはいま越えてしまっているんだ。ふたりの相棒の死を目のあたりにして、なぜお前はそれに気づかない？　まだふたりの死が、偶然によるものだとしか、受け取ることができないのか？」

スポット熔接機に散弾が激しくはじけた。亮平は再び床に身を投げ出し、コンベアの下の隙間へと這《は》った。暗く油に汚れた床の上を這い、隣りの通路へと移動しようとした。靴音は背後の通路を駆けている。亮平がコンベアの下に潜ったことには気づいていないようだ。亮平はコンベアの下から躍り出ると、プレスのフロアへ向けて走った。

再びプレス部門に戻り、整然と並ぶプレス機の裏手を走って運搬車へと向かった。ペレスも駆けている。一本か二本向う側の通路を平行に追ってくるようだ。

運搬車に飛び乗ると、亮平はキーを回し、モーターを回転させた。変圧レバーをまわすと、蓄電池式のその運搬車はゆっくりと通路に進み出た。

ステアリングを操作して、運搬車の方向を裏手の資材搬入口に向けた。運搬車はしだいに加速し、時速三十キロばかりとなった。亮平は運搬車を飛び降りて、背後へ走った。

通路の陰からペレスが飛び出してきた。薄暗がりの中に彼の全身がはっきり見えた。銃撃が始まって以来、彼の全身を見たのは初めてだ。例のサングラスははずしている。さすがにこの暗い工場の中では、彼のダンディズムも場違いで滑稽《こっけい》なだけだ。亮平はもう一台の運搬車のうしろに首を引っこめた。

ペレスは運搬車に向けて銃をかまえ、進路をふさいだ。無人の運搬車は進路を変えずにそのまま突き進んでゆく。まっすぐ行くと、資材搬入用の扉にぶちあたる。

ペレスは亮平がその車で脱出をはかっているとみたようだ。一歩退いて道を開け、運搬車が通りすぎる瞬間に、運転席に向けて腰だめに銃を発砲した。運搬車の運転席で火花が散り、車はふいに進路を曲げて脇のプレス機に激突した。

運搬車が停まると、ペレスは驚いたように振り返った。卑屈そうな小さな目が、度を失っていた。運搬車が無人。となると、いまペレス自身が無防備に亮平の射程にさらされていることになるのだ。ペレスの驚愕は当然だった。

亮平は残った運搬車を発進させ、急加速した。いましがた隠しておいた自動銃を取り出すと、叫んだ。

「ペレス、ここだ」

言い終わらぬうちに、ペレスは発砲してきた。

その一瞬前に、亮平は通路の左手に身を躍らせた。床に一度転がり、立ち直りながら見当で一発放った。目の前で手応えがあった。ペレスの右腕から、そして脇腹から肉片が飛び散った。銃は撥ね上げられ、背後の床に転がった。ペレスはどうとうしろに尻餅《しりもち》をつき、右の上腕部を抱えこんだ。

亮平は床に膝をついて銃をかまえ直した。運搬車が停止した。ペレスの顔は引きつり、口は顔半分を占めるまでに開かれていた。喉の奥から悲鳴がもれてきた。おぞましい恐怖の叫び声だ。悲鳴はちょうど終業時のサイレンのように、工場のほかのありとあらゆる音を圧倒して響きわたった。

亮平は銃口をぴったりとペレスの胸に向けたまま、悲鳴の静まるのを待った。ペレスの悲鳴はほとんど永遠とも感じられるほどに長く続いた。そうして悲鳴が消えたとき、彼はこと切れていた。ペレスの背はうしろへ倒れ、もう二度と動くことはなかった。

工場の外で大きな爆発音が連続した。遠くだ。市街地の方向だろう。砲声、と一瞬考えたが、すぐに打ち消した。いまごろは教会前の広場で大統領が演説中だ。サンビセンテの多くの市民が広場を取り囲み、大統領に支持のエールを送っているころだった。あの爆発音はたぶんアトラクションか景気づけの花火のものだろう。

亮平はその場に膝を伸ばして立ち上がり、呼吸が収まるのを待った。苦い想いが嘔気《はきけ》のように何度もこみあげてきたが、それが何に由来するものなのか、亮平にはわからなかった。確かめようとする気力も、いまはない。

亮平は事務室の方向へ向かって歩きだした。とりあえずノーマに、伝言は無用になったと伝えておいたほうがいい。右手で胸ポケットを探り、残っている薬包の数を数えてみた。七本、残っていた。箱の残りと合わせるなら、やろうと思えばもうひと仕事できる。

エピローグ　一九八六年二月　サンビセンテ

大統領を乗せた大型のヘリコプターは、役場裏手の庭から舞い上がっていった。広場周辺を埋めた群衆が、そのヘリコプターに向かって手を振っている。大統領の名を呼び続ける者も多かった。群衆の高揚はまだまだとうぶん収まりそうもない。アキノ候補の善戦が伝えられるこの選挙戦だが、ことサンビセンテに関するかぎり、その観測はあてはまるようには見えなかった。きょうの集会には、サンビセンテの成人市民のおよそ半分、五千人近くは集まっているのだ。事実上、町を挙げての熱狂的な歓迎ぶりであったと言ってよいかもしれない。

今野篤史は群衆を見渡しながら、満足げにうなずいた。きょうを工場の振替え休日としたことで、この集会の成功にもいくらか貢献したことになる。工員の多くは、暇を持て余したせいもあり、あるいは会場で配られる米やシャツに惹《ひ》かれて、広場にやってきていたはずだ。じっさいに今野が確認したのは、ごく少数の幹部や職制の工員たちだけであったが、今野が工員全員の顔を覚えているわけでもない。大動員がかかったのと同じ状態であったろう。それは疑いもないはずだった。

今野は興奮ぎみの群衆をかき分けるように、公園の裏手へと歩いた。今野の周辺で頬《ほお》を上気させ、集会の成功を喜び合っているのは、この町の名士たちだ。町長夫妻がいる。町議会議長に、この町出身の下院議員もいた。サンビセンテ病院の院長とその家族。瓦《かわら》工場の支配人。税務署長。ＫＢＬの支部長。それにレイノルド・バグタング上院議員。田島農機サンビセンテ工場の支配人たる自分は、選挙権こそ持たないものの、大統領の治世とその未来に敬意を表して出席していたのだ。

フランシスコ・バグタングは、集会には出席していなかった。彼はこのあと自邸の庭で大統領必勝を祈るパーティを繰り広げることになっている。いまごろはホストとして、宴の最後の支度に余念がないことだろう。

もちろんこのパーティに招待されているのは、町の名士と有力者ばかりである。出席者の総数は二百人くらいだろうと今野は聞いていた。田島農機の支配人と工場長夫妻も招待客のリストに挙がっていたが、蟻坂夫婦は欠席せざるを得まい。

「大盛会でしたな」町議会議長が話しかけてくる。「これでサンビセンテはまた大統領に、九割の得票率を献上できます。サンビセンテの町にも、いっそう多くの国家予算が投下されることになるでしょう。町長もこれ以上ないというくらいにごきげんです」

「わたしたち日本人としてもご同慶にたえない」今野は言った。「微力ながら、町の発展にわたしたちタジマもいくばくかの貢献があったことを、胸にとめておいていただきたいものです」

「とりわけ、友愛協会副会長としての今野さん、あなたのご尽力も大きい」

「いや、わたしなんて」今野は巨体をふるわせて笑った。謙虚な様子を見せようとしたが、うまくゆかなかった。頬がしまりなくゆるむのを止めることはできなかった。

人の波に押されるように歩きながら、今野は腕時計に目を落とした。午後三時四十分になっていた。構内の清掃も終わったころだ。そろそろ子飼いのフィリピン人職員たちが工場内に入って、サンビセンテ友愛協会関係の帳簿やフロッピー・ディスクを探しだし、処分することになっている。

あの男はすでにきのうのうちに本社の担当役員にあらましを報告しているかもしれないが、証拠や資料が揃《そろ》わなければ、本社も自分を処分するわけにはゆかないはずだ。本社から常務たちが到着するのは、きょうの午後五時前後。それまでには、すっかり終わる。一切の不正や背任の証拠は、それまでに跡形もなく消え去るか、持ち去られることになる。なかんずく、あの子供じみた道徳律をふりかざす、執念深い本社のスタッフ。あいつが消える。それに明日になれば専務と連絡を取り合い、善後策を協議することもできるのだ。もう何ひとつ心配はないはずだった。

役場裏手の通りに、今野は自分の自動車を停めていた。いったん名士たちと別れて、今野は自分のからし色のメルセデスに近寄った。運転手のアビトが今野のために後部席のドアを開けた。

今野がドアに手をかけた、その瞬間だ。今野は背中にひとつ、すぐ続いてもうひとつ、熱い衝撃を感じた。衝撃は脂肪を貫き、肩甲骨と肋骨《ろっこつ》のあいだに突き刺さり、心臓のあたりで爆発した。

身体がその衝撃でひねられ、肥満した肉体はメルセデスのボディにぶつかって軽くはずんだ。今野はドアパネルにすがって、かろうじて身体を支えた。周囲で悲鳴のようなものが上がったようにも感じたが、はっきりはしない。

目の前を一台の黒っぽい乗用車がすれちがってゆくところだった。助手席の窓ガラスは下りており、そこに拳銃の銃口が見えた。

目の焦点が移動し、拳銃の向う側の顔が判別できた。歳のころ三十なかばの、やせた色白の男の顔。男はうるんだような暗い瞳《ひとみ》で、今野を凝視していた。

「エミリオ……」

その名を呼ぼうとしたとき、声の代わりに口から出たものは血飛沫《ちしぶき》だった。

直後、今野は銃口に閃光《せんこう》が走ったのを見た。熱い衝撃は、こんどは額の中央に走った。ごく短い時間のあいだに、今野の脳細胞に数百億の情報が行き交った。弾丸が大脳の中心を破壊し、脳梁《のうりょう》を貫き、後頭部の頭蓋骨《ずがいこつ》にはねかえって再び数千万の脳細胞を潰滅《かいめつ》させるまでのあいだに、今野はひとつのことを悟っていた。それを悟るだけの余裕はあった。

負けた。

自分の脂肪塊が地面に横倒しになるまでのあいだに、彼は死んでいた。

解説

荒山徹

当り前のことだが、古典と言われるものが、もともと古典として登場してきたわけではない。そのほとんどが、発表当時はポップな現代小説だった。

たとえば、ダシール・ハメットの『血の収穫』。利権と汚職とギャングがはびこる鉱山町・パースンヴィルを舞台にしたこの作品は、いまでこそ〝ハードボイルドの古典〟と位置づけられてはいるが、発表当時の読者にとっては、まさに生々しいまでに身近な、現代小説以外の何ものでもなかったはずである。しかし、わたしたちは『血の収穫』を古典として鑑賞することはできても、現代小説として読むことはできない。

そのギャップを埋めるために生産されるのが、いわゆる〝本歌どり〟というやつだ。本書をお読みになった方なら、『血の収穫』を引き合いにだした理由がすでにおわかりだろう。佐々木譲の『仮借なき明日』は、『血の収穫』の優れて見事な本歌どりなのである（もちろん、それだけに終わらないことは後述する）。

本書以前にも、日本の作家によって、かなりの数の〝血の収穫〟が書かれてきた。腐敗しきった町に乗りこんできたヒーローが、町を牛耳《ぎゅうじ》っているダニをダーティすれすれの手段で一掃する。テーマとしては、読者にはもうお馴染《なじ》みのものだ。そして、その出来の良し悪しは、ひとえに〝パースンヴィル〟をいかにリアリスティックに設定するかにかかっている、と言っていい。

『仮借なき明日』がそれらの作品と一線を画するのは、まさにそこだ。これまでは、総じて地方の小都市が〝汚れた町〟に選ばれていた。しかし、現代日本に〝パースンヴィル〟を現出させようとするこの試みは、ほとんどが絵空事に終わっている。当然だろう。この国は汚れを外に押しだすことによって、平和で清潔な体面を保っている（ゲスの国だ）からだ。だが、その汚れがこの国の汚れである以上、国外に舞台を移そうが、そここそが現代日本の〝パースンヴィル〟となるにふさわしい。

本書の舞台は、日本企業が進出したフィリピンである。時期的には、ベニグノ・アキノが暗殺され、その夫人が大統領選に出馬した、あの熱い季節だ。

大手農機具メーカーの工場が稼働するサンビセンテの町。日本人の支配人は、強権的な労務管理を敷くために、土地のギャング、腐敗した警察権力と手を結び、労働運動つぶしをはかる。強い円を武器に海外に進出した日本企業が現地で引き起こす軋轢《あつれき》。舞台は海外だが、まぎれもなくこれは現代日本そのものである。わたしたち現代の読者のための〝パースンヴィル〟が圧倒的なリアリティをもって設定されているのだ。この見事な着眼点は、佐々木譲の時代感覚の鋭敏さを物語るものだろう。わたしたちはこうして、発表当時に『血の収穫』を読んだアメリカの読者とまったく同質の興奮を味わうことができる。本書において佐々木譲が与えてくれたのは、何にもましてその至福なのである。

現地との軋轢は、生産ラインにおける不良品の多発という形になって表面化する。本社は三回も監査を行なったが原因は不明。そこで、主人公の登場となる。

原田亮平。三十六歳。経営企画室所属。経営戦略の策定と評価のスペシャリストだが、その非妥協的な態度から上司と衝突。提出した辞表は常務あずかりとなり、現在休職中の身。タフで冷静な切れ者。組織のはみだし者であり、暴力への熱い衝動を抑えこんでいる。

珍しい、と思った。というのは、佐々木譲作品の主人公は、〝逃げるヒーロー〟というイメージが強かったからである。『真夜中の遠い彼方』、『夜を急ぐ者よ』、『犬どもの栄光』とつづく長編は、逃亡小説と言っていいくらい、主人公は何かから逃れようとしていた。逃げなければならない宿命を背負わされた者。なぜ逃げなければならないのかは問うまい。ただ、そのせつなさが、わたしにとって佐々木譲作品の魅力だった。

ところが、『犬どもの栄光』のラストで、主人公・宮地亮平は、追跡者に反撃にでた。逃げることをやめたのだ。以後、佐々木譲作品は変貌《へんぼう》していくな、とそのとき思ったものである。そして、『ベルリン飛行指令』と前後して刊行された本書で、原田亮平は逃げるヒーローではなくなっていた。それどころか、最初から追いつめ、狩りたてる側に立っている。

確かに、原田亮平の造形は、それまでの主人公たちとは異なっているかに見える。そして、一見、典型的な（つまり通俗的な）ハードボイルド小説のヒーローと見られないこともない。しかし、自己の原則に忠実に生きていくという、これまでの主人公たちの姿勢とは、通底している。いや、同じだと言っていいだろう。佐々木譲作品において、主人公は常に原則の体現者である。いや、原則そのものであり、原則ゆえに追われ、逃げ、孤立する。『犬どもの栄光』と主人公の名前が同じ亮平なのも、単なる偶然や作者の好みではなく、追う、追われるの立場は違っても、主人公の姿勢は変わらないのだという、作者の強いメッセージとわたしは見るが、どうだろう。

狩りたてる側に立った主人公は、サンビセンテの不正を暴きだすために、人々を挑発し、事件を触発させ、あらゆる策略を弄《ろう》してのける。このあたりまでは、『血の収穫』の本歌どりと言われても仕方のないところだ。だが、ここからなのだ。本書がよくできた本歌どりと見せかけて、『仮借なき明日』ならではの真価を発揮しはじめるのは。

いま一歩のところで、狩りたてられる側であるギャングや汚職警官たちが手打ちを行ない、主人公は一転して狩られる側へとまわる。ショットガンを抱えて、独り工場にたてこもる亮平が、複数の襲撃者を相手にするラストの銃撃戦シーンが、緊迫感あふれる出色の仕上がりである（このショットガンを調達するために連絡をとったマニラのヤクザから、「お前、ほんとうに堅気なのか」と言われる場面がある。勤め人なら、一度は言われてみたい、こたえられない台詞《せりふ》だろう）。ここでは、これまでも佐々木譲作品に見え隠れしていた暴力への熱い衝動が、完全に抑制を解き放たれて、全開にされている。しかし、その暴力シーンの、なんと端整であることか。熱いことは熱いが、船戸与一とも、北方謙三とも違う、〝スタイリッシュな暴力小説〟とでも呼びたい、佐々木譲ならではの味わいがある。

対決シーンはもうひとつある。この銃撃戦に先だってなされる、サンビセンテ工場の総責任者であり黒幕でもある、支配人・今野との対決だ。いや、これは対決とは言えないのかもしれない。なぜなら、亮平は今野を相手にはしていないからだ。それは、亮平の任ではないからである。だが、今野は彼なりの〝原則〟をふりかざして亮平に挑んでくる。

「きれいごとだけで商売がやっていけるか？」「おれたちが作り、おれたちが売ってるんだ」「東京の感覚でこの工場を見るな。おれは現場の判断で、よかれと思ってることをやってるんだ。こうすることが会社の利益だと信じてやってるんだ」

まさに企業倫理の代弁であり、本書の流れからいって否定されるべき所論なのだが、正面きっての主張は、亮平が受けてたっていないだけに、ある種のすがすがしさと、説得力さえ感じられるから奇妙だ。もちろん、これが物語の厚みにつながっていることは言うまでもないが。

ひとことで言って本書は、滅法面白い、しびれるような快作である。しかし、だからといって、『夜を急ぐ者よ』、『犬どもの栄光』を泣きたいほどの思い入れで愛読している者としては、不満がないではない。主人公を追う側にまわし、暴力への衝動を突出させたことで、失われたものは大きい。それは、逃げるヒーローが漂わせていたせつない悲しみと甘さだ。そして、それをきわだたせていた愛と友情の要素までもが犠牲にされている。

本書にはヒロインが不在である。『夜を急ぐ者よ』には、この女のためなら命を投げだしても惜しくはないと思わせるほどの魅力的なヒロイン・東恩納《ひがおんな》順子がいた（と言うのはおおげさにしても、彼女に出会うためだけでも、『夜を急ぐ者よ』を読む価値はある）。

また、原田亮平には、協力者も応援者も現われない。狩る側に立った以上、それは不要というのが佐々木譲の原則なのだろう。『犬どもの栄光』には、逃げつづける主人公をたすけるために、男のなかの男、丹治が登場した（この男に出会うためだけでも、『犬どもの栄光』を読む価値はある）。「やつの命が危なくなったら、おれはいつでも、やつがどこにいても飛んでくる。おれが盾《たて》になってでも守る。だからきたんだ」という直截《ちょくせつ》的で、あからさますぎるがゆえの、きわめて力強い友情の台詞は、いまもわたしの胸に熱く響いている。

ただ、近作の『五稜郭残党伝』を読んでも、佐々木譲作品に逃げるヒーローがもはや似合わなくなってきているということはよくわかる。それはつまり、これまで主人公を狩りたてていたものに立ち向かい、反撃を加え、叩《たた》きのめして、おとしまえをつける、という方向に向かうときにきているからなのではないだろうか、とわたしは思ってみたりする。サンビセンテの町を〝パースンヴィル〟に選定するという、優れた時代感覚をみせた佐々木譲のことだ。もちろん、その標的は、究極的には現代日本の腐敗そのものということになるだろう。

その場合、〝逃げるヒーローが漂わせていたせつない悲しみと甘さ〟を忘れないでいてほしいというのが、佐々木譲ファンとしての、ささやかならざる願いである。ともかく、本書『仮借なき明日』は、佐々木譲のさまざまな資質のうちの独奏曲的作品だったが、ぜひ交響曲的作品が書かれんことを、愛読者たちは辛抱強く待ち望んでいるのである。

この作品は一九九二年二月、集英社より刊行されました。

佐々木譲の本

犬どもの栄光

ロシア語翻訳家の関口啓子は、倶知安町郊外の廃工場に身を隠すように暮らす〝丸秀〟と呼ばれる流れ者の大工と出会う。経歴をひた隠しにし来訪者に異常な警戒心を示す彼に興味をひかれた啓子は、男の身辺を独自に調査、その結果、前身は警視庁警察官であったことを知る。いったい彼は何を恐れ、何から逃げているのか。サスペンス・ロマン。

佐々木譲の本

五稜郭残党伝

戊辰戦争もあと二日を残し、五稜郭で幕を閉じようとしていた。陥落前夜、自由を求めて脱出した旧幕府軍の凄腕狙撃兵、蘇武と名木野。逃げのびる二人は、アイヌの土地を蹂躙する新政府の画策を知り、義憤に燃えた。だがその背後に迫る、新政府軍残党狩り部隊の足音——。追われる者と追う者が、男の誇りを賭けて戦う冒険小説。

佐々木譲の本

総督と呼ばれた男（上・下）

大正の頃、木戸辰也は日本人娼婦を母にシンガポールの日本人街で育った。伯父にひきとられて、マレーの鉄鉱山で働き始めるが、不幸な出来事から矯正院に送りこまれる。出所後シンガポールに戻った辰也は、暗黒街で頭角を現していく。しかし、南国にも戦争の翳が覆い始めた——。流転の人生をつづる波瀾の大河冒険小説。

佐々木譲の本

冒険者カストロ

一九五九年、三十二歳の若さでキューバ革命を成功させ、アメリカの喉元に刃を突きつけたフィデル・カストロ。たぐいまれな彼の指導力とカリスマ性はどこからきているのか。生い立ちから革命に目覚めた学生時代、ゲリラとしての生活と戦い、盟友チェ・ゲバラとの確執と決裂などを通して、稀代の革命家の実像に迫るノンフィクション。

佐々木譲の本

集英社文庫

帰らざる荒野

友近克也は父・善次郎が築いた馬牧場を出た。兄嫁となる女性に想いを残して……。行くあても帰る場所もない、ただ生きるための流浪の旅だった。町々にはびこる悪徒に、容赦なくとどめを刺す克也。暴力と策謀が渦巻く荒野の果てに、安住の地はあるのか？　北海道開拓期、苛酷な運命に立ち向かう家族、そして男女を描く連作短編集。

集英社文庫

仮借《かしゃく》なき明日《あす》

1992年2月25日　第1刷　　定価はカバーに表示してあります。
2010年4月25日　改訂新版　第1刷

著者　佐々木《ささき》　譲《じょう》

発行者　加藤　潤

発行所　株式会社　集英社
東京都千代田区一ツ橋2-5-10　〒101-8050
電話　03-3230-6095（編集）
03-3230-6393（販売）
03-3230-6080（読者係）

印刷　凸版印刷株式会社

製本　凸版印刷株式会社

フォーマットデザイン　アリヤマデザインストア　　マークデザイン　居山浩二

ISBN978-4-08-746574-7 C0193